光文社文庫

文庫書下ろし

駆ける百合
上絵師 律の似面絵帖

知野みさき

光 文 社

この作品は光文社文庫のために書下ろされました。

目次

第一章

新妻たち

一

耳元で涼太《りょうた》が囁《ささや》いた。

「……痛むか？」

「いえ……」

掠《かす》れた声で律《りつ》は嘘をついた。

痛みは相応と思われたが、想像していたものとは大分違う。

二人の寝所《しんじょ》となった涼太の部屋には有明行灯《ありあけあんどん》のみが灯《とも》っていて、薄闇に涼太が絡《から》めてきた指先から唇、手足、素肌、吐息《といき》に律も高まっていき、涼太の手引でことに至った。

だが、破瓜《はか》を乗り越えて涼太と一つになると、痛みや喜びよりもどうも羞恥《しゅうち》の方が先に立つ。衣擦《きぬず》れや息遣い、果ては肌身の合わさる微《かす》かな音まで、外に漏れ聞こえているのではないかと気が気ではなく、律はただ目を閉じ、口を結んで息を潜めた。

寝所に入ってから一通りことを終えるまでおよそ半刻《はんとき》ほどであったが、ほんのひとときのようにも、倍の一刻《いっとき》ほどにも律には感ぜられた。

やがて涼太が身体を離すと、秘部が再び痛みに疼《うず》いた。

顔をしかめたのが見えたのか、横から覗き込んで涼太が問うた。

「……無理させちまったか？」

「いいえ」

寝間着《ねまき》で肌身を隠しながら律は小さく首を振り、囁き声で問い返した。

「明日も、早いんでしょう……？」

「そうだな」

つぶやくように応えると、涼太は端に寄せていた掻巻《かいまき》を引き寄せた。

「けど、明日もあさっても——これからはずっと一緒だ」

「ええ」

掻巻ごと抱き締められて、律はようやくほっと一息ついた。

今日は祝言《しゅうげん》の支度が始まった八ツから——否《いや》、朝起きてからずっと気を張り詰めていた。

当初、のちの藪入《やぶい》りの前——文月《ふづき》十五日に予定していた律たちの祝言は、やんごとなき事情から一月《ひとつき》延びた。

前日の十四日に律と護国寺《ごこくじ》を詣《もう》でた香《こう》が、使番《つかいばん》兼巡見使《じゅんけんし》・本田左衛門尉《ほんださえもんのじょう》の一人息子である秋彦《あきひこ》と共に行方知れずになったからである。翌日、祝言をふいにすると知りながら護国寺へ探しに出向いた律もまた、香と秋彦の命を盾にされ囚《とら》われの身となった。

律が機転を利かせて送った文《ふみ》から囚われた屋敷が知れて、犯人一味は十五日のうちにお縄になったが、一夜明けて十六日は奉公人が楽しみにしている年に二度の藪入りで、香の懐妊も知れた。涼太はすぐにでも仕切り直したかったようだが、実の妹にして律の親友でもある香に「悪阻《つわり》が収まるまで待って欲しい」と懇願されて、律たちは一月後の今日、葉月《はづき》は十五日——中秋《ちゅうしゅう》の名月に合わせて祝言を挙げたのである。

香は夫の尚介《しょうすけ》と共に八ツに青陽堂《せいようどう》に現れ、律に化粧を施《ほどこ》し白無垢《しろむく》を着せた。

青陽堂は年始めの混ぜ物騒ぎで大分客を失ったため、祝言の費《つい》えはできる限り節約しようと、白無垢は文月には貸し物屋から借りる手筈になっていた。だが、もとよりこれに反対だった香が、悪阻で家に引きこもっている間にまっさらな白無垢を仕立ててくれていたのだ。

「私の取り柄《え》は縫い物くらいよ。これくらいさせてくれたっていいじゃない」

一番の友の言葉につい目が潤《うる》んでしまい、化粧が落ちると叱られたが、のちの祝言でずっと涙を拭っていたのは他でもない香だった。

八ツ過ぎに貸し物屋が、八ツ半には仕出し屋がやって来て祝いの席が整えられたが、祝い膳が思いの外《ほか》豪勢で、舅《しゅうと》の清次郎《せいじろう》や姑《しゅうとめ》の佐和《さわ》を始め皆で目を丸くした。香が願い出た延期ゆえに「かかる費えは全てうちでもたせてもらう」と尚介——香の嫁ぎ先の伏野屋《ふしのや》——が払いを済ませることになっていたが、随分奮発したようだ。

「実にめでたいことですから……」と、微笑《ほほえ》んだ尚介の胸の内には、香と一緒になって三年余りを経て、ようやく懐妊の運びとなった祝いも含まれていたのだろう。

早仕舞いした青陽堂の奉公人が七ツに揃うと、清次郎が式三献《しきさんこん》の酌人を務め、律と涼太は晴れて夫婦となった。

無礼講となった宴《うたげ》では青陽堂の三十人からの奉公人が入れ替わり立ち代わり、律たちばかりか、両親の代わりに参席した隣人の今井直之《いまいなおゆき》や弟の慶太郎《けいたろう》にも祝辞を述べていった。青陽堂では一番年下の新助《しんすけ》でさえ慶太郎より一つ年上ゆえに、最年少の慶太郎は終始しゃちほこばっていたものの、今井か大家の又兵衛《またべえ》、もしくは奉公先の兄弟子の吾郎《ごろう》にでも仕込まれたのか、一人一人に礼節をもって返礼していたのが律には誇らしかった。

一刻余り飲み食いしてから、尚介と香、今井と慶太郎が暇《いとま》を告げて、律たちも寝所へ引き取った。だが、内蔵《うちぐら》を挟んだ座敷では空も見えぬのに、そろそろ全貌を現しただろう名月を口実に有志が宴を続けているようだ。

とはいえ、奉公人の多くは明日に備えて二階に上がったらしく、耳を澄ませていると、微かに足音や笑い声が聞こえてくる。

今日からここが私の家……

天井を見上げた律を、涼太が再び覗き込むように見た。

「……お月見どころじゃなかったわね」

「うん？　ああ……」

照れ隠しに言った律に頷くと、涼太は掻巻越しの腕にやや力を込めた。

掻巻に隠れるようにして涼太の胸にもたれると、律は目を閉じて幸せを嚙み締めた。

涼太の鼓動とぬくもりに触れるうちにゆったりとして——いつしか律は眠りに落ちた。

二

朧《おぼろ》げに六ツの鐘を数えてから律は飛び起きた。

涼太の姿は既にない。

小窓から差す明かりのもと、寝間着に血痕を見つけて慌《あわ》てて丸める。

取り急ぎ昨日のうちに運んでおいた普段着をまとうと、律は丸めた寝間着を抱えてそっと襖《ふすま》を開けて部屋の外を窺《うかが》った。

——と、見計らったように廊下に女中のせいが現れた。

青陽堂の女中は二人で、一人は住み込みのせい、もう一人は通いの依《より》だ。依は律とさほど変わらぬ歳で細身だが、せいは五十路《いそじ》前後で依とは対照的に逞《たくま》しい身体つきをしている。

「お早うございます」と、律を認めてせいがにっこりとする。

「お、お早うございます」

「お預かりしましょう」

「あ、いえ、これは私が」

「いえいえ、私にお任せあれ」

うろたえる律から、せいはやんわりと汚れた寝間着を取り上げた。

「すぐにお湯を持って来ますから、お部屋でお待ちください。それとも若旦那と同じく湯屋へ行かれますか？」

「え？　あ、いえ……」

律が小さく首を振ると、せいがこれまたやんわりと律を部屋へ押し戻すようにした。

開いた襖戸のすぐ内側に座り込み、手持ち無沙汰に待っていると、ものひとときでせいが手桶《ておけ》と手ぬぐいを手に戻って来た。

「さ、どうぞ」

「ありがとうございます」

「若旦那もじきに戻ります。朝餉《あさげ》は六ツ半です。桶は朝餉の前に外に出しておいてくださいな。では、ごゆっくり」

「あ、ありがとうございます」

ごゆっくり、と言われても——

肌身を許し合った後ではあるが、涼太に見られたくない一心で、律は急ぎ手ぬぐいを湯に浸して身を拭《ぬぐ》った。

着物を着直し、夜具を畳んでから涼太が帰って来たのはよかったが、顔を合わせた途端に頰が熱くなる。

「お早う、お律」

「お早うございます」

ぎこちなく挨拶《あいさつ》を交わすと涼太は苦笑を漏らしたが、朝餉のために連れて行かれた家の方の座敷には既に清次郎と佐和が待っていて、二人への挨拶は更にぎこちないものになった。

朝餉を運んで来たせいが末席《まっせき》に座り、まずは清次郎、それから佐和、涼太と箸《はし》を上げるのへ、せいに促されて律も箸に手を伸ばした。

一汁一菜《いちじゅういっさい》でも米は炊き立て味噌汁は作り立てと、律には至れり尽くせりの朝餉だが、皆の一挙一動が気になり味がさっぱり判らない。佐和と涼太が仕入れや棚出し、得意客について話すのを横目に清次郎とせいは静かに箸を動かし、律もそれに倣《なら》った。

夫婦の契りを交わしたとはいえ、昨日の今日である。「夫」の涼太よりも、己《おのれ》と同じ「他人」のせいがこの場にいるのが律には何やら心強い。そんな律の心情にせいも気付いているようで、目が合う度《たび》にそれとない目配せや笑みを返してくれる。

朝餉を終えると佐和が言った。

「涼太、お前は先に行きなさい。私はお律に家のことをざっと話してから店に出ます」

「はい」

を差し出した。

頷《うなず》いた涼太に続き、せいも膳を片付けるべく座敷を出て行くと、清次郎が折り畳《たた》んだ紙を差し出した。


「ささやかだが、お律の役に立つかと思ってね」

――嫁にきたのだから、これからは「お律」と呼びますよ――

式三献ののちにそう佐和から言われていたし、義理とはいえ「娘」になったのだから、香と同じように「律」と呼び捨てでも構わないのだが、これもまた昨日の今日でまだ慣れぬ。

紙に記されていたのは奉公人たちの名前と身分、生国《しょうこく》であった。

「すっかり覚えてしまうまでしばらくかかるだろうが、まあそう気負わずに。おいおい慣れてくれればいいよ」

「ありがとうございます」

清次郎が座敷を立つと、律は佐和と二人きりで向き合った。

「あなたにも仕事があるでしょうから、手短に済ませましょう」

「ど、どうかよろしくお願いいたします」

「店のことは主に私と涼太、家のことはおせいとお依がするので、あなたの手助けはおよそ必要ありません。洗濯物や寝所の掃除については、後でおせいと相談なさい」

「はい」

「とはいえ、上げ膳据え膳を許すつもりはありませんし、あなたもそれではかえってやりにくいでしょう。ですから、嫁としていくつか担《にな》ってもらいます」

「もちろんです」

「まずはおせいに代わって、明日から六ツが鳴ったら皆に声をかけて回りなさい」

「はい」

青陽堂は番頭の勘兵衛《かんべえ》を除く奉公人は全て相部屋で、六ツが鳴っても起きぬ者には同じ部屋の者が誰かしら声をかけるのだが、それとは別に、せいが部屋の外から点呼代わりに皆の名を呼んで回っているという。清次郎が「虎の巻」ともいえる一覧を用意してくれたのは、これを見込んでのことらしい。

「店のことに手出し口出しは無用ですが、得意客にはうちの嫁として、しかるべく挨拶してもらわねばなりません。予《あらかじ》め判っている時は無論のこと、急にいらした時にも呼ぶことがあるやもしれませんから、仕事場にも恥ずかしくない着物を一枚用意しておきなさい。なんならこの際、よそ行きを一枚仕立てておくとよいでしょう」

「はい」

「また、客先にお呼ばれする機会もなくはないでしょうから、店で出している茶の淹《い》れ方と、茶の湯を一通り覚えてもらいます。上絵《うわえ》のお客さままでも、嫁ぎ先がうちだと知ったら茶について問う方も出てくるでしょう。これからはどんな用でも外出の際は、葉茶屋《はちゃや》に嫁いだことを忘れぬように」

「それから、これは嫁としてではなく上絵師として……うちの前掛けをこれからも頼みますよ、お律」

「は、はい！」

一際大きく頷いた律を促して、佐和も立ち上がる。

「では、うちを案内しましょう」

座敷や香の部屋に上がったことはあるが、青陽堂を隅々《すみずみ》まで見るのは初めてだ。

表通りに面した店の裏手の、又兵衛長屋の木戸や井戸、厠《かわや》に面した側に、女中部屋と台所、勝手口、内後架《うちこうか》——屋内の厠——が並んでいる。真ん中には、家に一つ、客のために二つと、計三つの座敷と内蔵、それから内後架の前に二階に通じる階段が、台所の反対側で路地に面した側には、裏口、帳場、納戸《なんど》、涼太の部屋——律たちの寝所——がある。寝所の横の出入り口は、清次郎の茶室と土蔵がある裏庭へと通じている。

二階の表通りに面した三部屋のうち二部屋はかつては涼太と香の部屋であったが、涼太は店で働き始めたのを機に階下に移り、香も四年前に嫁いで家を出た。香の部屋は清次郎と佐和が続きの間として使っているが、涼太の部屋は今は番頭の勘兵衛のものとなっている。

「祝言を挙げるにあたって、勘兵衛が部屋の取り替えを申し出てきたのですが、涼太が断りました。『まだ己は手代のままだから、いずれ店を継いだ暁《あかつき》にでも』と」

「そのように聞いています。下で内蔵と帳場を守るのも、今は自分の役目だからと、涼太さんが言っていました」

「そうですか」

二階は台所側と路地側に、窓のある部屋がそれぞれ三室ずつあり、主に手代たちの相部屋となっている。座敷の上にあたる真ん中には棟割《むねわり》長屋のごとく、欄間《らんま》でつながる小部屋が三室ずつ背中合わせになっていて、こちらは主に丁稚《でっち》たちの相部屋だ。

勘兵衛の部屋を除いて、各部屋の戸の横に寝起きしている者の名前を記した木札《きふだ》があるのはありがたいが、顔を合わせても間違えぬよう、早急に奉公人たちの名前と顔を覚えなければと、律は胸の内に書き留めた。

「昼餉《ひるげ》は手の空いた者から順にとります。あなたも仕事の具合があるでしょうし、こちらもおせいに相談しなさい。夕餉《ゆうげ》も奉公人たちは店仕舞いから五ツまでの間にまちまちにとりますが、私たちは朝餉と同じくおよそ六ツ半としています。そのように心得ておきなさい」

「しょ、承知いたしました」

佐和が店に出るというので、律がほっとしたのも束の間だ。佐和からせいに引き渡された律は、せいが寝起きしている女中部屋で、引眉《ひきまゆ》をして鉄漿《かね》をつけた。

鉄漿は歯を丈夫に保つだけでなく、「二夫《じふ》にまみえず」という誓いともいわれ、「妻」の貞操を表す風習だ。鉄漿水は昔は悪臭がひどかったそうだが、近年は大分改良されている。

「まあ面倒ですが、これでお律さんも『おかみ』の仲間入りですよ」

黒光りを保つには二、三日に一度、そうでなくとも五日から七日に一度は染め直さねばならないのが、今までにない一手間だ。

でも、これで私も「おかみさん」……

染め終えた歯を手鏡で確かめながら、律は思わずはにかんだ。

「お召し物も変えましょう。そろそろ出番ですからね」

「出番？」

よそ行きに着替え終えて間もなく四ツが鳴り、ぽつぽつと祝言を聞きつけた得意客が店に現れ始めた。その度に律は「ご挨拶なさい」と店先や座敷へ呼ばれて、しどろもどろに慣れぬ挨拶を口にする。

混ぜ物騒ぎを経ても変わらず青陽堂を贔屓《ひいき》してくれ、慶事を祝ってくれる客には感謝しかないが、客ばかりか、奉公人からも何やら好奇の——初夜の首尾《しゅび》を問うような——目を向けられている気がして律はいたたまれない。

九ツ前、少し早い昼餉にやって来た清次郎が、所在なくうろうろしている律を見つけて苦笑を漏らした。

「お律、仕事はいいのかい？　そうしているとまた捕まるよ」

「でも……」

「いないならいないでなんとかなるさ。嫁や婿の顔見世《かおみせ》や挨拶など余興みたいなもんだ。どうせなら多少もったいぶった方が、お客も楽しみが増えるやもしれんぞ。何よりそんな思い詰めた顔で客前に出られちゃ、まるで佐和が早々に嫁いびりをしているようじゃないか」

「そんな」

「夫婦暮らしは始まったばかり。先はこれまでよりずっと長いんだ。おせいに握り飯でももらって、昼からは長屋でゆっくりしたらどうだい？　佐和と涼太には私から話しておくよ」

入婿の清次郎なれば、うん十年前に似たような気苦労をしたのやもしれない。

素直に清次郎の厚意を受けることにして、礼を言うと律は台所へ向かった。

既にいくつも握ってあった握り飯を二つ分けてもらうと、律は勝手口から外へ出た。

——が、長屋は長屋で、皆と顔を合わせるのが気恥ずかしい。

秋も半ばになったが、風がほんのり涼しいくらいで、戸口がいくつかまばらに開いている。

向かいの佐久《さく》の戸口が閉まっているのは幸いだが、木戸に近い大家の又兵衛と二軒隣りの勝《かつ》の戸口は半分ほど開いていて、律は抜き足差し足で己の家を目指した。

そうっと引き戸を開いて身を滑り込ませたものの、九ツを過ぎれば手習い指南所から今井が戻って来てしまう。

いつもなら顔を見るだけで安心する今井も、今日ばかりは別である。

巾着に財布と矢立《やたて》を入れると、律はそろりと閉めたばかりの戸口を開いた。

するとちょうど向かいの戸口も開いて、顔を出した佐久と目が合った。

「やっぱりりっちゃんかい。なんだか物音がしたようだったから――」

「や、矢立を取りに戻っただけです。もう行きますので」

「おや、出かけるのかい？」

「ちょ、ちょっと明神《みょうじん》さまへ……」

そそくさと引き戸を閉めて、律は滅多に使わない反対側の木戸から表へ逃げた。

三

思いつきで佐久には「明神さま」――神田明神――と言ったものの、御成街道《おなりかいどう》に出ると気が変わった。長屋や青陽堂から四半里と離れていない神田明神では、顔見知りに出会うことが少なくないからだ。

代わりに不忍池《しのばずのいけ》の弁財天《べんざいてん》と寛永寺《かんえいじ》を詣でるべく、律は御成街道を北へ折れた。

不忍池の南に位置する池之端仲町《いけのはたなかちょう》には、上絵師として唯一付き合いのある呉服屋・池見屋《いけみや》があるゆえに、不忍池までは律には慣れた道のりだ。

まずは弁財天にて、青陽堂と己の商売繁盛を祈願すると、寛永寺の境内の木陰で握り飯をつまんだ。

一度表門を抜けて寛永寺を詣でると、中堂《ちゅうどう》まで戻って辺りをゆっくり散策する。

流れてきた甘い香りに惹かれて木々を見やると、合間に白い桂花《けいか》――木犀《もくせい》――が早くも花を咲かせていた。

矢立に巻きつけていた紙を広げて、四枚の花びらを可憐に広げた小花をいくつかと、花を引き立てている、ぴんと張った大きな深い緑色の葉を合わせて描いていると、そっと足音が近付いて来て声を上げた。

「あら……」

もしや顔見知りかと驚いて見上げるも、目が合ったのは見知らぬ女だ。

「ああ、お邪魔しちゃってすみません。お上手だから、つい」

微笑んだ女は律よりやや年上に見える。

艶《あで》やかな整った顔立ちの美女で、海松色《みるいろ》と羊羹色《ようかんいろ》の縞《しま》の着物に、裏葉色に栗の縫箔《ぬいはく》が入った帯を締めているあたり、大店《おおだな》の若女将《わかおかみ》を思わせる。

「もう桂花が咲いているのね。金色よりも白い方が好きだから嬉しいわ」

「私もです」と、律も微笑み返した。「金色の方が珍しいですが、白い方が一つ一つの花が愛らしくて……何度も咲くし、香りもほどよいと思うんです」

「ふふ、清国《しんこく》の美姫《びき》は逢瀬《おうせ》の前のたしなみに、桂花を漬け込んだお酒を含んでおくそうよ」

「桂花のお酒ですか？」

「そうしておくと、後からほんのり香るのよ」

言いながら女が胸に手をやるものだから、再び昨晩の営みが思い出されて律は困った。

「かの楊貴妃《ようきひ》も愛飲《あいいん》していたとか。昔、真似してみたけれど、金の花よりも白い花の方があからさまじゃなくてよかったわ」

「そ、そうですか」

「それにしても玄人裸足《くろうとはだし》ね。道楽とは思えないわ。でも本職の絵師じゃあないわよね？」

「本職は上絵です。上絵師も絵師ではありますが……」

「まあ！　女でも上絵師になれるのね」

莫迦《ばか》にしているのではなく、心から感心した様子で女は言った。

「ああ、不躾《ぶしつけ》にごめんなさいね。私は伶《りよう》といいます」

「律と申します」

「お律さんね。近くにお住まいなの？」

「近くというほどではありませんが、神田の――」

「神田？　神田なら近いとはとてもいえないわ」

「あ、いえ、神田は神田でも川北《かわきた》の相生町《あいおいちよう》の、青陽堂という店の――者です」

危うくいつも通り、「店の裏に住んでおります」と言うところをすんでで誤魔化した。

「青陽堂……聞いたことがあるわ」

「葉茶屋です」

「ああ、そうそう。尾上《おのうえ》で聞いたんだった」

浅草の大店に数えられている料亭で、かつて涼太に想いを寄せていて、律を「恋敵《こいがたき》」と呼んだ綾乃《あやの》の家でもある。

「尾上をご存知で？」

「ええ。尾上ほど名高くないけど、うちは浅草で旅籠《はたご》をしてるの。先月、夫が尾上に連れて行ってくれて、出てきたお茶が美味《おい》しかったから、どこから茶葉を仕入れているのかあの人が訊《き》いたのよ。ああ、夫といっても昨日からなんだけど」

「昨日？」

「昨日、中秋の名月に合わせて祝言を挙げたの。でもまあ、夫とは昔から知っている仲だから、なんだかまだぴんとこないわ」

「わ、私もです」と、律は思わず勢い込んだ。

「えっ？」

「私も昨日祝言を挙げたばかりで……お、夫とは幼馴染みで……」

「あら、それは奇遇ね」

伶は手を叩いて喜んだが、涼太を「夫」と呼んだだけで律は頬が熱くなるのを感じた。

「うふふ、じゃあ、あなたも逃げてきたの？」

「と、いうことはお伶さんも？」

「ええ。だってもう、姑があれやこれやとうるさいんだもの。とにかく私が気に入らないのよ。祝言もまったく乗り気じゃなくて……でも、もとより夫から、家のことも旅籠のことも何もしなくていいって言われてるから、さっさと逃げてきちゃった。朝のうちにご近所への挨拶回りはしたから、それで充分でしょう」

羞恥心から逃げ出した律とは違うようだが、香と姑の峰《みね》といい、嫁姑が相容《あいい》れないのはよく聞く話だ。

「お律さんのお姑さんはどう？」

「う、うちのお姑さんはお店の女将さんを務めていて、厳しい方ですけど、昔から知っていますし、嫌われてはいないと思います。仕事も続けてよいと言われていますし……」

「まああ、いいお姑さんね。うちのと取り替えて欲しいわ。ああでも、私じゃ駄目ね。お律さんみたいな、お金になる取り柄が何もないもの」

ふぅっと溜息をついた伶は、女の律から見ても色気がある。

人懐《ひとなつ》こい物言いや笑顔も相まって、「女将」となればさぞかし評判になるだろうにと、律は何やら惜しい気持ちになった。

「あの……」

か細い声がして、伶と二人して振り向くと、ほんの二間ほど先にいつの間にやら女が一人立っていた。

「あの、私はすみと申します……」

四

すみもまた新妻《にいづま》であった。

律たちの話を漏れ聞いて、二人が嫁いだばかりと知って声をかけてきたのである。

夕餉の席では黙っていたが、寝所で律は二人のことを涼太に話した。

「おすみさんはなんと一月前——文月は十五日に祝言を挙げたんですって」

「俺たちが初めに決めてた日取りだな」

「そうなの。お伶さんといい、なんだかご縁があるとしばし話が弾んで……でも今日はあまりゆっくりできなかったから、三日後にまた寛永寺で集まることになったの」

すみの父親は麻布《あざぶ》に住む大工の棟梁《とうりよう》で、夫は左官《さかん》だそうである。夫が千住宿《せんじゆしゆく》で仕事をしているため今は千住大橋に近い小塚原町《こづかはらまち》に住んでいるが、夫の仕事が終わり次第、麻布か芝《しば》か、親元の近くへ引っ越すという。

小塚原町の家は九尺二間の裏長屋で、子供のいない夫婦暮らしでは家事も大して手間がからぬために、すみは昼から二刻ほど暇を持て余してあちこちに出かけているらしい。

「お伶さんも一時、家の都合で円通寺《えんつうじ》の近くに住んでいたんですって。はた屋もご存知だったのよ」

昨年の卯月《うづき》に、十年前に行方知れずになったという幸《こう》――のちの駒《こま》――を探して、円通寺からほど近い万屋《よろずや》・はた屋を涼太と訪ねた。

「お駒さんが親元へ帰っていた間の、はた屋のご夫婦の落ち込みようも覚えていらして、お駒さんを連れて逃げたことを喜んでたわ」

「そりゃよかった。あん時は町の人がたくさん助けてくれたんだったな」

「そうなの。円通寺は帰り道で寄ったけど、急いでいたから駆け足だったわね」

「急《せ》かしたのはお前だぞ？　せっかく二人きりだったのだから、俺はもっとのんびりしたかったのに」

「だって、あの日はお駒さんが待っていたから……」

叶うならそのうちまた二人きりで円通寺に――否、円通寺に限らずどこへなりとも――出かけたいと願っているが、店を立て直すまでは涼太は私用で店を空けられそうにない。

だがこれからは、毎晩寝所では二人きりである。

今晩もまた「営み」があるのだろうと、掻巻の下で身を固くしていると、涼太がのんびりとした声で問うた。

「お伶さんの嫁いだ旅籠ってのは、なんて名なんだ？」

「あ、ええと、『近江屋《おうみや》』です」

「というと、田原町《たわらまち》か」

大口の取引が見込めそうな料亭や旅籠は一通り覚えているらしい。

「ええ。それで、お宿で出す海苔《のり》は長谷屋《はせや》で買ってるそうなの」

田原町の海苔屋・長谷屋には、似面絵《にづらえ》を通してかかわり合った弥吉《やきち》が丁稚として住み込んでいる。これもまた、伶に親しみを覚えた理由の一つであった。

「それで、旦那さんが尾上でお茶のことを訊《たず》ねたそうで、その、出されたお茶が美味しかったから……だからもしよかったらと、お伶さんに、う──うちのお茶を勧めておきました」

己を「青陽堂の者」、涼太を「夫」、青陽堂を「うち」と呼ぶのも、慣れるまでしばらくかかりそうだ。

「そうか。それじゃあ、近々売り込みに行ってみるか。──ありがとう、お律」

「ううん」

礼を言われて律が照れると、涼太もそれと判る微笑を返した。

が、それだけである。

掻巻を形ばかり律にかけ直し、掻巻越しにそっと肩を撫でてから涼太は腕を引っ込めた。

「明日も早いからな。お休み、お律」

「お──お休みなさい」

おしゃべりが過ぎたかしら……？

己が寛永寺で女同士の出会いを呑気に楽しむ間も、涼太は奉公人たちに交じって働いていて、夕餉の後もしばし帳場で勘兵衛と何やら話し込んでいた。

お疲れなんだわ。お店はまだまだ大変なのだもの——

涼太の眠りを妨げぬよう、律は口をつぐんで己も目を閉じたのだが、翌晩も涼太が触れてくることはなかった。

夫婦の営みどころか、接吻《せっぷん》さえもなしである。

三晩目が明けると律は不安になってきた。

何か、へましていたのやも——

初夜が首尾よく運んだと思っていたのは己だけで、知らぬうちに己に不手際があったのではないかと律は悩んだ。

——でもこんなこと、誰にも相談できない……

姑の佐和は論外で、せいや依は知り合ったばかりだ。長屋の佐久と勝は春本《しゅんぽん》をもって「指南」してくれたが、いろんな話が筒抜けになる長屋では相談しにくい。唯一頼れそうなのは親友の香だが、涼太は香の兄である。嫁入り前の「指南」を佐久や勝に頼んだ香の気遣いを思えばとても打ち明けられぬし、何より今は香にとって大事な時だ。

悶々《もんもん》としながら、律は朝のうちに池見屋へ向かった。

祝言の前に頼まれていた鞠巾着《まりきんちゃく》を納めるためである。

「此度《こたび》はまことにおめでとうございます」

慇懃《いんぎん》に祝辞を述べてから、女将の類《るい》はにやりとして紙に包んだものを差し出した。

「無事に祝言の運びになって何よりだ。これはうちからの祝儀だよ」

「ありがとうございます」

「あいにく、お千恵《ちえ》はお杵《きね》さんと出かけちまったんだが、今あの子に、根掘り葉掘り問われたくもないだろう？」

「そ、そうですね」

千恵は類の妹、杵は二人のかつての乳母で今は池見屋で家事を請け負っている。

三十五歳の千恵は類より八歳年下だが、律より一回り年上である。しかし千恵は、十三年前に何者かに手込めにされたのを苦にして池に身を投げ、九死に一生を得てから記憶があやふやになり、「椿屋敷」と呼ばれる屋敷に身を隠した。昨年の暮れにようやく少し記憶を取り戻して池見屋に戻ってきたものの、十年以上も世間とかかわらずに暮らしてきたがゆえに、いまだ年頃の女子《おなご》のように「浮世離れ」したところがある。

「まあ、青陽堂の嫁ともなれば、しばらくしち面倒臭いことがあれやこれやあるだろう」

「ええ、まあ……」

三日目の今日も祝儀を持って来た得意客が二人いて、一通りの挨拶を済ませていた。また明日は朝のうちに、佐和の伴をして大伝馬町《おおてんまちちょう》の客先に挨拶に出向くことになっている。

「だからってんじゃないんだが、鞠巾着を三枚に減らすことにしたよ」

「三枚ですか？」

表に三つ、裏に二つの鞠にそれぞれ違う絵を施した鞠巾着は律が発案し、この五箇月ほどおよそ五日おきに五枚ずつ描いてきた人気商品だ。描く端《はし》から売れたために、皐月《さつき》の終わりから籤《くじ》引きにて客を絞ってきたくらいである。

「先月、竜吉《たつきち》が描いた鞠巾着が見つかったろう？　あれで少しけちがついちまったのか、このところ籤引きは集まりが今一つでね」

竜吉は池見屋に出入りしている上絵師で、しばらく前に律の鞠巾着をそっくり真似て、十軒店《じっけんだな》の瀧屋《たきや》という小間物屋に勝手に卸《おろ》していた。類に叱られて今はもう描いていない筈だが、少しの間でも己の専売でなくなったことに律は驚き、落胆し、またこれからも類似品が出回るやもしれぬと思うと不安でもある。

「がっかりするには及ばないよ。お前の名はともかく『鞠巾着』の名は知れてきた。時節に合わせてそろそろ違う絵柄のものが欲しいという客も出てきたし、何よりあれは子供へのいい贈り物になる。だからもう籤引きはやめにして、もっと客に寄り添った——注文を利かせた巾着にすることにしたのさ」

地色やおよその絵柄——「小間物」「小間物と花」「花」「男児の玩具」「女児の玩具」な

ど——は既に客に選ばせてきたが、これからはもう少し細かく客の意向を取り入れることにして、その分幾らか値を上げたという。

「といってもお前の手間賃はさほど変わらないけどね」と、澄ました顔で類は言う。「だが、三枚にしときゃ、着物の注文と一緒でも続けられるだろう?」

「着物の注文がきたんですか?」

身を乗り出した律へ、類は小さく噴き出した。

「まだたとえ話だよ。まあ、鞠巾着に合わせて、子供の着物に興味を示す客がいないこともないんだが、なかなか商談まで至らなくてねぇ」

「そうですか……」

「着物よりも先に袱紗《ふくさ》の注文があるかもしれないよ。こないだの栗の袱紗、雪永《せつえい》はいたく気に入っていて、ここしばらくあればかり使っているそうだ」

「それはありがたいことで」

類と同い年で類の古くからの知己《ちき》でもある雪永は、材木問屋の三男で、粋人《すいじん》にして池見屋の上客だ。千恵も子供の頃から見知っており、身投げをする前から想いを寄せていて、椿屋敷を世話したのも雪永なのだが、その恋はいまだ成就に至っていない。

袱紗は「秋の茶会のために」と、文月の騒ぎの前に請け負ったものだ。

初めは七草や柿、無花果《いちじく》、柘榴《ざくろ》などを考えていたのだが、囚われの身となった先で、秋彦が「くりとおいもがこうぶつ」と言っていたのが頭の片隅に残っていて、結句、微《び》に入り細《さい》にわたった毬栗《いがぐり》を描いたのである。

鞠巾着の布を受け取り、九ツが鳴る前に青陽堂に一度戻った。

一昨日、昨日に続いて、台所で握り飯を二つもらうと、勝手口から長屋へ向かう。

昼時だからか井戸端には佐久と勝が出ていた。春本がちらりと頭をかすめたが、長屋の皆には昨日のうちに大体挨拶を交わしていたから、今日はもううろたえずに済んだ。

新たな鞠巾着は注文を細かく聞いた分、下染めされた布には小間物や玩具についての書付や素人絵《しろうとえ》も一緒になっていて、これはこれで意匠《いしょう》を考える手間が省けて律には好都合だ。

一刻ほどで三枚の下描きを済ませてしまうと、八ツが鳴ってすぐ耳慣れた足音と声がした。

「やあ、先生。やあ、お律さん」

隣家の今井に声をかけてから律の家に現れたのは、定廻り同心の広瀬保次郎《ひろせやすじろう》だ。

後ろで会釈をこぼしたのは、火盗《かとう》または火盗 改《あらため》こと火付盗賊 改 方《ひつけとうぞくあらためかた》の同心・小倉祐介《おぐらゆうすけ》で、保次郎の学友でもある。町奉行所と火盗改は俗に不仲といわれているが、この二人に限ってはそのようなことは一切ない。二人とも兄を亡くして今の役目に就いたこともあり、互いに切磋琢磨《せっさたくま》し、助け合うこともしばしばだ。

「今日は火盗のご用ですか？」

二人とも着流しに脇差しのみだが、少なくとも保次郎は今月は非番の身である。

「いや、それはまだ判らないのだがね……」

芝の裏長屋で、宗介《そうすけ》という五十代半ばの男がふいに亡くなったという。

「長屋の者が言うには前日までぴんぴんしていたそうで、死に顔も実に穏やかで、まあ大往生だったのだが、なんと簞笥《たんす》に五百両余り貯め込んでいてね」

「五百両」

律が小さく息を呑んだところへ涼太がやって来て、皆で今井の家に移った。

祝言を挙げてから、涼太が八ツに顔を出したのは初めてだ。

今井の家は九尺二間、律の仕事場は二間三間《にけんさんけん》と仕事場の方が広いのだが、茶のひとときは慣れた今井宅の方が居心地がいい。保次郎、小倉に続いて律も畳に上がって、涼太が上がりかまちで茶を淹れる間に皆で改めて話に聞き入った。

「大家が知る限り、この宗介という男には身寄りがいないらしい。長屋の身請け人も随分前に亡くなっていてね。宗介は長屋に越してきてからもう二十年ほども、こまごま駄賃仕事を請け負ってその日暮らしをしてたようなんだが、五百両ともなると葬儀代として着服するには多過ぎるし、盗みか脅しか——何やら後ろ暗いことをしていたのではないかと大家が案じて、正直に申し出てきたのだ」

「しかし、広瀬さんは今月は非番では？」

今井が問うのへ、小倉が照れ臭げに盆《ぼん》の窪《くぼ》へ手をやった。

「私が誘ったのです。この三月《みつき》ほど広瀬は目に見えて付き合いが悪くなりまして……」

二月前の水無月《みなづき》に、保次郎は書物同心の娘・史織《しおり》を妻に娶《めと》った。

町の本屋で出会った二人は、三年ほど互いに誤解し、想いを秘めていたのだが、卯月に誤解が解けてからはとんとん拍子に話が進み、律たちより早く祝言に至ったのである。

「仕方なかろう」と、保次郎。「皐月は祝言の支度で忙しく、祝言が終われば、それはそれで何かと、しょ、所用が増えるのだ。——なぁ、涼太？」

「はあ、うちはお武家さまとは違いやすからなんとも……」

涼太の返答に小倉はくすりとして言った。

「構うな、涼太。こいつの所用というのは、やれ『妻と本屋巡りに』だの、やれ『妻にねだられて増上寺《ぞうじょうじ》に』だの、要するに新妻を見せびらかしに出歩いているだけなのだ」

「お、小倉」

慌てる保次郎を横目に、小倉は今井に向き直る。

「芝へ誘ったのは広瀬をからかうためです。こいつときたら、増上寺に出かけておきながら史織さんに遠慮して、花前屋《はなさきや》には寄らずに帰って来たと言うのでね」

「花前屋というと、青陽堂の……」

思い出しながら律が涼太を見やると、涼太は「ああ」と相槌《あいづち》のみで素っ気ない。

芝神明前《しんめいまえ》の、雪永の紹介で卯月に涼太が自ら売り込みに行った茶屋である。店で出す茶に加え、土産用の茶葉も置いてくれており、いまや大事な大口客だ。

「史織さんに遠慮して、ということは……花前屋には、見目麗《うるわ》しき女将《おかみ》か看板娘でもいるのかね？」

顎《あご》に手をやって今井が問うた。

「両方です。女将は大分歳ですがまだ艶気《つやけ》がありますし、茶汲み女たちも皆粒ぞろいだと評判の茶屋なんですよ。――なぁ、涼太？」

「これ、小倉」

小倉をたしなめてから、保次郎が話をもとに戻した。

「件《くだん》の宗介は花前屋の常連だったんです。芝に越してから――つまりこの二十年ほどほぼ毎日通っていたそうで」

宗介と親しくしていた者や生業《なりわい》を詳しく知る者がいないかと、大家と番人が花前屋を訪ねたところへ、保次郎と小倉が居合わせた。それが昨日のことである。

「けど、誰も心当たりがないってんで、お二方が宗介の顔を拝みに行って、お律に似面絵を頼みにいらしたんですね？」と、今度は涼太が問うた。

「その通りだ。花前屋はこの二十年の間に女将も代替わりしていてな。宗介は店の女に入れ上げてたというのではなく、一人で一杯の茶をゆっくり味わうのが日課だったようで、店の者はもちろん、他の客とも話し込むことはなかったらしい」

番人に請われて保次郎と小倉は長屋へ赴き、野辺《のべ》送り前の宗介の亡骸《なきがら》と家を検分した。

二人から顔の造作《ぞうさく》を聞いて描いた似面絵は年相応の男で、額と顎の微かな染みの他はこれといった特徴がない。

「脇に古い切り傷があったから、似面絵と合わせて、そいつが手がかりにならぬかと思っているんだがね……」

二枚ずつ、計四枚の似面絵を手にした保次郎と小倉が辞去《じきよ》して間もなく、涼太も店へと戻って行った。

律も仕事に戻ったが、先ほどとは打って変わって気が乗らない。

涼太が女たちの評判を口にしなかったのは、己を気遣ってのことだろう。また、江戸中には数え切れぬほどの「看板娘」がいるのだから、いちいち嫉妬するのは莫迦莫迦しい。

女たちへの嫉妬よりも、保次郎の愛妻家ぶりが、この二日間、昼も夜も「何もない」律には羨ましかった。

七ツ半には長屋から湯屋へ向かい、六ツ過ぎには青陽堂へ帰った。

廊下を行き交う奉公人たちと会釈を交わしつつ一度寝所に入り、身なりを確かめてから奥の——家の方の座敷に移る。ひとときもすると清次郎に佐和、涼太、せいが集まり、五ツには夕餉を終えて、寝所に戻った。

有明行灯に火を入れ、寝間着に着替えて夜具を広げる。

涼太は夕餉ののち帳場へ行ったが、今日は昨日より早く――四半刻余りで帰って来た。

「早かったのね」

「うん？　ああ……」

着替えを手伝うべく、律が立ち上がって背中に手を伸ばすと、涼太が振り向きざまに抱き締めてきた。

接吻――否、口吸いと共に夜具《やぐ》に横にされ、八ツ口から入ってきた手が乳房をまさぐる。

あれよあれよという間にことに至り、律は三日ぶりに涼太と一つになった。

五

翌朝。

律は涼太より早く、七ツ半には起き出して台所へ行き、せいが既に用意していた手桶を受け取った。これは営みがなかった前二日も同じで、奉公人たちの「点呼」の前の身支度として起き抜けの身を拭っていたのだが、房事《ぼうじ》を経た今朝はやはりどうも恥ずかしい。

小声でせいと挨拶を交わし、そそくさと寝所に戻って、涼太を起こさぬように静かに身支度を整えた。

六ツが鳴ると、まずは涼太を起こしてから二階に上がり、階段の上がり口から順に一部屋ずつ木札に書かれた名を呼んでいく。

「はい！」とはっきりした声も、「ぁい……」と寝ぼけ眼の声も毎朝ほぼ同じで、名前だけなら律はもう全て覚えてしまった。

点呼を始めてまだ三日目だが、最後に訪ねる勘兵衛のしっかりした返事を聞くと、新しい一日の始まりを実感して気が引き締まる。

努めて平静に朝餉を終えると、佐和に言われて化粧をしてから、佐和の伴として店を出た。

牢屋敷の西の鉄砲町《てっぽうちょう》に住む丈右衛門《じょうえもん》は古希《こき》を過ぎていて、佐和の父親の宇兵衛《うへえ》の代からの得意客だという。「女将も涼太も生まれた時から知っておる」と言い、始終穏《おだ》やかで、律たちの訪問を心から喜んでいるようだった。

「十日ほど前に足をひねってしまったそうです。お歳ですから、無理をして足腰が立たなくなると困りますから、こちらから出向くと伝えておいたのです」

「さようで」

「池見屋から仕事をもらってきたばかりだというのに、足労《そくろう》かけましたね」

「いいえ。仕事はまだ日にちがあるので、今日は寛永寺に行くつもりでして……」

鉄砲町から青陽堂までそう遠くない道のりなのだが、無言でやり過ごせるほどではない。話の種として――また、佐和に少しでも認めてもらいたい気持ちから――律は先日伶やすみに出会い、今日もまた待ち合わせしていることを佐和に伝えた。

「も、もしかしたら近江屋でうちの――青陽堂のお茶を使ってもらえるかもしれません」

「それなら、手土産に少し茶葉を持って行きなさい」

店に戻ると佐和が早速涼太に言いつけ、試しの茶葉を二つ包ませた。

「近江屋には旦那の方に近々ちゃんと売り込みにいくから、お前が張り切るこたねぇぞ」

出しゃばりと思われたかと一瞬ひやりとしたが、涼太の眼差しは温かい。もとより「餅は餅屋」だと思っているから、余計なことは言わぬと約束して、律は弾んだ足取りで青陽堂を後にした。

伶とすみと待ち合わせたのは、寛永寺より三町ほど北の、御簞笥町《おたんすちよう》にある富士屋《ふじや》という一膳飯屋だ。富士屋は以前、はた屋への行きがけに涼太が連れて行ってくれた店で、一膳二十四文とそう高くない。大きな通りに面していて判りやすく、茶屋のように女だけでも入りやすいし、酒を出さないため酔っ払いがいないのも律たちには安心だ。

「いいお店ね」

「よくご存知で」

伶とすみからそれぞれ言われて、律ははにかんだ。

「この辺りはここしか知らないんです。あんまり出歩くことがないものだから」

「あら、じゃあここは誰から教わったの？」

にやにやしながら伶が問う。

「それはその、夫に一度連れて来てもらって……」

「うふふ、お律さんは本当に旦那さんに惚《ほ》の字なのねぇ。可愛らしいわ」

先日話した折に互いの歳を打ち明け合っていて、伶は律より一つ年上で涼太と同い年の二十四歳、すみは律より三つ年下の二十歳だと知れている。

律と同じ日に祝言を挙げた新妻で、たった一つ年上なだけだというのに、伶には既に人妻の色気が漂っている。「昔から知っている仲」で、祝言の前に二人きりで尾上のような料亭に出入りしていたのなら、房事を婚前に済ませていたということもありうる。

義母が伶を気に入らないのは、己もそうだが、伶がいわゆる「行き遅れ」や「売れ残り」といわれる年頃だからかと勝手に想像していたが、義母に嫌われていたがゆえに、祝言のみが遅れたのだろうかと、律はぼんやり考えた。

「お律さんの旦那さまは、どんなお方？」

膳を受け取りながら、おっとりとすみが問うた。

「う、うちの人は、ええと、私の一つ上——お伶さんと同い年で、背丈が五尺八寸ほど、十二の時から奉公人に交じって下働きから勤めてきて……その、お店と奉公人を大事にしてる真面目な人です」

「あら、ご謙遜《けんそん》」と、伶が笑った。「長谷屋の弥吉に聞いたわよ。青陽堂の旦那は色男にもかかわらず、若い頃からお律さん一筋だったたって」

「い――色男というほどでは。それにまだお店を継いでいなくて、若旦那――ううん、一手代のままなんです」

「でも、ゆくゆくは、じゃない」

にっこりとして伶が今度はすみに問う。

「――おすみさんの旦那さんはどう？　大工の棟梁が娘を嫁に差し出すような左官なら、さぞかし腕が立つんでしょうね」

「うちの人もその、お伶さんと同い年で――背丈はおそらく五尺七寸……はないかしら」

はっとして伶が眉をしかめた。

「……嫌だわ。うちの人も同い年なの。旦那方が同い年なのは構わないけど、私も一緒となると、一人だけ大年増《おおどしま》みたいに聞こえるわ」

「そんな、お伶さん」と、律は苦笑した。「私だって一つしか違いませんし、二十五まではみんなただの年増です。中年増もまだなのに、大年増なんてとんでもない」

女は俗に二十歳過ぎたら「年増」、二十五歳で「中年増」、三十路過ぎたら「大年増」と呼ばれている。

「それもそうか」

おどけた声で相槌を打つと、伶はすみに人懐こい笑顔を向けた。

「ごめんなさい、おすみさん。五尺七寸もあれば充分じゃないの。うちの人なんて私と二寸も変わらないわ。背丈はいいから、他を聞かせてちょうだい」

伶が促すと、すみの頬がほんのり染まる。

「顔立ちはその……お恥ずかしい話、私の一目惚れで……」

「なら、それだけ美男ということね」

「で、でもそれだけじゃないんです。うちの人と先に出会ったのは父で、人柄も左官の腕もいいからと……父が見込んだ人ならとお目にかかって、その、私もその気になりまして。あの人なら言い寄ってくる女の方はいくらでもいたと思うのですけど、驕《おご》ったところはちっともなくて——ああでも、少しばかり気難しい時があるんですが、それは手の古傷が時々痛むからだそうで……」

「手に古傷が？」

父親の伊三郎《いさぶろう》を思い出して、律は問うた。

伊三郎は妻の美和《みわ》に次いで辻斬りに襲われ、利き手を斬られた。妻を失った上に思うように仕事ができなくなって、苛立ちと気鬱《きうつ》を繰り返し、五年後に無念のうちに同じ辻斬りによって殺されたのだ。

「ええ」と、すみは左手で己の右手に触れた。「二年ほど前にはしごから落ちそうになって、とっさにはしごをつかんだことで痛めてしまったみたいです」

「それはどうかお大事に。左官なら手が利かないと困るもの」

心からの同情を込めて言うと、伶も「そうねぇ」と沈んだ顔で頷いた。

「お二人とも、そうお気になさらずに。ふとした折に痛むだけで、いつもはなんともないと言っておりますから」

とりなすように微笑んで、すみは伶の方を見た。

「それよりも、お伶さんの旦那さまのことも聞かせてくださいな」

「うちの人は……」

つぶやくように言って伶も微笑んだ。

「お二人の旦那さんと違って、見た目はちっとも冴えないわ。食い意地が張ってるもんだから、お腹はまだそうでもないけど顔が丸くて、同い年なのになんだか私の方が老けて見えるから困ったものよ」

「でも、幼馴染み同士、長いこと想い合って夫婦になられたのでしょう？」

「お律さんちはそうだけど、うちは違うわ。うちは残り者同士がくっついただけ。うちの人には弟が二人いてね。それぞれ想いを交わした娘さんがいるんだけど、長男を差し置いてってのは世間体《せけんてい》が悪いから、近所の行き遅れの私に目をつけたのよ。こっちはこっちで妹が一人つかえてたから、うちの親にも私にも、渡りに船だったのだけど」

茶目っ気たっぷりに言う伶に、律たちは顔をほころばせた。

口ではなんと言おうと、伶が夫を好いているのが見てとれる。

膳を少しつまんで、躊躇《ためら》いがちにすみが口を開いた。

「旦那さまは果報者ですね。お伶さんみたいな器量よしがお嫁にきて……私、なんだかまだ信じられないんです。あの人が私なんかと一緒になってくれたこと――ううん、本当は判ってるんです。あの人が私をお嫁にしたのは、父が気に入ったからなんです。父と馬が合って、父と一緒に仕事がしたくて……私のことは二の次なんです」

「まさか」と、律はとっさに応えたが、己はすみの夫を知らない。

時々でも古傷が痛むのであれば、すみの夫は先行きに不安を感じていたやもしれない。義父が大工の棟梁ならば、左官が仕事にあぶれることはなかろうから、すみを娶《めと》るのに多少なりとも胸算用《むなざんよう》を立てていてもおかしくなかった。

「祝言だって、親は千住での仕事を終えて、近くに越して来てからでいいと言ったんですが、離れていると誰かに盗《と》られてしまう気がして、私が無理を言って早めたんです」

だが、すみとて醜女《しこめ》からはほど遠く、いうなれば顔かたちも身体つきも己と変わらぬ十人並みだ。伶と並んで見劣りするのは、ひとえに伶の容姿が抜きん出ているからである。

「ふふっ、おすみさんたら」

小さく噴き出してから、伶はおどけた声と共に微笑んだ。

「女は一にも二にも愛嬌《あいきょう》よ。ああ、嫁取りは一に愛嬌、二に若さかしら？　なんにせよ、おすみさんが案ずることないわ。私なんか、なんとか小町と呼ばれる度にいい気になってお高くとまっていたものだから、こんな歳まで貰《もら》い手がつかなかったのよ」

「でも……」

「一目惚れなんて、旦那さん、内心きっと喜んでるわ。それにおすみさんは、旦那さんの見てくれだけじゃなくて、人柄や仕事の腕前にも惚れ込んでいるんでしょう？」

「もちろんです。祝言の前に鏝絵《こてえ》を見せてもらったことがあって……鏝絵まで出来るなんて知らなかったから驚いて、しかもとてもよく出来ていたものだから、また驚いて」

「それならますます心配無用よ。そういうおすみさんの知らず知らずのうぶな手応えが、男の人にはたまらないのよ。旦那さんもおすみさんのお気持ちや人柄は充分承知で、心地よく思っている筈よ。ああでも、色男は得てして見栄《みえ》っ張りだから、うまく立ててあげれば尚良しよ。――余計なお節介でしょうけど」

　半刻ほど富士屋でのんびり膳を食べ、同じ町の茶屋に移って、更に半刻ほどおしゃべりに興じた。近江屋には抱えの板前がいるそうで、炊事の他は仲居が担っているため伶も家事をする必要がないらしい。夕餉の支度があるすみは八ツを過ぎると帰って行ったが、夕刻まで暇な伶は池見屋に行こうと言い出した。

「店の名と女将の噂は聞いたことがあったけど、一度も訪ねたことがないの。せっかくだから、噂の女将にお律さんが紹介してくれない？」

　何もしなくていいと夫には言われている伶だが、旅籠に嫁いだ身ならそれなりの着物を仕立てることがあろう。青陽堂と違って池見屋は客には困っていないが、客が増えて困るということもあるまいと、律は喜んで案内することにした。

六

半刻足らずで池之端仲町の池見屋に着いたが、女将の類は留守であった。類どころか、見慣れた征四郎《せいしろう》、藤四郎《とうしろう》の二人の手代も留守にしていて、いつもは帳場や仕入れなど裏方に徹している番頭の庄五郎《しょうごろう》と、遣いや雑用が主な仕事の丁稚の駒三《こまぞう》が店番をしていた。どちらも真面目で礼儀正しいしっかり者なのだが、まず笑みを見せぬところが手代の二人とは大違いである。

律が伶を紹介すると、庄五郎が慇懃に挨拶をした。

「浅草からご足労いただいたというのに、女将が留守で申し訳ありません。しかと伝えておきますので、どうかこれに懲りずにご贔屓《ひいき》に願います」

類の不在を伶は残念がったが、池見屋の品揃えには満足したようだ。

鞠巾着の見本を見た伶が大げさに褒《ほ》めちぎるものだから、律は嬉しいやら照れ臭いやらだったが、「でも」と伶は最後に付け足した。

「こんな愛くるしい巾着には、私はどうもそぐわないわね。——ねぇ、お律さん、鞠巾着はいいから、別の巾着絵を注文してもいいかしら？」

「ええ、もちろん、喜んで！　どんな巾着をご所望ですか？」

「今すぐには決められないわ。次に会う時までに、何か考えておくわね」

伶とすみは昨日今日と続けざまに上野に来る羽目になった律を気遣い、少し間を空けて、次は律が池見屋を訪ねるのに合わせて九日後に集まることに決めていた。

池見屋まで歩いたために時を待たずに七ツが鳴って、伶は駕籠《かご》で浅草へと帰って行った。

「私もお暇します」

一緒に駕籠を見送った庄五郎へ暇を告げると、庄五郎が切り出した。

「お伶さんの巾着ですが……実は近江屋の旦那さまから鞠巾着を請け負っておりまして、おかみさん——つまりお伶さんへの贈り物だそうです」

「えっ？」

「旦那さまは泰介《たいすけ》さんと仰るのですが、何度も籤に外れていまして、悔しがっておられたのです。ですから此度籤がなくなったのを喜ばれて、すぐにご注文いただいたのですが、似たようなお客さまがざっと二十人ほどいらして、泰介さんの分はまだ少し先の筈です」

「でも、お伶さんは鞠巾着はいらないと——どうしましょう？」

「そう言われましても、注文は注文ですからうちで勝手に断る訳には参りません。絵柄が被《かぶ》らぬようお知らせしたまでですから、鞠巾着のことはくれぐれもお伶さんにはご内密に願います。うちとしては、泰介さんの分とお伶さんの分、二枚ご注文いただく方がありがたいですしね。近江屋は飯が旨いと評判で繁盛しておりますから、巾着の一枚二枚——いや、着物の一枚二枚だって大したことじゃありませんよ。お律さんはいっそ、着物を売り込んでみてはいかがです？」

「はあ……」

律とて二枚描けば実入りも二倍になるのだが、使ってもらえぬ——箪笥の肥やしとなるだけの——鞠巾着を描くのは気が進まない。

そうこう話すうちに類が帰って来た。

類より幾分若い——だが三十路《みそじ》より四十路《よそじ》が近そうな女と一緒だ。

「お帰りなさいませ」

「庄五郎、駒三に駕籠を呼んでくるよう言っておくれ。すっかり遅くなっちまったからね」

「はい」

短く応えて庄五郎が駒三を呼びに行くと、類は女に言った。

「こちらが先ほどお話しした、鞠巾着の女上絵師、お律です」

「上絵師の律と申します」

律が頭を下げると、女は優美に微笑んだ。

「私は由里《ゆり》といいます」

「ああ、それで……お名前にぴったりの根付《ねつけ》でございますね」

由里が手にした巾着には練色《ねりいろ》の饅頭《まんじゆう》根付が付いていて、百合の花が彫り込んである。

「由の里と書くので、花の百合ではないのだけれど……」

しかし根付に触れた手は白く滑らかで、歳の割にはほっそりとした、しなやかな身体つきがまさに「百合」を思わせる。

「お由里さんは、両国の丹羽野《にわの》っていう四代続いている料亭の女将さんなんだよ」

「ちっとも店の役に立ってない、名ばかりの女将ですが」

苦笑してから由里が問うた。

「お律さんの旦那さんも上絵師なのですか？」

どうして夫がいることが——と、驚いたのも一瞬で、今の己が引眉に鉄漿をつけていることを思い出した。

「いえ、私は先だって商家に嫁ぎまして、夫はその、今は一手代ですが、いずれは店を継ぐことになっております。神田の青陽堂という葉茶屋です」

「青陽堂？　それなら旦那さんは——涼太さん？」

由里は目を丸くしたが、驚いたのは律も同じだ。

「青陽堂をご存知で？」

「ええ。うちはもうざっと二十年ほど青陽堂のお茶を出しています」

「そ、それは存じ上げずにどうも申し訳ございません」

「ううん、いいのよ。いつも届けてもらうばかりで、お店にはもう長いこと顔を出していないのよ。お律さんはいつ青陽堂に嫁がれたの？」

ややくだけた物言いになって由里が訊ねる。

「四日前の――中秋の名月に合わせて祝言を挙げました」

「まあ、じゃあ本当に嫁いだばかりなのね！　おめでとうございます。女将さん――お佐和さんや清次郎さんも大喜びね」

「そうだといいのですが……」

由里に訊かれるままに少しだけ、己が涼太の幼馴染みで、青陽堂の裏の長屋で暮らしてきたことなどを話した。

「ああ、それならお律さん、あなたも見かけたことがあるわ。涼太さんとお香ちゃんと、三人でよく近所で遊んでいたでしょう？　まだ七つか八つだったかしら……懐かしいわ。女将さんたちには随分よくしていただいたのに、すっかりご無沙汰《ぶさた》しちゃって……近々きちんとお祝いに伺います。お佐和さんにそのように伝えておいてもらえますか？」

「はい。ありがとうございます」

由里の駕籠を見送ってから帰路についたため、湯屋は駆け足になった。

夕餉の席も朝餉と同じく、主に佐和と涼太が店についてやり取りすることが多いため、律はまだ口を挟んだことがない。だが今宵は、膳が空になる頃になって涼太が問うた。

「茶葉はちゃんと渡せたか？」

「はい。お近付きのしるしとしてお渡ししました。お二人とも喜んでくれました。そ、それで、帰りしなにお伶さんを池見屋に案内したのですが……」

この機に佐和に伝えてしまおうと、律は急いで池見屋で由里に会ったことを話した。

「お由里さんと」と、珍しく佐和が少しだが声を高くした。

「そりゃ奇遇だねぇ」と、清次郎も驚いている。

「丹羽野というと——作二郎《さくじろう》の得意先ですね」と、涼太。

「ええ。お前が店を手伝い始める前からのお付き合いですからね。わざわざお祝いにきていただけるとはありがたいことです。お由里さんは前はよく店に顔を出してくれましたが、女将となってからは忙しくされているようですから」

名ばかり、と由里は言っていたが、謙遜だったようである。

「お律も、お伶さんから新たに仕事をいただけて幸いでしたね」

「え、ええ」

「鞠巾着とやらも上々なようで何よりです」

「うちの者の名ももう一通り覚えてしまいましたよ」と、涼太が横から言った。「顔を覚えるのに、暇があれば父さまが書いた虎の巻とにらめっこしています」

「まあ今朝で声がけも三日目ですからね。家の者が奉公人を間違えては困りますから、早いところ覚えてしまいなさい」

「はい」

にこりともせずに言われたが、佐和が己の仕事を気にかけていてくれていること、また己を「家の者」としてもらえたのが律には嬉しい。

寝所に引き取ると、清次郎にもらった紙を広げて、名前を追いながら顔かたちを順に思い浮かべていく。

やがて戻って来た涼太が苦笑しながら、律の横で膝《ひざ》を折った。

「こりゃ、感心、感心」

「もう、からかわないで」

昨晩を思い出して、軽口を叩きながらも律は身構えたが、涼太はさっさと着替えて夜具に入った。

「どれ、俺が少し試してやろう。面長《おもなが》で細眉、唇はやや厚めで、背丈は五尺二寸ほど――」

「丁稚の亀次郎《かめじろう》さんでしょう？　お兄さんの名前が鶴太郎《つるたろう》さん」

「おっ、よく覚えていたな。じゃあ次は、典助《のりすけ》の顔かたちを言ってみな」

「ええと、丸顔に……鐘馗眉《しょうきまゆ》で」

「そりゃ典造《のりぞう》だ。典助も丸顔だが、太い上がり眉で、先は細くきりっとしてら」

「ああ、もう、典助さんと典造さんは背丈も身体つきも似てるから、どっちがどっちだかまだ迷っちゃうのよ……」

薄闇に笑い合うだけで、律の胸は満たされる。

一昨年の今頃は、律は父親の急な死に打ちのめされていた。

おとっつぁんの描いた似面絵を見つけて、仇討ちを誓って……

もとより身分違いと諦《あきら》めていた涼太と夫婦に納まろうとは、二年前には思いもよらなかったことである。

語らううちに眠気が訪れ、五日目の夜が穏やかに更けていった。

七

店の上がりかまちで涼太が客に茶を振る舞っていると、一人、初めて見る客が入って来た。

背丈は五尺四寸足らず、ふっくらとした血色のいい丸顔の、育ちがよさそうな若者だ。

「いらっしゃいませ」

ちょうど手が空いたばかりの手代の恵蔵《けいぞう》がにこやかに声をかけると、男は興味深げに店をぐるりと見回してから言った。

「田原町の近江屋の泰介という者ですが、旦那さん——ああ、まだ旦那さんではないそうですが、ゆくゆくは店主になられる——ええと、その、お、お律さんの旦那さんにお目にかかりたいのですが」

「でしたら……」と、恵蔵がこちらを見やるのへ、涼太は小さく頭を下げた。

「涼太と申します。田原町の近江屋というと、もしやお伶さんの旦那さまですか？」

遣いではなく夫だと踏んだのは、泰介がお仕着せではなく、媚茶色《こびちゃいろ》のしっかりとした仕立ての袷《あわせ》を着ているからだ。

「はい。お律さんから私どものことをお聞きなのですね」

「ええ、まあ」

「昨日は手土産をありがとうございました。早速、夕餉でいただきました」

「それで本日ご足労くださったのですか？」

「ああ、あの、茶葉のご相談は後にして、まずはお律さんにお目にかかりたく」

「お律に？」

「日中は裏の長屋にいらっしゃるそうですが、急に訪ねて行くほど礼儀知らずではありません。まずは旦那さんにご挨拶してからと思いまして」

茶汲みを恵蔵に代わってもらい、涼太は泰介を長屋へ案内した。

九ツ半を過ぎたばかりという刻限で、律は仕事場で鞠巾着の下描きをしていた。

「お伶さんの旦那さまが？　お伶さんがどうかされましたか？」

伶の身を案じた律を、泰介は慌てて打ち消した。

「いや、お伶は昨日も今日もつつがなくしておりますので、ご安心を。私はただ……」

伶は昨日律に巾着絵を頼んだそうだが、泰介は泰介で池見屋に既に鞠巾着を注文していたらしい。泰介は昨夜伶から話を聞いて、律にそのことを告げに来たという。

「鞠巾着のことは、池見屋の番頭さんが、お伶さんがお帰りになった後で教えてくださいました。絵柄が被らぬようにと……あの、お伶さんの注文は鞠巾着ではありませんので」

「ああ、そうなんですか。それならよかった。いや、もしもお伶が鞠巾着を所望するようなら、それはそれでお伶の好みの絵柄にしていただければと思って伺ったのです。ああでも、それなら初めからお伶に任せてしまえばよかったでしょうか？　巷《ちまた》で流行《はや》っていると聞いて、知り合いに見せてもらったところ、大層愛らしかったので……お伶が喜んでくれるのではないかと、つい柄にもなく贈り物にと考えてしまいました」

「あ、いえ、おそらく喜んでくださるかと……」

律の言葉に泰介はほっと安堵の笑みを見せた。

「そう言ってもらえると心強いです。いやはや、私は女心はからきしでしてね」

いつかの律の言葉を思い出しながら、涼太は口を挟んだ。

「ご案じなさらずとも、女子《おなご》というのは、巾着だろうが簪《かんざし》だろうが櫛《くし》だろうが、好いた者からの贈り物なら、なんだって嬉しいそうですよ。――なぁ、お律？」

「え？　ええ」

律が頷くと、泰介は今度はやや困った笑みを浮かべて盆の窪へ手をやった。

「ははは、そういうものですか……」

仕事の邪魔をして悪かったと、すぐに暇を申し出た泰介と涼太は再び店に戻った。

店先で恵蔵から淹れ立ての茶を二つ受け取り、泰介を奥の商談用の座敷へいざなう。

向かい合って座ると、泰介はまず茶で喉を湿らせてから微笑んだ。

「うん。やはり旨い」

率直な泰介の言葉が嬉しかった。

「茶葉は板長――といっても板前は二人しかいないのですが――と話しまして、今ある分がなくなったら、尾上さんに卸しているのと同じものをいただこうと思っています。昨日いただいた茶葉も美味しかったが、あれは少しお高いのでは？」

「よくお判りで」

「食い意地が張っていますので、味見だけは得意なのです。うちは旅籠ですが、うちの飯は尾上にけして引けを取りませんよ」

「浅草は旅籠が多いから、他にない売りがあるのは強みでしょう。お若いのにしっかりしていらっしゃる」

「いえいえ、聞いたところ、涼太さんも私やお伶と同い年だそうじゃないですか」

泰介は既に店を継いでいるようだから二十代でもおかしくないが、下手をしたら二十歳前、少なくとも己より一つ二つ年下だろうと推察していたから少しばかり驚いた。

「なんだ、そうだったんですか」

「そうだったんですよ」

歳の他、店の大きさが似ていることや、自分たちが五代目にあたること、また泰介も幼き頃から奉公人に交じって働いていたことなどが相まって、涼太たちは瞬《また》く間に打ち解けた。

聞けば泰介はほんの一月前に「若旦那」から「旦那」に昇格したという。

「私も次の春までにはなんとか……その、うちの不祥事《ふしょうじ》はもうお耳にしているかと思いますが、店を立て直すまでは代替わりは控えた方がよかろうというのが、女将の意向でして」

「女将さんの意地――いや、親心でしょうかねぇ」

「まあ、そんなところです」

「でもよいじゃないですか。店を継ぐ前に、お律さんを娶ることができたのですから。うちなんて二十歳を過ぎた頃からずっと、『早く跡を継いで、嫁を娶れ』と言われてきたのに、いざお伶を娶ると言ったら『主でもないのにとんでもない』と、なかなか店を譲ってくれなかったのです」

「それはつまり……」

「母がお伶を嫌っていましてね。お伶を娶るのなら店は継がせぬと、半年近くごねられましたが、幸い父が味方になってくれまして」

佐和が女将にして主でもある青陽堂と違って、近江屋の実権はあくまで父親にあったのだが、長年「女将」として店に尽くしてきた妻を無下《むげ》にできぬと、しばらく静観していたらしい。だが妻が一向に折れぬので、結句一月前に鶴の一声で、己が退き泰介を主に据えると言い放ったそうである。

「それで急ぎ、お伶に求婚しまして、無事祝言の運びになりまして……」

「そりゃよかった。ですが、お律の話じゃ、お伶さんと泰介さんは幼馴染みだと……それならお母さまも、昔からお伶さんをご存知だったでしょうに、一体なんの不都合が？　家柄や気性の違いですか？」

香の姑の峰がいい例で、世の姑の多くは嫁が気に入らぬらしい。幸い、佐和には今のところ嫁いびりの兆候は見られぬが、祝言の前も後も、格別律に好意は見せていない。

泰介の母親のというよりも、「姑」の心情を知りたく涼太が問うと、泰介はしばし迷ってから切り出した。

「お伶は確かにちと気が強いですが、それは母も同じでして。家柄も、お伶の家は間口三間の傘屋で抱えの職人もいますから、釣り合わないということもないのです。お伶とは幼少の砌《みぎり》に夫婦の誓いを交わしたこともありまして、いや無論、子供の戯《たわむ》れだったのですが、少なくとも私はずっとその気でしたし、両家共々、悪くない話だと承知している節があったのですが……」

「が？」

「年頃になって、お伶が男と出奔《しゅっぽん》しまして」

「えっ？」

「か、駆け落ちしたのです」と、泰介は言い直した。「——お律さんからお聞きしていませんか？　お伶の家は三姉妹なのですが、真ん中のお伶は群を抜いて見目麗しく——よ、欲目もありますが、家にいた頃は『唐傘《からかさ》小町』と呼ばれ、田原町では評判だったのです」

幼いうちから店先で傘を回して客寄せをしていた伶は、十八歳の秋、近江屋への嫁入りが囁かれ始めた頃に、とある男と恋に落ち、二親《ふたおや》と姉妹の反対を振り切って家を出た。

「けれども、相手の男とは五年ほど暮らしを共にしたのち、結句別れに至ったそうで、この春にお伶はふらりと家に帰って来たのです。それで私は、その、ずっとお伶に未練がありましたので、なんとかお伶と一緒になれぬかと」

そういう事情なら、姑に嫌われても仕方ねぇ……

息子を袖《そで》にした女が、男と五年も暮らした後で、ちゃっかり嫁に納まったのだ。涼太はまだ人の親ではないが、同じことがあれば、息子でも娘でも「我が子を虚仮《こけ》にされた」と怒り狂うに違いない。

それにしても、お伶さんが「小町」と呼ばれるほどの美女だったとは——

律から伶の容姿に関して一言も聞いていなかった涼太は、ついくすりと笑みを漏らしてしまった。

「笑いごとじゃありませんよ、涼太さん」

「こりゃ申し訳ない」と、涼太はすぐさま頭を下げた。「しかし、今はもう泰介さんはお店を継がれ、無事にお伶さんを娶られて、順風満帆《じゅんぷうまんぱん》なのですから……」

「そ、それがそうでもないのです」

「というと？」

「その……これは、お律さんにも秘密にしていただきたいのですが……」

泰介が茶托《ちゃたく》を脇に置いて半歩にじり寄ったので、涼太も同じように茶托をよけて身を乗り出した。

「見ての通り、私はもてる男ではありません」

「はあ」

「お伶の親父さんはその昔、中の——吉原《よしわら》の女にはまって大金をつぎ込んだことがあり、家が大分揉《も》めたので、お伶は花街《かがい》に通う男を蔑《さげす》んでおりまして」

「まあ、花街を快く思う女はおりませんよ。私どもにはただの遊びでも、女たちの多くにとっては不義に等しいようですから」

花街行きを耳にした時の佐和や香、律の様子や物言い、それから跡取り仲間にして遊び人の勇一郎《ゆういちろう》から聞いた話を思い出しながら涼太は言った。

「つまり、花街に通っているのがお伶さんにばれたのですか?」

「いえ」と、泰介は頰を染めながら打ち消した。「その反対で、お伶に嫌われたくない一心で、私はこれまで花街に行ったことがなく——そりゃ、私も男ですから、一人でこっそりと、その、『なに』することはありましたが、それだけでして」

つまり、五日前の夫婦の初夜が泰介の「筆おろし」だったというのである。

なんとまあ……

思わぬ話に驚いたが、つぶやきは胸の内だけにとどめた。

「……では、閨《ねや》で何か不手際《ふてぎわ》でも?」

「そ、それが判らんのです」と、泰介はますます顔を赤くした。「恥ずかしながら、私が無知ゆえお伶の手引でことに至りまして……その、私はうまくいったと思っていたのですが、次の日もその次の日もお伶はさっさと寝入ってしまいまして、いまだ一度きりしかいたしていないのです。昨晩それとなく問うてみたところ、月のものの都合もあるし、『あれ』は五日に一度ほどで充分だと言うのです。そ——そういうものでしょうか?」

「はあ……」

流石《さすが》に涼太も返答に困った。

月経が始めから終わりまで五日ほどかかるのは知っているが、「月のもの」といわれるようにおよそ月に一度の話で、「五日おき」にあるものではない。察するに伶が気乗りしないのであろうが、五日に一度が夫婦として適正な頻度かどうかは涼太には量りかねた。

涼太にとっても夫婦《めおと》暮らしは始まったばかりだ。加えて、これまで抱いてきた女は皆玄人で、素人――しかも生娘《きむすめ》は律が初めてである。

長年想い続けてようやく迎えた恋女房ゆえに、毎晩でも抱きたいのが本心だ。勘兵衛の申し出を断ったのも――律にはそれとない理由を告げたが――両親や手代と隣り合わせた勘兵衛の部屋よりも、階下の方が睦《むつ》みごとには都合がよいと踏んでのことである。

そんな助平心を押し留め、今のところ睦みごとを三日に一度としているのは、これも勇一郎から聞いた「助言」が念頭にあるからだった。

――「初めて」ってのは女には相当痛みを伴うそうだ。慣れねぇうちにしつこくされて、営みばかりか、旦那をも嫌っちまう女も少なくねぇと、以前おのとが言ってたぜ――

のと、というのは神田明神の近くに勇一郎が囲っている女である。

初夜で痛みの有無《うむ》を問うた己に律は首を振ったものの、気遣いからの嘘だと涼太は見抜いていた。ゆえに続く二夜は我慢したのだが、一昨夜の運びはどうも性急だったと自省している。睦みごとにしても、接吻や愛撫にそれなりの手応えは見られるのだが、花街の女たちの応え方とは――本気であれ芝居であれ――多分に違う。己の悦びの半分も律は得られていないのではないかと、ともすれば不安にかられる涼太であった。

昨夜だって……

己が寝所に入った途端に律が身を固くしたのが判って、涼太はさっさと夜具に潜り込んだ。接吻――否、口吸いくらいと思わぬでもなかったが、少しでも触れたら歯止めがきかなくなりそうだったのと、その気のない律に己の「欲情」を知られたくなかったからである。

「涼太さん？」

不安げな声で呼んだ泰介に、涼太は精一杯さりげなく微笑んだ。

「嫁と商売女は違いますからね。女慣れした友曰《いわ》く、男と違って女というのは、よほどの色狂いでもなければ毎晩いたしたいとは思わぬそうです。お伶さんが五日に一度と言われるのなら、今夜あたりそれとなく誘ってみちゃどうです？」

「そ、それとなくなんて――それができれば苦労しませんよ」

「けど、昨晩はそれとなく問うてみたんでしょう？」

「問うのと誘うのでは大違いです。涼太さんのようなお人には容易《たやす》いことやもしれませんがね、私のような者には、清水《きよみず》の舞台から飛び降りるがごとき――」

「いくらなんでも、そりゃ大げさだ、泰介さん」

涼太が苦笑すると、泰介も照れた笑いを見せた。

「清水は大げさやもですが、お伶は茶屋で――ああ、けしていかがわしい茶屋ではありませんよ――働いていたので男のあしらいに慣れていますし、年増ではありますが、私には本当にもったいない美姫なのです。芝でも『花前小町《はなさき》』と呼ばれていたくらいでして――」

「泰介さん」

はっとして、涼太は泰介ののろけ話を遮《さえぎ》った。

八

「似面絵を、お伶さんに?」

宗介という芝で死した男の似面絵を、伶に見せてみろというのである。

似面絵を描いて九日が経ったが、いまだなんの手がかりも得られぬのだと、八ツに現れた保次郎がこぼしていた。

「どうして、お伶さんに?」

今一度問うた律へ、涼太は躊躇いがちに切り出した。

伶が十八歳の時――ちょうど今時分に芝の男と駆け落ちしたというのである。

「円通寺の近くに越したのはおととしで、それまでは芝に住んでいて、花前屋で茶汲みをしてたってんだ。だからきっと宗介も見知っている筈だ」

「お伶さんが駆け落ち……」

花前屋で茶汲みをしていたことよりも、駆け落ちの方が律には驚きだ。

が、同時に腑《ふ》に落ちないこともなかった。

いくら「お高くとまっていた」としても、伶ならいくらでも貰い手がいたに違いない。しかし、町を出て五年も男と暮らしていたとなると、今の今まで縁談がまとまらなかったのも頷ける。田原町の者は皆このことを知っているらしく、泰介は伶は既に律に話したものと考えて、涼太にも打ち明けたようである。

「でも」と、気を取り直して律は言った。「花前屋の女将さんも女の人たちも、宗介さんをよく知らないと言ったんでしょう？　だったらお伶さんだって、挨拶くらいしか言葉を交わしたことがないんじゃないかしら？」

「それならそれで仕方ねぇ。なんの手がかりもねぇと、広瀬さん、がっかりしてたじゃねぇか。駄目で元々——藁《わら》をもつかむってやつさ。まあ、お律が気が進まねぇってんなら、無理にとは言わねぇが……」

迷いはあるが、伶にはすみと共に明日また富士屋で会う約束がある。

涼太の助言を得ながら、九日前に描いた宗介の似面絵を一枚描き——翌朝、律は上野に向かった。

まずは鞠巾着を納めるべく池見屋を訪ねると、新たにもらった布と書付を差し出しながら類が言った。

「この桜鼠《さくらねず》の分は、近江屋の泰介さんからの注文だ。庄五郎から聞いたが、お前はこの人のおかみさんと知り合いなんだってね。だから念のため教えておくよ。新しい巾着の注文もしっかり取ってきな」

「はい……」

池見屋を早々に辞去すると、九ツに富士屋で伶とすみと落ち合った。

九日前と同じく富士屋の膳に舌鼓《したつづみ》を打ち、だが昼餉ののちは茶屋の代わりに腹ごなしに寛永寺を詣でることにした。

近江屋には数日前に、市村羽左衛門《いちむらうざえもん》という役者が泊まったそうだ。歌舞伎など観に行ったことのない律はその名を知らないが、すみは役者に詳しいらしく、二人して伶の話に聞き入りながらのんびりと寛永寺の境内を歩いて回った。

――と、何やら小走りにやって来た男が辺りを窺い、律たちに気付いて目を見張る。

伶とすみも男に気付き、すみの方が先に口を開いた。

「あなた――一体どうしたの？」

「あ、いや、その……」

ばつの悪い顔をした男はすみの夫らしい。すみが言った通り、背丈は涼太ほどないものの、涼太よりは役者然とした人目を引く色男である。

「おめぇが半月の間に三度も寛永寺に行くってから、どうもおかしいと、仕事を昼で切り上げて……先日もこのお人らと会ってたのかい？」

「そうですよ」

「だったら、そう言ってくれりゃあよかったのに」

「だって、他の女の人のことなんて、なんだか話したくなかったんです。殊にお伶さんはお綺麗《きれい》だから、話の上でもあれこれ訊かれたら、お伶さんに焼き餅焼いちゃいそうで……」

すみは律たちのことを、家ではまったく話していなかったようだ。

ふと、己も涼太に伶の容姿を語らなかったことに律は気付いた。すみほどではないが、律も涼太が他の女に――たとえ「その気」はなくとも――興味を示せば面白くない。

「もう、友次郎《ともじろう》さんたら！　そんなに見とれなくたって――お伶さんにも失礼よ」

「見とれてなんか……」

友次郎は言葉を濁したが、伶の美貌に驚きを隠せないようである。

伶も突然現れた友次郎にしばし呆気《あっけ》に取られていたが、遠慮がちに小さく頭を下げた。

「伶と申します。浅草の近江屋という旅籠の者です。こちらはお律さん。神田の青陽堂という葉茶屋のおかみさんです」

「ど、どうも――友次郎と申しやす」

「察するに友次郎さんは、おすみさんが浮気でもなさってるんじゃないかと案じて、わざわざ探りにいらしたのでしょう？」

からかうように言って、伶は艶《あで》やかな笑みを浮かべた。

「でしたらどうかご心配なく。私どもは十日余り前に偶然こちらで出会いまして、おすみさんは文月に、私どもは葉月にそれぞれ祝言を挙げたばかりと知って、新妻同士、家事やら姑のことやらを、姦《かしま》しくこぼしていただけですから」

「そ、そうだったんで」

「もう……本当にびっくりしたわ」

胸に手をやってすみは溜息をついたが、誤解といえども夫の嫉妬心がすみには嬉しかったようで、改めて友次郎を見やってはにかんだ。

「今日はこれにて……」と、十日後の再会を約束して、すみが友次郎と帰って行くのを見送ると、伶と二人して顔を見合わせた。

「なんだか気がそがれちゃったわね。私たちも今日はもうお開きにしましょう」と、伶。

「あ、あの、その前に……」

勢いに任せて律は宗介の似面絵を取り出した。

「お伶さん、この方に見覚えはありませんか？」

「あら、これはもしや宗介さん？　どうしてお律さんがこんな絵を？」

己は上絵の他に奉行所から似面絵を請け負うこともあるのだと、律は手短に伶に語った。

「宗介さんは先日お亡くなりになりました。大往生でしたが、何分急なことで……宗介さんは独り身で、お身内はもういないそうですが、どうも長屋の人には明かしていない親しい人がいたようです。それで大家さんが形見分けのためにその方を探しておられまして、定廻りの広瀬さまが一肌脱ぐことにしたそうです」

金のことや火盗改のことまで言うことはあるまいと、昨夜涼太と話して決めた方便だ。

「それであの、昨日、泰介さんがうちにお茶の注文にいらして、そのついでに――」

「私が花前屋で働いてたことを漏らしたのね」

「そ、そういうことです」

「じゃあ駆け落ちのことも？」

「あらましのみですが……」

「まったくもう」と、伶はつぶやいたが、腹を立ててはいないようだ。「まあいいわ。町じゃみんな知ってることだもの。それに、広瀬さまのためなら私も力になりたいわ」

「広瀬さまをご存知で？」

「あらやだ、あたり前でしょう。あの義純《よしずみ》さまがお亡くなりになった時はどうなることかと思ったけれど、保次郎さまもいまやご立派になられて心強いわ。非番の月でも、こうして私たちを――町の者を大事にしてくださるし」

律や涼太のように格別懇意にしているのではなく、定廻り同心として慕っているらしい。

義純は保次郎の兄で、保次郎よりずっと凜々《りり》しい武芸に秀でた男で、奉行所ばかりか町の者にも人気であった。義純の不慮の死により三年前に保次郎が跡を継いだのだが、これは広瀬家と親しい与力・前島勝良《まえじまかつよし》の横紙破りの嘆願なくしてありえなかった。以前の保次郎は書物を愛し、学問に勤《いそ》しむ冷や飯食いで、剣術はおろか、「二本差し」で歩いたことさえ数えるほどしかなかったからである。

「今のお言葉、広瀬さまにお伝えします。きっとお喜びになられます」

律が言うと、伶はにっこりと微笑んだ。

「じゃあ、広瀬さまにはしっかりお伝えしてね。深川を……一昔前からある深川の煙草屋《たばこや》をあたってみたらどうかと、近江屋の伶が言っていたと」

「深川の煙草屋ですか……？」

「ええ。『親しい人』かどうかは知らないけれど、宗介さんが会いたがっていた人ならおそらく深川にいる——少なくとも数年前まではいた筈よ。宗介さんにお身内がいないっていうのは本当なの？」

「大家さんの知る限りではそのようです」

「……宗介さんはいつも、表の縁台の一番端っこに座って、お茶と煙草を一服ずつ、黙ってゆっくりと味わってたわ。注文以外、滅多に口を利かない人だったけど、一度だけ江戸見物の旅人と珍しく世間話をしていたの」

隣りに座った旅人から煙草の火を分けて欲しいと頼まれて、快く応じたそうである。

——これから日本橋をちょいと流して、永代橋《えいたいばし》を渡って深川に——

──ほう、深川に行かれますか──

──ええ、八幡《はちまん》さまをお参りに。永代橋ってのはえらく長く大きな橋だそうですね。八幡さまと同じくらい、永代橋も楽しみですや──

──そう言ってもらえると嬉しいですな……深川の者としては──

──おや、深川からいらしたんですか？──

──芝に越してもう大分経ちますが、昔、深川で煙草屋をしておりましてね──

──道理で、よい煙草を吸っていらっしゃる──

──はは、お上手だ。よろしければ少しお分けしましょう──

「旅人が行っちゃってまた一人になった時に、『深川の出とは知らなかった』って、ちょっと声をかけてみたのよ。そしたら宗介さん、『あれは嘘だよ』って笑ったの。『お上りさんを喜ばせてやろうと、ちょいと話を合わせただけなんだ』って……でも、私はそれこそ嘘だと思ったわ。なんだか知らないけど、この人も帰れない事情があるんだって──深川に帰りたくても帰れない、会いたくても会えない人がいるんだって──私、すぐに判ったのよ」

そう言って伶は、微かに潤んだ瞳を似面絵からそらした。

伶が家を出たのは男のためで、親兄弟を憎んでのことではない。

捨てたのか、捨てられたのか──どちらにせよ、五年ぶりに家の敷居をまたいだ伶の気持ちを推《お》し量ると、自然に胸が締め付けられた。

九

礼を言って伶と別れたのちに、巾着の注文に触れなかったことに気付いた。

急に「お開き」となって慌ててしまい、つい巾着絵のことよりも似面絵を持ち出してしまった己が恨めしい。

伶の方は忘れていたのか、それとも気が変わったのか。

似面絵を持ち出す前に「お開き」と言われているから、ただ忘れていたのやもしれないが、己が「駆け落ち」を知った今、気が変わったと――己を避けられても仕方ないと、律は小さく溜息をついた。

少なくとも、今は泰介が注文した鞠巾着がある。

地色の桜鼠は梅鼠《うめねず》のように春の花の名を冠していながら、灰がかっている分、季節を選ばず使える色だ。

五つの鞠の絵として泰介が書いた書付には、表に「桂花　白」「金平糖《こんぺいとう》　黒は無し」「椿一重《ひとえ》　白」、裏に「三色団子　桜　白　茶」「とんぼ玉　瑠璃《るり》色　翡翠《ひすい》色　瑪瑙《めのう》色」とある。

「椿」と「三色団子」の横にはそれぞれ、丸みを帯びた花と串に三つ刺さった団子がたどたどしく描かれていて、柔らかく丁寧な筆と相まって泰介の人柄を感じさせた。

白い桂花や白椿は伶を思わせる花、他は伶との想い出の品だろうかと、律は伶と泰介と、二人の姿や声、仕草を思い出しながら一つずつ鞠を描いていった。

――伶たちと会ってから五日後。

律は長屋で昼餉を食べてから池見屋を訪ね、泰介の分と合わせて三枚の鞠巾着を納めた。新たに三枚の注文を受け取って戻ると、八ツが鳴る少し前に保次郎が、追って涼太が長屋へやって来た。

月番《つきばん》の長月に入って三日目で、今日の保次郎はしっかり定廻りの出で立ちだ。

「こちらへ伺う前に、店先で六太《ろくた》に言付けてきたんだよ」と、保次郎は微笑んだ。

丁稚の六太は、いずれは手代にと佐和と涼太が目をかけている十四歳の少年だ。

「その六太から聞きやした。宗介の身寄りが見つかったそうですね」

「うむ」

頷きながら茶筒を見やった保次郎に苦笑してから、涼太は茶器を並べ始めた。

「お律さんが、お伶から訊き出してくれたおかげだ」

「いえ、あれは涼太さんが、駄目で元々だからと――」

「おや、お律さん、夫の立て方が早くも板についてきましたな」

「広瀬さんたら――からかわないでください」

「はははは。うん、もちろん涼太のおかげでもあるよ。『花前小町』でぴんときて、お伶にあたってみろと言ったのは、これもまた涼太の人探しの才のうちであろうな。お伶が花前屋で働いていたのを、私はすっかり忘れていたよ。お伶が花前屋にいた頃は私は役目を継いだばかりで、日々大わらわだったからなぁ……」

束の間懐かしげな目をしてから、保次郎は顚末《てんまつ》を話し始めた。

名主のもとにあった人別帳には出自は芝、深川にいたことなどは書かれておらず、縁者ももういないことになっていた。だが、少しでも宗介を知る者がいないかと、伶に言われた通り深川の煙草屋をあたってみると、なんと宗介の生家が見つかった。

「宗介は二十五で店を継いだものの、博打《ばくち》にはまって店の金を使い込み、やがて高利貸しからも借金を重ねるようになりました。この借金のせいで、三十路を前にして刃傷沙汰《にんじようざた》の末に家を追い出されたそうで、脇の傷痕はこの時ついたもののことです。その後、弟が店主に納まりましたが、宗介の残していった借金が百両余りもあったため、一時は店を手放すことも考えたと言っておりました」

「博打にはまって……」

今井が言葉を濁したのは、今井の兄もまた博打に溺れて身を滅ぼしたからだ。返しきれぬ借金を抱えた兄は、よりにもよって藩から金を盗もうとして、今井家は結句取り潰された。

一方、家を追い出された宗介は目を覚まし、芝に越したのち一度はまっとうに暮らそうとしたようだ。しかしながら、何をやってもうまくいかず、一年と経たずに捨て鉢になって賭《と》場《ば》へ舞い戻ったそうである。

「勝ったら家に金を送り、負けたら首をくくると決めて勝負に挑んだら、その日はそこそこ勝ったそうで。宗介は元金だけを手元に残して、誓い通りに勝った金を人づてに——名は明かさずに——深川の家に送りました」

それから宗介は暮らしのために駄賃仕事をする傍ら、折々に賭場に出入りするようになった。勝つ度に家に金を送ること二年足らずで、家の借金はなくなった。

「二年足らずで？」と、涼太が驚き声を上げた。「百両だって大金ですが、利息を含めりゃ相当な額に膨らんでたでしょうに」

「うむ。だが宗介は、その筋からは宗七《そうしち》と呼ばれていてな」

「宗七？」

「総じて七割がた勝っていたというのだよ。宗介曰く、勝負のこつは『滅私奉公《めっしほうこう》』だそうで、己のためにはちっとも勝てぬが、家のため——ひいては世のため人のため、一心に祈りつつ勝負に挑むと、いつの間にやら勝っている、と」

「七割も勝ってたんなら五百両貯め込んでてもおかしくねぇ。むしろ、年月を考えればもっと稼いでいても——ああでも、家に金を送っていたのか」

「それが、家の者は薄々金が宗介からだと気付いていて、借金を返し終えた後は、遣いの者を通して『今後は無用』と断りを入れたそうだ。宗介は家から断られた後は、博打はほどほどに、金はあちこちの寺社に少しずつ寄進して回っていたらしい。人別帳も、博打がもとで万が一にも家に累が及ばぬよう、大分前に金を使って変えたようだ」

「あの……」と、律はおずおず問うた。「宗介さんの家のことはともかく、芝での暮らしはどうして判ったんですか？『その筋』というのはつまり賭場の――やくざな人たちのことでしょう？　宗介さんが賭場に出入りしていたと推《お》し当てたとして、賭場の人たちもお縄にしたんですか？」

「お縄にしたいのはやまやまだったんだがね」と、保次郎は頬を掻いた。「宗介が出入りしていた賭場は結句、判らずじまいさ」

「では、広瀬さんはどうやって、これらのことを知り得たのですかな？」

今井が畳みかけると、保次郎は人差し指を口にやってから声を低めた。

「……芝の麻太郎《あさたろう》を覚えておりますか？」

如月《きさらぎ》に諏訪町《すわちよう》の長屋の大家が、手癖の悪い店子《たなこ》に困り果てて、引き取り手を探すべく似面絵を頼みに来たことがあった。この引き取り手が店子の叔父の麻太郎で、その昔商売人だった麻太郎は、今は芝の顔役――おそらく裏稼業を兼ねた――のもとで働いている。

「深川で家の者から話を聞いて、宗介の金は賭場で稼いだものだと踏んで、麻太郎を訪ねてみたのです。全て麻太郎から聞いた話ですよ。麻太郎ややつの上役が、昔どこかで耳にした、ある博打打ちの話として……」

甥《おい》のことで借りがあると思ったのか、麻太郎は宗介のことは噂話に仕立てて話したが、賭場や稼業についてはのらりくらりとはぐらかしたらしい。

「宗介の二親はもう亡くなっていて、弟も博打で稼いだ金はいらぬというのでね。五百両はお上が預かり、宗介の望み通り、世のため人のために使わせてもらうことになりそうです」

一息ついた保次郎が茶碗に残っていた茶を飲み干すと、新たな茶を淹れつつ涼太がにやにやして言った。

「――近江屋のお伶といい、芝の麻太郎といい、流石《さすが》、我らが定廻り同心さまは、お顔が広く、人望厚くていらっしゃる」

「これ涼太、おちょくるでない」

「おちょくってなんかいませんよ。お伶さんの台詞《せりふ》じゃありませんが、ほんにご立派になられて、町の者としては頼もしい限りでございます」

「そ、そんなおだてには乗らぬからな」

そう言いつつも、保次郎は照れた笑みを浮かべて嬉しげだ。

「そうだ、お律さん」

照れ隠しか、律の方を向いて保次郎が言った。

「花前屋の女将が、お伶によろしく伝えてくれと言ってたよ。あすこの女将は――百世《ももよ》さんというんだが――情に厚いお人でな。実の子がいないせいもあろうが、店の女たちを我が娘のごとく可愛がっていて、店を辞めた後もずっと気にかけていてね……お伶が左官と切れて、近江屋のおかみに納まったのを大層喜んでおられたよ」

「待ってください、広瀬さん。左官というのは？」

「うん？　駆け落ちの相手だよ。お伶から聞いてないのかい？」

「左官……だったんですか？」

なんともいえぬ予感が胸を駆け抜けた。

「顔だけならお伶にお似合いの、役者のごとき美男だったそうだがね、己がもてるからか、時折、お伶と客の仲を疑って手を上げることがあったらしい。お伶も勝ち気だから負けてばかりじゃなかったというんだが、男が仕事で手を痛めて、仕事先から暇を出されて荒れてた時に、花前屋でお伶を誘った男に喧嘩《けんか》を売って、半ば無理矢理お伶を連れて千住に越していったそうだよ」

十

更に五日を経て、昼九ツに約束の富士屋へ行くと、北からすみが、南から伶が、合わせたようにやって来た。

「まあ、これが噂の鞠巾着ね！」

伶が手にした鞠巾着をいち早く認めてすみが声を高くした。

「いつの間に注文したんですか？」

「私じゃないのよ。お律さんに会う前に、うちの人が池見屋で注文してたっていうの」

「まあ、羨ましい……ねぇ、裏も見せて、お伶さん」

無邪気にすみは伶にねだった。

「絵柄は旦那さまが選んだんですよね？　白い桂花に白い椿、どちらもお伶さんがお好きな花かしら？」

「ええ、まあ」

「じゃあ、金平糖とお団子はお好きなお菓子ね。これは飴《あめ》……じゃないですね？」

「とんぼ玉よ。子供の頃、少しとんぼ玉を集めていたことがあったの」

「ああ、それでこれも」

すみが指したのは根付代わりの灰白色《かいはいしょく》一色のとんぼ玉で、一寸弱の大玉だ。灰白色の落ち着いた白が、二つの白い花にも地色の桜鼠にもよく似合う。

「あの……先日は驚かせてごめんなさい」

ぺこりと頭を下げて、恥ずかしげにすみは言った。

「私が、お二人のことを初めからちゃんと伝えておけばよかったんですが……あれからうちの人と話し合って、お互いに隠しごとはしないと誓い合いました」

とはいえ、友次郎のそれが空約束《から》であることは、すみの変わらぬ様子からして明らかだ。

「それは妙案ね。——ね、お律さん？」

「え？　ええ」

これもまた変わらぬ様子の伶に相槌を求められて、律の方が困ってしまう。

「あら」と、伶はいたずらな笑みを浮かべた。「なんだか怪しいわ。お律さんたら、何か旦那さんに言えない秘密でもあるの？」

「そ、そんなこと……」

「そんな顔しなくても、冗談よ」

伶がにっこりしたところへ膳が運ばれて来て、律たちは揃って箸を上げた。

伶に問われるままに、煎茶《せんちゃ》の淹れ方を話していると、すみが寂しげに切り出した。

「実は、うちの人の仕事がもうあと四日もあれば終わるそうなんです。それで、終わったらすぐ、父が今手がけている仕事を手伝うことになったので、長屋も月半ばまでに引き払うことになりました」

「じゃあ、麻布に引っ越すの？」と、伶。

「ええ。ですから、お二人とここでおしゃべりするのは今日限りになりそうです。麻布からはとても通えませんから……青陽堂のお茶も気に入っていたのに残念です。うちはお店じゃないから届けてもらうほど買わないし」

「あらでも、青陽堂のお茶なら、芝まで出れば手に入るわよ。花前屋って茶屋に土産用の茶葉を置いてるんですって。うちの人が言ってたわ。そうでしょう、お律さん？」

「ええ。芝神明の近くの……」

「花前屋ですね。母ならきっと知ってるわ。よかった。うちは麻布の宮下町《みやしたちょう》——善福寺《ぜんぷくじ》から少し北の町にあります。もしも近くにいらっしゃることがあったら、是非お寄りくださいね。しばらくの間はうちに居候しますし、もしも引っ越しても近所の長屋でしょうから。私も神田や浅草を訪ねる折には、お二人のところへ顔を出しますから」

麻布に出かけることなどまずないし、あってもすみを訪ねるのは難しいと思われた。すみもまた、神田といっても川南《かわみなみ》止まり、浅草も浅草寺や仲見世《なかみせ》がせいぜいだろう。

だが律たちは頷き合い、それぞれ別れを惜しむ言葉を口にした。

引っ越しの支度があるからと、膳を食べ終えるとすみは早々に帰って行った。残された律と怜は十日前と同じく、どちらからともなく寛永寺へと足を向けた。

「……お伶さんのおかげで、宗介さんのお身内が見つかりました」

「まあ、よかった」

金の始末もついたため、此度は金のことも交えて明かした。

「あの宗介さんが、そんなに貯め込んでいたとはねぇ……」

「——宗介さんは寄進のために江戸中の寺社を訪ねて回っていたんですが、永代寺《えいたいじ》や富岡八《とみおかはち》幡宮《まんぐう》など深川の寺社だけは人づてだったそうです。自分はまだ許されていないから、深川に足を踏み入れてはいけないと……弟さんはお金は受け取りませんでしたが、大家さんが取っておいた宗介さんの遺髪《いはつ》と形見の煙管《キセル》は引き取りたいと、先日芝にいらしたそうです」

「それじゃあ、宗介さんはやっと深川に——家に帰ることができたのね」

安堵の笑みを浮かべた伶に、「はい」と律も大きく頷いた。

「弟さんと一緒に、永代橋を渡って帰りました」

本堂から中堂へ抜け——伶と初めて出会った場所まで来ると、二人して足を止めた。

長月に入って、花盛りとなった桂花が甘やかな香りを放っている。

「広瀬さまから——言伝《ことづて》の言伝になりますが——花前屋の女将さんが、お伶さんによろしく伝えて欲しいと仰っていたそうです。前の人と切れて、近江屋のおかみさんになったのを大層喜んでいらしたと……」

「前の人、ねぇ……女将には何度もやめとけと言われたものよ。ああ嫌だ。女将の得意顔が目に浮かぶようだわ。『ほうら、私の見立ては正しかった』って」

自嘲をこぼしてから、伶は律をまっすぐ見つめた。

「おすみさんに黙っててくれてありがとう。お律さんはもうご存知なんでしょ？　友次郎が私の『前の人』だって」

「ええ……」

怜は初めてここで会った折、すみの夫が左官で、父親が麻布に住む大工の棟梁と聞き、もしやと思ったそうである。

「でもまさか、顔を合わせる羽目になるとはね。泰介とはまったく違う男でしょう? ぱっと見、役者みたいで、女のあしらい方に慣れていて……鏝絵も本当に上手なのよ。——うん、上手だったわ、手を痛める前までは。あいつは見栄っ張りだから、おすみさんに見せた鏝絵は昔のものだったんじゃないかしら」

——六年前、友次郎は吉原帰りに当時の親方に頼まれた海苔を買うべく田原町に寄り、怜を見かけて惚れ込んだ。

「ずっと泰介と一緒になるものと、私も親兄弟も町の人も思ってきたから、あんな風に言い寄られたのは初めてで、つい目が眩《くら》んじゃったのよ。でも一緒に暮らしてみると、嫌な姑もいないのになんだか窮屈で仕方なかった。もともと少し焼き餅焼きなところがあったけど、仕事をなくしてからは一層ひどくなって、『だったらとっとと杯を交わして、お怜に鉄漿をつけさせろ』って女将さんに怒鳴られたこともあったっけ」

左官は実入りがいい方だが、色男の友次郎は出ていく金も多かったようだ。芝では品川《しながわ》宿《しゅく》に、下谷《したや》通新町《とおりしんまち》——円通寺の近く——では千住宿に、仲間と連れ立って女遊びに行くことも少なくなかった。ゆえに友次郎は怜の稼ぎ——客の心付けなどもあてにして、怜に引眉や鉄漿を許さなかったらしい。

「千住には友次郎のつてで越したんだけど、越してからもしばらくろくな仕事に就けなかったもんだから、一度、飯盛女《めしもりおんな》になれとまで言われたのよ。あの時さっさと捨ててやればよかったんだけど、情が——ううん、見栄が邪魔してできなかった。泰介やみんなをあんな風に裏切って、自ら傷物になっておきながら、今更戻れないと思ったの。いずれ捨てるか、捨てられるかだと……大分前から判ってたのにね。私が宿を嫌って、三月足らずで円通寺の方に移ったんだけど、昨年あいつは宿の女郎屋でおすみさんの父親と出会って、なんだか気に入られてね。娘をやると言われて、これ幸いと別れを切り出してきたもんだから、私もすぐさま応じてやった。やっと踏ん切りがついたのよ」

一人で生きていくことも考えたが、身請け人もいないのではそれこそ飯盛女にでもなるしかない。また、やはり家恋しさも手伝って、伶は恥を忍んで家に帰った。

「親にも姉にも妹にも散々なじられたわ。私が家を出ている間に姉が婿《むこ》を取って、甥まで生まれていて家は手狭になっててね。幸い——といっちゃ悪いわね——泰介がすぐに一緒になろうって言ってくれたんだけど、うちは大喜びでも姑とはすったもんだで……でもまあ、姑のお怒りはもっともよ。大事な跡取り息子が、五年も他の男と暮らした傷物の石女《うまずめ》を娶ろうってんだもの」

目を落として、伶は提《さ》げていた巾着を手に取った。

「まったく奇特な男よ、泰介は。この鞠巾着だって……」

「お伶さんはご自分はそぐわないと言われましたが、泰介さんはお伶さんが喜んでくれるのではないかと……その、巷で見たものが大層愛らしかったからと言っていました」

「まったくもう。あの人、私が同い年だって忘れてるんじゃないかしら。せめて、鞠の絵柄は私に選ばせてくれたらよかったのに……桂花は私の好きな花だけど、白椿は泰介が好きな花よ。しかも、この丸い白椿が好きなのはその名が」

「白玉《しらたま》、だからですか？」

律が言うと、伶はやっといつもの、大輪の花のような笑みを見せた。

「ええ。だってほら、あの人は食い意地が張ってるから」

「そうでしょうか？　白玉は真っ白で可憐で——十全《じゆうぜん》の美がこの上なく愛らしいと、愛好家には評判の椿ですよ」

以前、雪永から椿の着物の注文を受けた際、律は試しにあらゆる椿を描いている。ゆえに書付の「一重白」と泰介のつたない絵だけでも、すぐに白玉のことだと判った。

「でも、泰介はほんとに白玉が好きなのよ。このお団子だって……私が、なんの変哲もない白玉よりも桜や蓬餅《よもぎもち》の方が好きだって言ったら、自分は白玉が好きだからちょうどいいって、いつも一串を二人で分けてたの。うんと昔の——手習いに通ってた頃のことだけど」

「でも、それだと泰介さんはご自分は一つしか食べなかったのでしょう？　食い意地が張ってる人がお団子を二つも譲るなんて、それだけお伶さんを好いていた証《あかし》だわ」

「お律さんたら……」と、伶は形ばかり呆れた顔をする。

「金平糖には黒を入れないように言われました。さしずめ、お伶さんが黒を嫌っていたんでしょう？」

金平糖は、梔《くちなし》の黄、紅花《べにばな》の赤、露草《つゆくさ》の青、墨の黒、色なしの白の五色が一緒くたに売られていることが多い。

「ええ、そうよ。だってなんだか縁起が悪そうじゃない。これも子供の頃のことだけど、泰介はよく家に金平糖を隠し持っててね。親に叱られたり、何かを失くしたり――私が泣きそうになってると、いつも家から金平糖の入った棗《なつめ》を持って来てくれた」

「では、とんぼ玉は？」

「集めてたっていっても、この三つだけよ。うちは泰介の家ほど裕福じゃなかったから、お駄賃《だちん》を貯めて、仲見世の出店《でみせ》で一粒ずつ自分で買ったの。この瑠璃色のが一番のお気に入りだったんだけど、何度も空に透かしているうちに落としちゃって、運悪く、ちょうどやって来た泰介が踏みつけて割っちゃったのよ」

「あら……」

「人前であんなに大泣きしたのは、後にも先にもあの時だけよ。泰介はおろおろして代わりのとんぼ玉を買って来るって言ったんだけど、『代わりなんていらない』と更に泣いたのをこの巾着をみて思い出したわ。それで、久しぶりに桂花をお酒に浮かべて……」

くすりとしながら、伶は根付代わりの灰白色のとんぼ玉を手のひらで転がした。

「泰介にねだって、これまた久しぶりに一緒に仲見世を歩いたわ。私が通ったとんぼ玉の出店はもうなくなってたけど、近くの小間物屋でこれを買ってもらったの。瑠璃色のもあったけど、こっちの——白玉の方がこの巾着には合うと思って」

「ええ、とてもよくお似合いです」

「でしょう?」

にっこりとして涼は巾着を提げ直し、わざわざ科《しな》まで作ってみせた。

「お律さんは本当に絵がお上手ね。泰介も出来栄えにびっくりしてたわ。でも、お律さんには悪いけど、これがあるから新しい巾着はしばらくいいわ」

「いえ、そちらを使っていただけるなら何よりです」

「富士屋もしばらくお預けにしたいのだけど、いいかしら?」

私が「知り過ぎた」からかしら——

そう律が勘繰《かんぐ》ったのも一瞬だ。

「私もお律さんを見習って、ちゃんと仕事をしようと思うの。あの姑に頭を下げるのは癪《しゃく》だけど、いつか一人前の女将になって、うちの人の役に立ちたいわ」

「——お伶さんなら、すぐに名物女将になれますよ」

「そうかしら?」と、伶は苦笑をこぼす。「せいぜい、悪目立ちしないように気を付けなきやね。——あら、もう七ツよ」

耳を澄ませるまでもなく、時鐘堂《じしょうどう》から一際大きく七ツの鐘が鳴り始める。

「じゃあ、今日のところは帰るけど、これからもよろしくね、お律さん」

「こちらこそ」

寛永寺を出て伶と別れると、行きよりもずっと弾んだ足取りで、律は家路を歩き始めた。

第二章

護国寺《ごこくじ》詣で

一

八ツが鳴る前に、涼太の足音と声がして律は筆を置いた。

涼太はまず今井に声をかけ、続いて律の名を呼んだ。

草履《ぞうり》を履《は》いて今井宅へ行くと、見覚えのある男がちょこんと頭を下げる。

「ええと、彦次《ひこじ》さんでしたっけ……」

護国寺の参道にあたる音羽町《おとわちょう》で、八九間屋《はちくまや》という茶屋を営む三兄弟の次男である。上から順に彦太《ひこた》、彦次、彦三《ひこぞう》といい、彦太は店主、彦三は給仕をしているが、真ん中の彦次は手妻師《てづまし》だ。細身で童顔《どうがん》だが、目尻の笑い皺《じわ》からして、二十四歳の涼太より一つ二つ年上だろうと思われた。

「その節はどうもありがとうございました」

「なんのなんの。それより勘違いで遅くなっちまって……なんだかよく知らねえが、なんとか間に合ったそうでよかったや」

文月に、香と秋彦を拐《かどわ》かした一味と思《おぼ》しき女を八九間屋で見かけた律は、今井に知らせるべく文《ふみ》をしたためた。律が女を尾行する間に、その文を届けに走ってくれたのが彦次だったのだが、彦次は神田相生町《あいおいちょう》が神田川の北にあることを知らず、川南のいわゆる「神田」から両国の相生町まで行ってしまい遅くなったのである。

幕府の要職が関わるゆえに委細《いさい》は伏せたが、礼は事後に茶葉の売り込みを兼ねて護国寺を訪ねた涼太から伝えてあった。三兄弟の名を聞いてきたのも涼太で、その後も二度足を運んだからか、来月——神無月《かんなづき》から青陽堂の茶を使ってくれることになったという。

「まことにありがとうございます」

嫁として律が精一杯頭を下げると、彦次は笑って小さく手を振った。

「堅苦しい挨拶はなしにしようや。聞いたぜ、お律さん。ほんとはあの日に祝言を挙げるんだったんだってなぁ。そいつをお上の御用でふいにしちまったとは——」

ちらりと涼太を見やって、彦次はにっこりと目を細めた。

「けど、うまく収まってよかった、よかった。お二人ともおめでとさん」

昨夜が栗名月《くりめいげつ》——長月の十三夜——だったから、祝言からほぼ一月経ったことになる。

律が今一度礼を言うと、茶の支度をしながら涼太が切り出した。

「彦次さんが、似面絵を頼みたいってんだが……」

どうやら茶の注文の方はついでで、わざわざ出向いて来たのは似面絵のためらしい。

「弟がご友人の似面絵を見たそうで……町方が持っていた似面絵もお律さんが描いたんだっ

てな。似面絵はお上の御用でしか描かねぇと涼太さんから聞いたが、こちとらも悪者をとっ捕まえるためだから、どうかこの通り」

大げさに頭を下げた彦次に、のんびりと今井が問うた。

「そいつはどういう悪者なのかね？」

「掏摸《すり》でさ。近頃、参道で財布を掏《す》られたって、番屋に駆け込む客が増えやして」

「しかし、お律に似面絵を頼みに一人で来たということは、彦次さんはその掏摸の顔を知っているのかね？」

「一人、目星をつけてる男がいやす。人の目を誤魔化すのも仕事のうちですから、手妻の最中は俺を見てねぇ客の方が気になるんでさ」

「掏摸の方も、手妻に夢中になってる客は狙い目か」

「そうなんで」

二度、これはと思った男の近くにいた者が、のちに番屋《ばんや》に掏摸の被害を訴え出てきた。

「掏られても、すぐに気付かねぇ人もいやすからね。そのお人らは着物がちょいと派手だったんで覚えていやしたが、他にもうちにいる間に掏られた客がいるやもしれやせん。俺や弟が睨《にら》みを利かせているからか、この四、五日、うちでは見かけてねぇんですが、昨日も番屋に財布がないと騒ぐ者が来やしてね……」

番人や顔役と相談して、参道に店を構える者たちに似面絵を見せて回り、自分たちで掏摸を捕まえようというのである。

涼太が既に話した通り、上絵を本業とする律はしばらく前に、似面絵は「お上の御用」でしか描かぬと決めていた。が、それはあくまで無理な注文を断るための建前で、恩人ともいえる彦次が、しかも悪者を捕まえるためとあればやぶさかではない。

仕事場へ筆を取りに行き、今井に文机《ふづくえ》を借りて律は男の顔かたちを訊き出した。

「四十路を二つ三つ越えたくらいの年頃で、頬が少しだけ出ていたな。眉は太く、目は丸い方で横を見ると白目が目立つ。唇は下が上の倍ほどあってやや厚め。鼻筋が通ってて見ようによっちゃ男前なんだが、まともに見るとそうでもねぇ。背丈は五尺四寸ほど、細身だが足腰はしっかりしてて——ああ、背丈や身体つきは似面絵のうちじゃねぇやな」

「でも、教えていただけると顔を思い浮かべやすいです」

似面絵描きも慣れてきて、体つきや身なり、また伝える者の言葉だけでなく、身振り手振りからも面立ちが読み取れることを律は学んだ。

番人と顔役の分と合わせて三枚描いていると、保次郎が顔を出した。

「む、お律。浮気はいかんぞ？」

乾かしていた似面絵を見やって保次郎がからかった。

「お律は町奉行所の——否、南町御用達《ごようたし》の似面絵師ではないか。おや、八九間屋の彦次じゃないか。これは一体どうしたことだ？」

「広瀬さま、どうかお許しを」

律たちにとっては気安い「広瀬さん」だが、町の者にとっては肩で風を切る「定廻りの旦那さま」である。先ほどよりずっと真面目に——彦次は平身低頭《へいしんていとう》した。

「護国寺の参道を跋扈《ばっこ》している掏摸だそうです」

似面絵を一枚差し出しながら律は言った。

「掏摸だと？」

「へぇ……」

顔を上げて、彦次はいきさつを繰り返した。

「私は何も聞いておらぬが、町方には知らせてあるのか？」

「そ、それはまだ……町方の旦那さまらがおいでになると大ごとになって、客足が遠のいてしまいやす」

「先に知らせてくれれば、目立たぬ者を手配するぞ」

「へぇ。しかし、恐れながら申し上げやすが、旦那さま方は町人風の格好をしていても目つきが只者《ただもの》じゃありやせんから、どちらにせよ客は怖がっちまいやす……」

「それは判らぬでもないが、ほれ、私のようにそういう者ばかりでもないゆえ……他の廻り方には私の方から伝えておこう」

「いえそんな、広瀬さまのお手を煩《わずら》わせるようなことじゃあないんで、番人の松之助《まつのすけ》さんからでも知らせてもらいやす」

「それがよい」

似面絵が乾いているのを見て取って、彦次は早々に辞去して行った。

「やはり私がいると落ち着かないのだろうなぁ。せっかく護国寺から出て来たというのに悪いことをしてしまった」

「広瀬さんに遠慮したのもあるでしょうが、なんだかお上を避けてるみてぇでしたね」

涼太が言うのへ、律と今井も頷いた。

「うむ。まったく知らせていないというのはおかしいな」と、今井。

「もしかして、掏摸は彦次さんの知り合いなんじゃないかしら……?」

手先が器用な手妻師だ。ならば手妻師くずれの——彦次が見知っている——掏摸がいてもおかしくないと思って律は言った。

「だが、そんなら彦次さんはとっくに話をつけに行ってる筈だ。わざわざ似面絵を頼みに来ることもねぇだろう」

「それもそうね……」

「まあ、彦次の言い分も判らないでもないよ。うちも火盗も強面《こわもて》が多いからな。対して強面の悪人はそういないのだから困ったものだ。先ほどの掏摸のことは、念のため後で同輩に伝えておくとしよう。それより涼太、悪いが茶を一杯——」

涼太が淹れた茶を一杯、にこにことして飲み干してから、保次郎は早々に腰を上げた。

「今日は小者《こもの》も連れておらぬし、このなりで一人で茶屋に入るのはどうもなぁ。それにどうせ飲むなら、旨い方がよいからなぁ……」

「それはご苦労さまでございます」

「八ツを大分過ぎているからもう遅いかと思ったが、顔を出してみてよかったよ。これからまだ、役目で白山権現《はくさんごんげん》の方へゆかねばならなくてね」

「はい、ただいま」

二

翌日、律が鞠巾着を描いていると、四ツを過ぎてまもなく池見屋の駒三がやって来た。

「女将からの言伝で、着物の注文がきたからお律さんにどうかと。お律さんが忙しいようなら、竜吉さんに回すそうです」

「もちろんお受けします！」

竜吉に回すことを考えているのなら、鞠巾着に合わせた着物ではない。

「それでは、戻りましたら女将にそう伝えます」

外に出たばかりで、駒三はまだ他にいくつも諸用があるという。

その間に、もしも竜吉さんが店を訪ねて来たら——

仕事のためなら、多少強引なことも厭《いと》わない竜吉だ。まさかとは思うものの、居ても立ってもいられなくなり律は言った。

「お気遣いなく。すぐに参りますので」

「さようですか。では、私はこれにて」

相変わらず愛想の欠片《かけら》もない駒三が暇を告げると、律は急ぎよそ行きに着替えた。

九ツ前に池見屋に着くと、女将の類が苦笑と共に律を迎える。

「早かったね、お律」

「はい。あの、着物の注文が入ったと駒三さんから聞いて——」

「ああ、百合の着物だよ。お由里さんの」

「お由里さんの百合の着物……」

「昨日、旦那さんといらしてね。旦那さんがご自分の着物を仕立てるついでに、お由里さんに根付に合わせた百合の着物を作ろうと言い出してさ」

由里が店に現れたのは、先月、律がここで顔を合わせて以来だという。

「実は私もお由里さんに会ったのは、あの日が初めてでね」

由里はあの日、義叔母《ぎしゅくぼ》に池見屋と仁王門前町《におうもんぜんちょう》の知己を訪ねるのに同行して欲しいと頼まれて、一緒に上野へ来たそうである。

「その叔母さんもうちは初めてだったんだが、門前町の知り合いはうちのお客でね。うちに寄っていろいろ見た後、私もちょいと顔を出そうと、門前町まで一緒についてったのさ。そのお客ってのは長唄の師匠で、酒がお好きでねぇ。話と唄が弾むうちに、叔母さんは酔っ払って寝入っちまった。仕方がないから叔母さんは師匠のところへ泊めてもらうことにして、お由里さんはうちから駕籠で帰ることにしたのさ」

「そうだったんですか」

「お由里さんはうちが気に入って、すぐにでもまた訪ねて来るつもりだったらしいが、このところ店がずっと忙しかったそうで、昨日ようやく叶ったと」

「両国の丹羽野という店でしたね。繁盛されているようで何よりです」

——近々きちんとお祝いに伺います——

そう言われたものの、のちに祝儀を届けに来た遣いの者曰く、由里は多忙で外出がままならないとのことだった。

由里の顔が見られずに、佐和と清次郎は——律も——どことなくがっかりした様子だったが、料亭の女将とあらばそう容易く店を空けられぬのだろう。

「そうそう店を離れられないから、意匠の相談なんかは、悪いが店まで来て欲しいってんだ。お足も出してくれるそうだからいいだろう?」

「もちろんです」

足代なんぞなくとも、着物の注文だけで律には御《おん》の字である。

日中ならいつでもいいとのことなので、律は早速《さっそく》、由里が女将を務める料亭・丹羽野を訪ねることにした。

一旦相生町へ戻り、丹羽野へ行くことを涼太に告げると、丹羽野を受け持っている手代の作二郎を呼んでくれた。作二郎から道順を聞き、手土産の茶葉を受け取ると、昼餉もそこそこに律は再び表へ出た。

神田川沿いを東へ歩き、浅草御門《あさくさごもん》を抜け、両国広小路《ひろこうじ》から両国橋を渡る。作二郎に教えられた通りに、橋の袂《たもと》から一町ほど南に進むと左手に丹羽野があった。尾上に比べると店はさほど大きくないが、元町《もとまち》の西側で二階からなら隅田川が望める好立地である。

表で名乗ると、奥から由里がすぐに迎え出て来た。

「お律さん、わざわざありがとう。さあ、どうぞ」

途中で八ツを聞いていたが、まだまだ昼餉の客がいて、律は恐縮しながら由里について座敷へ足を踏み入れた。

「昨日の今日だというのに、もう訪ねて来てくれるなんて……ああ、お伺いすると言ってきながらごめんなさいね。女将さん、呆れていらしたでしょう？」

「義母も『女将』ですから、お由里さんがお忙しいのは重々承知いたしております。こちらは、りょ——夫から預かって参りました。つまらぬものですがどうかお納めくださいませ」

この一月で挨拶には慣れたと思っていたが、子供の頃の涼太を知る者とあって、つい油断してしまった。

「ふふ、涼太さんにも、お礼をお伝えくださいまし」

由里が笑ったところへ、開け放したままの襖戸の向こうから男が一人現れた。

「お由里。池見屋から上絵師が訪ねて来たそうだが……」

「ええ。こちらが上絵師のお律さんです」

「あなたが？」

小さくも目を見張った男へ、由里は畳みかけるように言った。

「青陽堂のお嫁さんでもいらっしゃるのよ」

「青陽堂の？」と、男は今度はあからさまに眉をひそめる。「どういうことだ？」

「どうもこうも――お律さんは池見屋で鞠巾着も手がける上絵師で、青陽堂の涼太さんに嫁いだ方でもあるんです。先月お話ししたでしょう？　青陽堂にお祝いに伺いたいと……」

「それは……いや、しかし――ああ、これはすみません。丹羽野の丹秀《たんしゅう》と申します。青陽堂さんにはいつも美味しいお茶を納めていただきありがとうございます」

「こちらこそ、長年のご愛顧ありがとう存じます」

挨拶だけかと思いきや、丹秀も座り込んで話し始めた。

「着物だが、女の上絵師さんとは願ってもない。お由里にはお気に入りの、百合の花を象《かたど》った根付があってだね。それに合わせた着物を仕立ててやりたいんだよ」

「その根付なら、先月お目にかかった折に見せていただきました。お由里さんにぴったりの楚々《そそ》とした根付で……あちらも旦那さまのお見立てですか？」

「あ、いや、あれは――」

「楚々とした、なんて、お若いお律さんに言われれちゃ困るわ」

微苦笑《びくしょう》を漏らしつつ由里は言った。

「でもあれは、私があなたより若い頃に手に入れたもので――この上ない、私の宝物よ」

「そうでしたか。では、今一度見せていただいてもよろしいですか？　下描きを描くのに写しておきたいのです」

由里が巾着を取りに立つと、手持ち無沙汰になった律に丹秀が言った。

「……お由里はどうも、着物に乗り気じゃなくてね」

「そうなんですか？」

つい今しがたの台詞から、てっきり由里が根付に合わせた着物をねだったのだろうと思った律だ。

「あれは日頃から無欲でね。此度も、新しい着物なぞいらんと素っ気ないんだ。女将だから着物は年に何枚も新調してるんだがね。わざわざ百合の着物を仕立てることはないと……だが池見屋は気に入ったようで、あすこが仕立てるものならと頷いてくれたんだが、縫箔より上絵がいいと言ったのは、どうやらお律さんのことが念頭にあったかららしいな」

「ありがたいお話です。池見屋が抱えている上絵師は他にもおりますが、青陽堂のことでもご縁がありますので、お類さんは私に先に声をかけてくだすったのだと思います。——花や鳥の絵は私の得意とするところでありまして、精一杯描きますので何卒《なにとぞ》よろしくお願いいたします」

律が頭を下げたところへ由里が戻って来て、巾着ごと根付を差し出した。

巾着も先だって見たのと同じ物で、青鈍《あおにび》一色だがよく見ると滝縞《たきじま》が織り込まれている。色合いは地味で、男物でもおかしくないが、緑がかった灰青《はいあお》に白い根付がよく映える。

饅頭根付には百合の花に蕾《つぼみ》、すっと伸びた葉がそれぞれ丁寧に彫り込まれていた。

持参した紙に根付の意匠を手早く写し取ると、律は由里に訊ねた。

「花の絵柄は根付に合わせたものでもよいですし、違った趣向がよろしければそのようにいたします。花を描き入れる箇所についても、お望み次第でいかようにもできます。たとえば身頃の——」

「それはまた次にいたしましょう」

律を遮って由里は言った。

「そろそろお帰りになるお客さまがいらっしゃいますから、顔を出さないと……お待たせするのも悪いし、着物は急いでないの。鞠巾着でお律さんもお忙しいでしょう。ですから、着物の意匠はまた今度、私が青陽堂にお伺いした時にゆっくり話しましょう」

今は鞠巾着のみゆえ格別忙しいことはなく、着物のためなら待つのは一向に構わないのだが、食い下がるほど気が利かなくもない。にこやかだが由里の物言いははっきりしているし、丹秀が同席しているのもどうも落ち着かない。

「久しぶりにお佐和さんにお目にかかりたいし、涼太さんにもご挨拶したいわ。さぞご立派になられたでしょうね。ああ、お佐和さんにもお茶のお礼をお伝えしてくださいね。今度こそ、ちゃんと自分で伺いますから。――さ、旦那さま」

由里が夫を促すものだから、律は慌てて暇の挨拶を済ませた。

丹羽野から青陽堂までおよそ半里。目と鼻の先ではないが、道はほぼまっすぐで、日本橋よりやや近い。

丹羽野は二十年来の客で、佐和や清次郎も随分懐かしがっていた。

なのに、どうしてこうもめっきり足が遠のいたのかしら――

小首をかしげながら、律は早くも暮れてきた家路を急いだ。

三

長月も半ばを過ぎて、香は律を訪ねることにした。

律に会うのは祝言以来で、空振りにならぬよう前もって遣いを青陽堂に送り、二十日の今日に日を決めた。

支度を終えて女中の粂《くめ》と共に部屋を出ると、様子を見に来たらしい尚介と顔を合わせる。

「本当に駕籠を頼まなくていいのかい？」

「お天気がいいから、ゆっくり歩いて行きたいわ。駕籠は帰りに使いますから」

「ああ、お粂、頼んだよ。けして無理はさせないでくれ」

「心得ておりますとも」

粂は大きく頷いたが、尚介は心配顔のままである。

いつになく落ち着かぬ尚介が香には可笑《おか》しい。

香より七歳年上の尚介はちょうど三十路である。思慮深く穏やかな人柄で、薬種問屋の旦那の貫禄も充分だ。香が伏野屋に嫁いで三年余り、一向に懐妊しなかった己の一番の慰めは尚介の変わらぬ愛情だった。

——離縁する気はない——

——香は私の恋女房なんだ——

常から香にも他の者にもそう言ってはばからなかった尚介も、夏先には「もしもの時は養子をもらおう」と話すようになっていた。

武家ではないが、銀座町の大店なれば跡継ぎは必須《ひっす》で、店のためには養子もやむなしと諦めかけていたところへ香が懐妊したものだから、尚介の喜びようは香に劣らず、案じように至っては香の比ではない。

「香、足元にはくれぐれも気を付けてゆくんだよ」

「はい」

「お腹が張るようなら、すぐに一休みするんだよ。いいね？」

「はいはい」

この一月ほどで、はっきりと膨《ふく》らみが判るようになった腹を一撫でして、香は粂と微笑み合った。

「さ、お粂、行きましょう」

「はい。お香さん」

まだ何か言いたげな尚介ににっこりと笑って見せてから、香は勝手口へ向かった。

途中ですれ違った姑の峰にも、ここぞとばかりにっこりとする。

「お粂と青陽堂へ行って参ります」

「……お気を付けて」

仏頂面《ぶっちょうづら》の峰を尻目に、香は晴れ空の下へ踏み出した。

——懐妊が判ってから、香の伏野屋での立場は一変した。

舅の幸左衛門《こうざえもん》がこの二年ほど、香を石女と決めつけ邪険にしてきた妻の峰と、頑《かたく》なに離縁を拒む息子の尚介の板挟みになっていて「我関せず」だったのが、いまやすっかり香の味方となったからである。

峰や娘の多代《たよ》――香の小姑《こじゅうと》――に縫い物を始めとする雑用を香にさせぬよう皆の前で言い渡したばかりか、「気苦労や気鬱《きうつ》も流産のもとになりうる」と、嫌みも控えるよう――尚介曰く――こっそり言い含めてくれたらしい。

こうして「嫁いびり」から解放された香は、この二月《ふたつき》ほど心穏やかに過ごしてきた。

待ちに待った懐妊ゆえに、香自身しばらくはおっかなびっくりだったのだが、先月はまだ少し残っていた悪阻《つわり》もすっかり治まり、七日前の栗名月には初めての胎動《たいどう》も感ぜられた。改めて喜びを嚙みしめると同時に、懐妊から四箇月は過ぎたと判じて幾ばくか安心すると、無性に律に会いたくなった。

親友の律と兄の涼太が、長年想い合ってきたのを一番間近で見てきた香だ。

二人の祝言を誰よりも願ってきた自分が、己の都合で更に一月も待たせてしまったことを申し訳なく思っていたし、何より律の新しい暮らしが気にかかる。

母さまは、嫁いびりなんてつまらないことはしないだろうけど……

だが、手放しで律の嫁入りを喜んでいるようにも見えなかった。女将として店を切り盛りしてきた佐和ゆえに、女が仕事を――律が上絵師を続けることには理解がある筈だが、仕事に関しては夫の清次郎や息子の涼太にも容赦がない。

道中、日本橋の菓子屋・桐山《きりやま》で土産の菓子を買い、のんびりと久方ぶりの日本橋や十軒店の賑わいを横目に歩いて行くと、約束の八ツが鳴る前に青陽堂に着いた。

裏口から家に入って父親の清次郎に土産の生薬《きぐすり》をいくつか渡し、粂を同じく女中のせいのもとへやると、香は一人で長屋へ向かった。

「りっちゃん!」

待ちきれずに井戸端を通り過ぎながら呼びかけると、律がすぐさま顔を覗かせた。

「香ちゃん!」

手を取り合って再会を喜ぶと、まずは今井と挨拶を交わしてから、律の家——否、仕事場へと上がり込む。

「早く火鉢の傍へ。冷えたら大変」

手招きする律にくすりとして香は応えた。

「歩いて来たばかりよ。ちっとも寒くないわ」

「まあ、歩いて来たの?　まさか一人じゃないわよね?」

「お粂と一緒よ」

四人いる伏野屋の女中の内、三人は古参《こさん》で峰の言いなりなのだが、昨年勤め始めた粂だけは峰の「嫁いびり」に腹を立て、陰ながら香を支えてきてくれた。夫と子供がいる通いゆえに顔を合わせる時は限られているものの、三十路手前で経産婦《けいさんぷ》の粂の存在は心強い。

「ああ、よかった。お粂さんが一緒なら安心よ」

粂を見知っている律もほっとした様子で、既に沸《わ》いていた湯で茶を淹れる。

己と同じく引眉で鉄漿をつけている律を見ると、香はついにまにましてしまう。

「うちはどう？　もう慣れた？　母さまからいびられてない？」

「香ちゃんたら……」

苦笑しながらも、律はぽつぽつと家での様子を語った。

奉公人たちのことも皆しっかり覚えて、今は少しずつ涼太から茶葉の種類やそれぞれの淹れ方を学んでいるという。

房事については互いに沈黙を守ったが、律が兄を語る様子からして、寝所でもうまくいっているようだと香は踏んだ。

「香ちゃんはどうなの？　こんなに遠出して平気なの？」

「ちっとも遠くないわ」

祝言の日は落ち着いて話せなかった分、香もこの二月ばかりの——以前とは打って変わった暮らしを語った。

「それでね、栗名月にお月見してたら、赤ん坊が動いたの」

「まあ！　ねぇ、産み月はいつになるの？」

「如月だと思うの。如月の半ばくらい……かしら？　まだずっと先のことよ」

「そんなことないわ。きっとすぐよ。ああでも、冬の間は用心してちょうだいね。次からは私が訪ねて行くから、くれぐれも無茶しちゃ駄目よ」

「判ってます。もう、尚介さんみたいなこと言わないで」

のろけを兼ねて尚介の心配ぶりを話してしまうと、香は広げられていた数枚の百合の下描きに目をやった。

「ねぇ、もしかして――」

「着物の注文よ。百合の意匠の……」

「まあ！」

今度は香が声を上げたが、律は何やら浮かない顔だ。

「どうしたの？　まさかまた太田屋《おおたや》の着物じゃないでしょうね？」

律は皐月に、鞠巾着と揃いになるよう子供の着物を頼まれた。だが、注文主は伏野屋からほど近い太田屋という雪駄《せった》問屋のおかみの昭《あき》で、もう八年も前に亡くなった百合という名の娘の死が受け入れられず、いまだ娘が生きているかのごとく振る舞っているのである。亡き者に捧げられた贈り物ゆえに、律が丹精込めて描いた着物は、これからもずっと袖を通されることがない。

「ううん、これは両国のお由里さんという方の着物よ。丹羽野っていう両国の料亭の女将さんなんだけど、香ちゃんは覚えてないかしら？　丹羽野は青陽堂の長年の得意客で、お由里さんは十五年ほど前までは、よくお店にいらしていたそうなの。私が涼太さんや香ちゃんと一緒のところを見たこともあると仰ってたけど、私はまったく覚えてなくて……」

丹羽野という店の名はさっぱりだったが、由里という名には覚えがあった。

「お由里さんならどことなく覚えているわ。おしとやかで、温かい声をしていて――おっとりとしているようで、芯は強そうな方だった」

まるで、りっちゃんのような――

往来で人目を惹くような美女ではないが、色白で、それこそ野百合のような清廉《せいれん》さとしなやかな物腰が、幼心に美しく見えたものだ。

「でも、確かにもう十年はお見限りだわ。ああ、そうよ。一度座敷で泣いていらして……そういえば、あれを境に見なくなったような……」

「お由里さんが？」

「ええ。盗み聞きなどとんでもないと、後で母さまに叱られたから覚えているわ。盗み聞いたんじゃなくて、お由里さんを案じただけよ」

座敷から泣き声がして、しかもそれが由里だと知って、つい聞き耳を立ててしまったのだ。

「母さまも今より若かったからか、珍しくおろおろしながら慰めていて……ええと、誰だったかしら？　男の人の――」

「男の人？」

「ああ、そうそう、『しんすけ』さんよ」

由里が涙声で口にした男の名前である。

「しんすけさん？」

「きっとお由里さんの想い人の名よ」

「でも……お由里さんの旦那さまの名は丹秀さんよ」

眉をひそめた律に、香は思わず噴き出した。

「あのねぇ、りっちゃん。みんながみんな、りっちゃんみたいに初恋の君と結ばれるとは限らないのよ。むしろ初恋は実らないといわれてるのに……」

ちらりと遠い昔の己の初恋を思い出しながら、香は言った。

「私が思うに、お由里さんはしんすけさんに振られて、今の旦那さまと一緒になったんじゃないかしら。うちから足が遠のいてたのは、母さまにみっともないところを見られたせいじゃない？　丹羽野ってお店は、うちとずっと前から取引があるんでしょう？　昔の想い人を母さまに知られていたら——それがもしも今の旦那さまにばれたら——なんだか恥ずかしいじゃあないの」

「そうね……」

「そうだ」と、香は手を叩いた。「なんなら、母さまに訊いてみたら？」

「お義母《かあ》さまに？　そんなの無理よ」

「あらでも、母さまとも気安く話せるようになったんでしょう？」

「とんでもない！　朝晩、顔を合わせてるんだもの。前よりはお話しできるようになったけど、『気安く』なんてとんでもないわ。香ちゃんこそ、おめでたが判って、お峰さまと打ち解けたんじゃなくて？」

「とんでもないわ！」

からかうつもりが逆にからかわれて、香は頰を膨らませた。

――が、それも束の間、互いに顔を見合わせて、香たちは二人同時に笑い出した。

四

お忘れになってるとは思わないけど……

下描きを見やって律は小さく溜息をついた。

由里の着物のことである。

丹羽野に由里を訪ねてから十日が過ぎた。着物の注文を進めたく、律は毎日由里の訪問を心待ちにしているのだが、七ツになろうかという今日もまた望みなしと思われる。

急いでいないと言われているし、池見屋の再訪でさえ一月もかかったというから、同じくらい間が空いてもおかしくない。だが出鼻をくじかれた気がするのは否めぬし、何より佐和や清次郎に申し訳ない。

――今度こそ、ちゃんと自分で伺いますから――

そう由里が言っていたと夕餉の席で告げると、佐和も清次郎も再び喜んでくれたからだ。

己の責《せき》ではないのだが、何やらぬか喜びさせてしまったような罪悪感から、この数日夕餉の席が居心地悪い。

――と、涼太の声と足音が聞こえてきて、律は筆を置いた。

草履をつっかけて外を覗くと、涼太の後ろに見えるのは彦次であった。

内心がっかりしたものの、掏摸が捕まったのではないかとすぐに気を取り直す。

今井宅へ律を手招きながら涼太が言った。

「先生、掏摸が捕まったそうです」

「ほう」

律が推察した通り、彦次はそのことを伝えに来たようだ。

八ツの茶は今日は今井と二人で済ませていたが、涼太が新たに淹れた茶と共に、彦次の話に聞き入った。

「あれから、お律さんの描いてくれた似面絵を参道の店に見せて歩いてよ。みんなでそれとなく目を光らせて、あいつが現れるのを待ってたのさ。そしたら昨日、三丁目の土産物屋の前に飴売りがいて――」

三味線とからくり人形を使うこの飴売りは、店は持たぬが彦次の手妻同様に参道では人気の見世物である。飴売りが芸を見せている間に土産物屋の丁稚が男に気付き、男の後ろに回って見物するふりをしながら一挙一動《いっきょいちどう》を見守った。掏りとるところは見えなかったが、芸が終わったのちも男の後をつけていくと、丁稚を訝《いぶか》しんだ男が小走りになった。

「ここで逃しちゃならねぇと丁稚が声を上げて、他の店の者と一緒になってとっ捕まえたってんだ。しらを切られたら面倒だと思ったんだが、なんとやつは既に飴売りの客から財布を掏っていやがった」

懐《ふところ》から複数の財布が出てきたために、番人の松之助は男を番屋に留め置いて、彦次に見張りを頼んで、己はしかるべきところへ知らせに走った。

「松之助さんは、俺が前にここで広瀬さまにお目にかかったことを覚えていてよ。似面絵と広瀬さまのお名前を出したら、町方の旦那がすぐにおいでくだすった」

「それはよかった」と、今井が微笑んだ。「広瀬さまも気にかけていらしたからね。掏摸がお縄になってお喜びになっただろう」

「お律さんの似面絵のおかげでさ。あれがそっくりだったから、土産物屋の丁稚もすぐに気付いたってんだ」

「でも、そっくりに描かせたのは彦次さんだ。彦次さんのお手柄ですや」

涼太が言うのへ律も頷く。

「けど、みんなあいつと似面絵を見比べて、二度も三度も驚いたもんさ。俺がこう――眉だの鼻だのをあれこれ言うだけで、お律さんはすぐにそれとないもんを、まるで見てきたように描き出すんだから……いやはや、お上御用達たぁ大したもんだと、みんな感心することしきりでさ。お律さん、よかったらまたご友人と護国寺まで遊びに来てくれよ。兄貴も弟も喜ぶし、俺が端から端まで案内すらぁ」

「お誘いは嬉しいんですが、友人はおめでたで遠出はできないんです。だからといって一人で出かけるのはちょっと……」

ちらりと涼太を見やって律は応えた。

仇を探していた昨年、そして今年と奇《く》しくもどちらも文月に、律は二度も一人で護国寺に出かけた際に囚われの身となった。俚諺《りげん》通り二度が三度になっては困ると涼太は思っているらしく、冗談交じりにだが、護国寺にはけして一人で行かぬよう言い渡されている。

「もちろんだ」と、彦次も涼太を見やってにっこりとした。「青陽堂の若おかみが、俺なんかと噂になっても困るしな。なんなら今度は、涼太さんが商売抜きでお律さんを連れて来てくれよ」

「女将は私用には厳しいのですが、手が空いた折には是非」

如才《じょさい》なく涼太は応えたが、店を立て直すまではのんびり護国寺詣でなど叶わぬだろう。

何か己にも手助けできぬかと考えないでもないのだが、葉茶屋に限らず律は商売をよく知らない。佐和に「手出し口出しは無用」と言われていることもあり、今のところ日々の挨拶で奉公人を労《ねぎら》うのがせいぜいである。

起床の点呼で声は聞くものの、律が奉公人と顔を合わせるのは廊下や店先ですれ違う時くらいだ。佐和の薫陶《くんとう》の賜物《たまもの》か、奉公人は皆礼儀正しく、挨拶や会釈を欠かさない。律は商売にかかわっていないため、客には「若おかみ」としていても、呼び名は「お律さん」で揃えてあった。律もまた呼び捨ては避けて、一番年下の新助も「新助さん」と呼んでいる。

――彦次が訪ねて来てから五日を経た神無月の朔日《ついたち》。

池見屋から戻った律が長屋で昼餉の握り飯をつまんでいると、「お律さん」とおずおずと呼ぶ声がした。

聞き覚えのある声は丁稚の六太で、すわ由里が訪ねて来たのかと、律は慌てて食べかけの握り飯をざるの中に隠した。

だが引き戸を開くと、六太の後ろにいるのは由里ではなく、六太の指南役の恵蔵だ。

「恵蔵さんまで――どうしたんですか?」

「お仕事中すみませんが、ちとご相談したいことがありまして……」

恵蔵が小声で、辺りをはばかりながら勝手口の方を見やって言った。

「どうぞ、お入りください」

仕事の相談なら涼太か佐和に、涼太の相談なら佐和か清次郎に、似面絵の相談にしても涼太を通す筈である。

――とすると、一体なんの相談かしら……？

訝る律に、上がり込んだ恵蔵がぺこりと頭を下げて、六太がそれに倣うと、恵蔵の方が口を開いた。

「ご相談というのは、尾上の綾乃さんのことなんです」

「綾乃さん？」

思わぬ名前に律は驚きを隠せない。

「はい」と、恵蔵は気負わぬ声と人懐こい笑顔で応えた。

混ぜ物騒ぎで店を追われたのは源之助《げんのすけ》と豊吉《とよきち》という手代の二人で、疑われていた五人の内、残りの三人が手代の作二郎と恵蔵、それから丁稚の六太である。三十一歳の恵蔵は片笑窪《かたえくぼ》で愛嬌があり、どこか飄々《ひょうひょう》としたところが、真面目でやや杓子定規《しゃくしじょうぎ》な作二郎とは対照的だ。六太の気性はどちらかというと作二郎に近いのだが、ゆえに佐和は作二郎よりも恵蔵から学ぶ方が六太の益となると踏んだようである。

尾上は涼太が受け持っていた客だったのだが、縁談を断ったのを機に六太が涼太の代わりを務めてきた。

「先日、八九間屋の彦次さんがいらした折に、お律さんは、お香さんがおめでただからと護国寺詣でをお断りになったそうですね」

「ええ」

「私どもも若旦那から捕物談を聞きまして、それを六太が尾上で話の種に綾乃さんに話したそうです。捕物の話だけにしとけばよかったものをこいつときたら、若旦那が多忙ゆえに八九間屋の誘いを——お律さんとの護国寺詣でを断ったことまで漏らしてしまいましてね」

「申し訳ありません」と、六太は再び頭を下げた。「似面絵の話のついでに商売について訊かれたのですが、もしやまだ若旦那に未練があるのではないかと、つい勘繰《かんぐ》ってしまいました。寺社参りに行く暇はないと若旦那は残念がっていましたし、商売はまあまあ、お二人の仲は上々だとそれとなくお伝えしようと、余計なことを口にしてしまいました」

混ぜ物騒ぎに続いて、亡くなった母親への見舞いや、巾《きん》という女盗賊一味から救い出されたこと、これまで謎だった父親の素性が判ったことなどが重なって、六太は涼太に——律にも——深い恩義を感じているらしい。巾一味が尾上から盗み出した金を取り戻すのに一役買った六太は、のちに涼太や律へのささやかな恩返しとして、綾乃に涼太から手を引くよう頼み込んでいる。

「それで、綾乃さんが一体どうしたんですか?」

律が問うと、恵蔵が顎をしゃくって六太を促した。

「それが……若旦那が忙しくて出かけられないのなら、自分が——つまり綾乃さんがお伴をするので、近々護国寺にご一緒できないか、お律さんに訊ねてみて欲しいと……」

「綾乃さんが……？」

またしても思わぬ申し出に、りつはあんぐりとしてつぶやいた。

「気まずいのは判ります」と、恵蔵。「けれども、尾上は大事な大口客です。それに六太が言うには、綾乃さんに他意はないようだと……なぁ、六太？」

「はい。その、破談のわだかまりや若旦那への未練がないとは思えないのですが、お律さんを嫌っておられるというのでもないのです。護国寺詣でも、『せっかくのご縁だから』と仰っていました。綾乃さんは裏表のあるお人ではありませんから……ですからどうか、一考していただけませんか？」

頼み込む六太の隣りから、恵蔵も付け足した。

「綾乃さんからお律さんへのお話ですので、こうしてお律さんへ先にご相談に参りましたが、これは尾上からうちへの話でもあります。つまり、お受けするにもお断りするにも、若旦那と女将さんに話を通しておかねばなりませんが、こちらは是非、お律さんの方からお願い申し上げたく」

「わ、判りました」

律が頷くと、恵蔵はにっこりと片笑窪を刻んで、六太と再び頭を下げた。

あいにく今井は留守にしていて、それを知ってか涼太も八ツに現れなかった。一人で巾着絵の他、また少し百合の意匠を描き出してから律は仕事場を後にした。

夕餉の席で——佐和と涼太の話が一段落したのを見計らって——律はおそるおそる切り出した。

「あの、尾上から……綾乃さんからお話がありまして」

六太が頼まれてきたことを告げると、佐和があっさりとして言った。

「断る手はありませんよ。明日にでも六太を送ってそのように伝えなさい」

「よいのですか？」

話を聞いた時こそ驚いたが、実は律自身、綾乃に会いたいという気持ちがあった。

思わず問い返した律を、じろりと見やって佐和は続けた。

「よい話なのか悪い話なのか、綾乃さんにお目にかかってお律が直に見極めてくるとよいでしょう。あすこのご両親はしっかりされていますから、よほどの理由がない限り、娘の一存で取引先を変えるようなことはありませんよ」

尾上に縁談を断りに行ったのは涼太だが、のちに佐和が清次郎と共に出向いて綾乃の両親と会していた。六太のおかげで盗まれた金が戻ったこともあり、尾上とは丸く納まったと聞いている。

「しかし母さま」と、涼太が口を挟んだ。「綾乃さんとお律と……行き帰りに駕籠を使うとしても、女子を二人で護国寺までやるのはどうも不安です」

「それなら六太を伴につけなさい」

「六太を？」

「お前の代わりに尾上とはよくやっているではないですか。六太なら機転が利くし、都合もつけやすいでしょう」

丁稚の六太には尾上の他、これといった顧客がいない。一日がかりになると思しき護国寺行きに、涼太や他の手代より六太を割《さ》くのは理に適《かな》っている。

その日のうちに涼太から恵蔵と六太へ、翌日六太から尾上に話が伝えられ、八日後の神無月は十日に、律と綾乃の護国寺詣でが決まった。

五

四ツが鳴る少し前に店先に駕籠をつけた綾乃は、迎えに出た律に慇懃に頭を下げた。

「私の我儘《わがまま》をお聞き入れくださって、ありがとうございます」

「いえ、こちらこそ、綾乃さんのおかげで早々に護国寺詣でが叶いました」

店の上がりかまちで佐和や涼太とも丁寧に挨拶を交わし、「遅ればせながら」と角樽《つのだる》を祝いの品として差し出すと、綾乃はひとときと待たずに律と六太を促した。

「さ、参りましょう」

青陽堂からは徒歩で行く――と、六太を通して伝えられていた。

よって律が案内がてらに綾乃と並んで歩き、六太が数歩後ろに控えてついて来る。

綾乃の着物は長春色《ちょうしゅんいろ》一色の袷だが、赤白橡《あかしろつるばみ》を地色とした帯は金を交えた唐草模様の縫箔入りだ。律は今日は限られた手持ちの着物から、吉岡染《よしおかぞめ》の袷に蒸栗色《むしくりいろ》の帯を合わせた。嫁入りした翌日に、佐和からよそ行きを一枚仕立てておくとよいとは言われたものの、あの一度きりで、律は遠慮したままになっている。

六太はお仕着せに律の描いた前掛けをつけていて、いかにも伴の店者《たなもの》といった態《てい》だ。

「……先だっては、つまらない嘘をついてごめんなさい」

神田川沿いを西に向かって歩き始めて一町もゆかぬうちに、綾乃は立ち止まってぺこりと頭を下げた。

「私の方こそ——つまらぬ隠しだてをして、申し訳ありませんでした」

すぐに応えて、律も深々と神妙に頭を下げる。

涼太から二度目の求婚を受ける前に、青陽堂が商売敵の玄昭堂《げんしょうどう》と縁を結ぶと綾乃から告げられ、心を乱した律であった。だが綾乃にそんな嘘をつかせたのは、律がいつまでも己の気持ちや涼太の求婚を言い出せず、結句、綾乃をいたずらに傷つけてしまったからである。

綾乃が先に顔を上げて、あたふたしている六太を振り向いた。

「私、涼太さんのことはとっくに思い切っておりますの。お律さんともこうして仲直りできたのですから、もう六太さんがあれこれ気を回すことはありません」

「……はい」

「さ、お律さん、少し急ぎましょう。私、護国寺は幼い頃に一度詣でただけなのです。八九間屋の手妻も見てみたいし、参道のお店もゆっくり見て回りたいんです」

「もちろんです。参道は八九間屋の彦次さんという方が案内してくれる手筈になっておりますから、お楽しみに」

「手妻師の彦次さんね。六太さんから聞いてます」

律と六太と、交互に見やって笑みを向けた綾乃に律は改めて感心した。

六太の言う通り、わだかまりや未練がまったくないとは思い難い。だが、短くも互いに言葉に起こして「仲直り」と明言したことで、長らく胸につかえていたものが大分軽くなったように思えた。

年増までまだ間のある綾乃は十八歳で、律より五歳も年下だ。背丈こそ律より少し低いものの、はきとした物言いと振る舞いから今少し近い年頃ではないかと踏んでいたのだが、縁談を経て歳が知れ——律は己の未熟さを恥じ入ったものである。

大店の娘だからという話でもないだろう。同じく大店に生まれても、綾乃の度量の半分も持ち合わせていない者が大半だ。

よい話なのか悪い話なのか、直に見極めてこいとお義母さまは仰ったけど——

歳は離れていても、寛容さを始め綾乃には律にはない美点がいくつもあり、何より己は綾乃の人となりを好いている。

「綾乃さん、此度は本当に……お誘いありがとうございます」

「もういいんです。お詫びやお礼よりも、何か面白いお話を聞かせてください。——そうそう、祝言が一月延びたそうですね。それはもしや、お上の御用のせいではないですか？　六太さんは、お香さんの悪阻のせいだと言ったけど……でも、そんな話がありますか？　一刻も早くお二人をまとめてしまいたがっていたのは、お香さんだというのに」

まさか「花嫁が消えた」とは言えず、貸し物屋や仕出し屋には「急病人が出た」としており、それはのちに「香の悪阻」のせいとなっていた。本田の意向を汲んで、青陽堂の中でも真相を知るのは佐和や清次郎を含めたほんの一握りである。

後ろの六太の困った顔が見えるようで——また、綾乃の勘の良さに舌を巻きつつ——律は微苦笑を浮かべて応えた。

「お上の御用がなくもなかったのですが、お上の御用ゆえお話しできません。それにお香さんが悪阻ゆえに日延べを頼んできたのは本当です。お香さんは祝言をそれはそれは楽しみにしていたので……」

御用の中身が聞けずに綾乃は不満げだったが、香が白無垢を仕立てたことを知ると女心をくすぐられたようだ。

「お香さんがしっかりしていてよかったわ。いくらなんでも、白無垢を貸し物屋から借りるなんてあんまりです。でも、青陽堂もまずまずで一安心しました。八九間屋は人気の茶屋なんですってね。それから芝の、新しいお客となった――」

「花前屋ですね」

「そうそう、花前屋。兄も父も祖父も――うちの板前たちも、みんな知ってたわ。芝で一番繁盛している茶屋だと聞きました。あすこならうちよりずっと茶葉を使うだろうって」

繁盛しているのは事実だが、男たちがこぞって知っているのは花前屋の女将や茶汲み女が粒ぞろいで、かつ品川宿への通り道にあるからだろう。

だが、己よりうぶと思しき綾乃には到底言えぬことである。

ちらりと振り返ると、胸中《きょうちゅう》が伝わったのか、六太が眉尻《まゆじり》を下げて微かに首を振った。

六太さんは綾乃さんに、随分いろいろお話ししてるのね――

成り行きで涼太の後を引き継いだことで、六太なりに綾乃や尾上の関心をつなぎとめ、もてなそうとしているのだろう。

まだ少年ながらも頼もしい六太をありがたく思いつつ、律は綾乃に問うた。

「綾乃さんは、両国の丹羽野という料亭をご存知ですか？」

「もちろんです。両国橋の袂からほど近い、元町にあるお店でしょう？」

「あすこもうちのお客さまなんです。それでその、今度――もしかしたら、女将さんの着物を描かせてもらえるかもしれなくて」

もしかしたら、と付け足したのは、丹羽野を訪ねてから一月足らず経った今も尚、由里からなんの音沙汰もないからだ。

「あら、お律さんも商売繁盛で何よりですこと。丹羽野には二度、祖父のお伴で訪ねたことがあります。花板が父より年上で、そのせいか味付けに古臭いところがあるのだけれど、それがいいんだと祖父は言ってました。二階からの眺めも申し分ないし。ご亭主の弟さんが茶人だったそうだから、青陽堂のお茶は弟さんのお見立てやも……」

「茶人の弟さんがいたんですね」

それなら青陽堂と長い付き合いなのも、清次郎と親交が深かったのも頷ける。

「でも、『茶人だった』ということは……」

「弟さんは大分前にお亡くなりになったと聞きました」

「亡くなった？　もしや弟さんの名は『しんすけ』さんじゃ？」

閃いて律は問うてみた。

「お名前は聞いていませんけど、ご亭主の『丹秀』は雅号《がごう》で、本当は秀介《しゅうすけ》さんと仰るそうですから、弟さんが『しんすけ』でもおかしくありません。女将さんはお由里さん――そういえば、お由里さんはお律さんに似てますわ」

「えっ？」

「顔かたちじゃなくて……丹秀さんとお由里さんも幼馴染みだと聞きました。お二人は同い年で、お由里さんの家もご近所で商売されていたそうです。子供の頃から家ぐるみでお付き合いがあったから、昔から一緒になると決めていたと……」

それなら、お由里さんは「弟」さんの死を悼《いた》んでいたのか……

家ぐるみで付き合いがあったのなら、丹秀の弟は由里の弟も同然だったろう。

――慶太は俺にとっても弟……のようなものだからな――

いつかの涼太の台詞がぼんやり思い出された。

律たちが夫婦《めおと》となって、慶太郎は涼太の義弟に、香は律の義妹となった訳だが、己より年下で実の弟の慶太郎はもとより、同い年の香でさえ、先に亡くせばやはり人目を構わず悲嘆に暮れることだろう。

それにしても、あのお二人も幼馴染みだったなんて――

青陽堂の店主は佐和で、佐和が隠居すれば涼太が店主となる。清次郎は茶人として店に貢献してはいるものの、商売は佐和に任せきりだ。いずれ涼太が店を継いでも、律は上絵師のままで、由里や近江屋の伶のように「女将」として店に立つことはない。

上絵師であり続けるのが律の望みで、「女将」の仕事に憧れはなく、もとより己には到底務まらぬ役目だとも承知している。

だが、愛する夫の傍らで、夫をしかと支えている――支えるであろう――由里や伶を羨ましく思う気持ちはあった。

美食家の祖父の伴をよくしているという綾乃から、所々の旨いと評判の店の話を聞きながら歩いていると、やがて石切橋《いしきりばし》が見えてきた。

父親の伊三郎は、反対側の袂から少し東に行ったところで殺されている。

事情を知らぬ綾乃や六太が一緒ゆえ、手を合わせるのは胸の内だけにとどめたが、以前は苦しいだけだった光景が今日は少し違って見えた。

初めに母親の美和が、五年の年月を経て父親の伊三郎も同じ男——辻斬りを働いていた小《こ》林《ばやし》吉之助《きちのすけ》——に殺された。妻の仇を一人で探し、ようやく突き止めたと思った矢先に返り討ちに遭った伊三郎の無念を思うと今も尚やりきれないが、今日は父親の死に顔の向こうに父母の生前の姿が思い出された。

二人は駆け落ち同然に所帯を持って、美和は二十歳で律を産んでいる。洒落者《しゃれもの》でも律や慶太郎には気難しい父親だったが、母親の生前も死後も、父親の——伊三郎の恋女房への愛情を疑ったことはなかった。

桔梗《ききょう》の櫛に、桔梗の着物——

桔梗は美和が好きだった花で、伊三郎は美和に桔梗の挿櫛《さしぐし》と己が描いた着物を贈っている。高価な紫色がふんだんに使われた着物を見て美和は「もったいない」とこぼしたが、その照れた瞳と笑みに、律まで何やら照れ臭くなったものである。

そうして生前の父母に思いを馳せていると、自ずと涼太が恋しくなった。

青陽堂の——ひいては涼太のためにも、綾乃を抜かりなくもてなそうと、律は張り切って護国寺へと続く道を歩いた。

六

神田上水堀を渡って半町も行くと音羽町で、九丁目から一丁目へと続く道のりがそのまま護国寺へと通じている。

まずは八九間屋を訪ねて三兄弟と彦太の妻の政と挨拶を交わし、続いて茶と焼き立ての金《きん》鍔《つば》を飲み食いしつつ、彦次の手妻を楽しんだ。

ひょっとこの面をかぶり唐傘の上で鞠を転がしながら現れた彦次は、くるりくるりと傘を回したり、返したりするうちに、いつの間にやら鼠小僧《ねずみこぞう》、牛若丸《うしわかまる》、女形《おんながた》、神狐《しんこ》と次々面と身なりを変えて、最後には雷神《らいじん》となって去って行った。

興奮冷めやらぬ綾乃や目を丸くしたままの六太と待つことしばし、着流しに着替えた彦次が目を細めて律たちのもとへやって来た。

「涼太さんにゃ悪《わり》ぃが、涼太さんとお律さんより、お律さんと綾乃さんの方が、ずっと案内しがいがあるや」

「……綾乃さんはうちの大事なお客さまですから、くれぐれもそそうのないよう願います」

律より先にぼそりと言った六太の肩を、彦次は微苦笑と共に小突いた。

「六太だったな。そう案ずるな。お前さんの顔を潰すようなことはしねぇからよ。さあ、お二方《ふたかた》、まずは下見をしながら護国寺へと参りやしょう」

彦次が左右の店を紹介するのを聞きながら、参道をやや急ぎ足で通り抜ける。

護国寺で手を合わせたのち、今度は一丁目からゆっくりと、行きしなに綾乃が目を付けた小間物屋やら土産物屋やらを覗いて回った。

九ツはとっくに過ぎていたが、金鍔を食べたからか空腹は感じなかった。綾乃も同じらしく、「後で団子でもつまみましょう」と、昼餉よりも店を見て回るのに余念がない。律も綾乃をもてなすための金子《きんす》の他に少しばかり小遣いをもらっていて、彦次が太鼓判を押した飴屋で奉公人たちへの土産の飴を買い込んだ。

「飴売りの飴より、ここんちの方が味はいいんで」

彦次はそう言ったが、後で見かけた件の飴売りはからくり人形が愛らしく、律と綾乃は飴売りからも一包みずつ飴を買った。

荷物持ちの六太の荷物が徐々に増えていく中、半襟屋の前で綾乃の足が再び止まる。

「手絡《てがら》もございます」という店者の言葉に綾乃が目を輝かせた途端、後ろで腹の音が派手に鳴った。

綾乃と二人して振り向くと、六太が顔を赤くして頭を下げる。

「すみません……」

「ううん、こちらこそ」と、すぐさま首を振って綾乃は微笑んだ。「六太さんには金鍔だけじゃ足りなかったわね。じきに八ツでしょうし、お団子でも――いいえ、お団子よりもご飯がいいわね。彦次さん？」

彦次を見やると、彦次がにこやかに向かいの店を指差した。

「そんならあすこに一膳飯屋がありやす。お団子なら隣りの茶屋に」

「でしたら殿方は先に飯屋にどうぞ。私たちは後でお隣りでお団子をご一緒しましょう、ねえ、お律さん？」

「ええ」

頷きながらも、綾乃ほど気が回らぬ己が恥ずかしい。

六太に飯代を渡して男二人が通りの反対側へ歩いて行くと、律は小声で礼を言った。

「ありがとうございます。六太さんも彦次さんもこれで一息つけます」

「一息つけるのは私もです。土産物屋はよいのですけど、小間物屋は男の人が一緒だと、どうもゆっくりできませんもの。そうじゃありませんか？」

いたずらな笑みを浮かべた綾乃に、律も顔をほころばせた。

飛鳥山《あすかやま》での花見や両国での夕涼みのように、涼太と二人きりで出かけたいという願いはあれど、小間物屋や呉服屋なら話は別である。丹羽野で由里が律を帰したのも、客のためというよりも、着物の話なら丹秀がいない方が——女同士の方が気安いからとも思われた。

しばしあれでもないこれでもないと、とっかえひっかえしたのちに、綾乃は一斤染《いっこんぞめ》に同色の糸で麻の葉文様の刺し子が施された半襟と鹿の子《かこ》絞りの鶸色《ひわいろ》の手絡を、律は葡萄色一色の、だが深みのある染め色が気に入った手絡を買った。

向かいを見やると彦次と六太は手前の縁台にいて、律に気付いた彦次が手を挙げる。

「隣りも見てから行きましょうよ」と、綾乃が言うのへ、律が隣りの店を指すと、彦次が合点《がてん》したように頷くのが見えた。

隣りは簪と挿櫛のみの小間物屋らしいが、値が手頃なのか、十代の若い町娘たちが五、六人、店先に群がっている。

綾乃と娘たちの後ろから覗き込んでいると、参道をはしゃぎながら走って来た二人の男児の内、一人が綾乃にぶつかった。

「あっ」

よろけた綾乃は律が支えたが、ぶつかった男児は綾乃の横にすっ転ぶ。

「ああもう、だめじゃあないか」

もう一人の男児が転んだ男児を抱き起こし、下敷きになっていた綾乃の巾着を拾い上げた。

ぶつかった際に提げていた巾着が男児に引っかかり、手を離れたようである。

「ごめんなさい。ごめんなさい」

巾着の汚れを払いながら、男児は幾度も謝った。

「弟さん、怪我はないかしら？」

巾着を受け取りながら綾乃は微笑んだ。

転んだ方は七、八歳、抱き起こした方も十歳かそこらという子供である。似ている顔つきからして兄弟だと思われた。

弟の少しすりむけた膝を見やって、兄が再び頭を下げる。

「平気です。本当にごめんなさい」

「いいのよ。でもここは人が多いから、あんまりはしゃぐのは感心しないわ」

「はい。――ごめんなさい」

今一度二人してぺこりとすると、兄弟はゆっくり歩き始めた。

――と。

向かいの飯屋から、彦次が猛然と駆けて来た。

気付いた兄弟がばらばらに走り出すのへ、彦次が後ろの六太へ小さく叫ぶ。

「おめぇは小せぇ方を頼む！」

「はい！」

兄の方は瞬く間に彦次が抑え込み、続いて半町ほど先で六太が弟に追いつき捕まえた。

「なんだよぅ！」

「ちゃんとあやまったよぅ！」

じたばたする兄弟を見て、律ははっとして綾乃に囁いた。

「お財布を……」

急ぎ巾着を探った綾乃が小さく首を振った。

「なんだなんだ？」

「子供じゃないか」

騒ぎを見やって通りすがりの客たちが騒ぎ出した。

「万引かい？」

「そういや、近頃ここらじゃ掏摸が――」

「いやはや皆さん！　どうもお騒がせしちまいやして……」

客の声を遮って、彦次が盆の窪に手をやった。

「こいつらときたら、うちの大事なお客さんにそそうをしやしてね。謝りゃいいってもんじゃありやせん。仏の顔も三度まで、っていいやすでしょう？　小さなそそうも、こうも重なるようじゃあ、同じ音羽町に住むもんとしちゃ見過ごせやせん。しっかり言って聞かせやすんで、皆さんはどうかごゆっくり」

見世物を生業とする手妻師だけに、朗々《ろうろう》とした声がよく通る。にこやかに如才なく辺りの客に頭を下げながらも、手はしかと兄の襟首をつかんでいる。

兄弟が綾乃の財布を盗ったと思われるが、彦次はこれ以上の騒ぎは避けたいようだ。

「綾乃さん」

小声で律が呼ぶと、綾乃も察したように頷いた。

七

彦次が兄弟を連れて律たちを促したのは、五丁目の裏にある顔役の治兵衛《じへえ》の家だった。

「英吉《ひできち》と松吉《まつきち》だな。おいまさんが残していった……」

いまというのは音羽町の裏長屋に住んでいた女で、夫に先立たれ、参道の茶屋で働きながら英吉と松吉の二人を育てていたのだが、春先に疝痛《せんつう》を訴えて亡くなったそうである。兄弟は一旦牛込《うしごめ》の親類のもとへ預けられたのだが、ほどなくして行方知れずになっていた。

「お前たちは、あの『疾風《はやて》の繁造《しげぞう》』のもとにいたんだろう？」

先日捕まった掏摸の名である。二つ名の「疾風」は、風のごとく、すれ違いざまに掏る手速さにかけていて、仲間内では評判だったらしい。

黙り込んだままの二人へ、彦次が言った。

「おめぇらが牛込を逃げ出したのも判らねぇでもねぇ。あすこじゃろくに食わせてもらえなかったようだな」

彦次の言葉に、兄の英吉が唇を噛んだ。

「だから繁造の甘言に乗っちまったんだろう？」

「……」

「だんまりか？　そんなら二人揃って番屋に行くか？」

松吉へ伸ばした彦次の手を横から払って、英吉が土間に額をこすりつけた。

「――おいらがとりました。まつはなんもしてません」

「あんちゃん……」

「そうは問屋が卸さねぇ。こちとらちゃあんと見てたんだ。松吉、おめぇはわざとこちらの娘さんにぶつかって、巾着に手をかけて転んだろう？」

「お、おいら……」

「まつ、だめだ！」

「英吉、おめぇは松吉を助け起こしながら巾着から財布を抜き取って、松吉の懐に押し込んだ。でもって何食わぬ顔で、綾乃さんに巾着を返したな。その歳で、てぇした玉だよ。同じ手口でもう何度も盗んだろう？」

「二、二度目です。一度目は二百文も入ってなくて……」

「二度目か。二度目なら増入れ墨だな。二度どころか一度でも――二百文でも二十文でも盗みは盗みだ。盗みはご法度《はっと》だと松吉だって知ってんだろう？　ああ、ご法度ってのはやっちゃいけねぇ事柄さ。殺しに火付に博打に盗み――他にもいろいろあるが、盗みは間違いなくやっちゃいけねぇことの一つだ」

「そ、それくらい知ってらぁ。けど、しげさんがつかまって、お金も食べ物もすっかりなくなって……おいらたち、もうこうするしか……」

親類の家でのひもじさに耐えかねて、二月と経たずに英吉は松吉を連れて音羽町へ帰ろうとした。町の者を頼って、少し食べ物を分けてもらおうと考えたのである。その道中で繁造に会い、繁造は二人に同情しながら飯屋でたらふく食べさせた。

治兵衛と彦次がのちに町方から聞いたところによると、繁造は四十路を過ぎて以前ほど手が利かなくなっていたそうである。すれ違いざまに掏ることも難しくなっていたようで、近頃はもっぱら見世物の見物客を狙っていたらしい。

「繁造はおそらくおめぇらに恩を着せ、己の代わりにおめぇらを仕込んで、稼がせようとしてたんだろう。英吉よ……繁造と暮らしてたんなら、やつの腕に何本墨が入ってたか見たことがあんだろう？」

「さ、三本……」

「そうだ。四本目はねぇぞ。どういうことか判るか、おい？」

掏摸は盗った物や金額にかかわらず、三度目までは入れ墨で済むが、四度目となると「改悛の情なし」とみなされ死罪となる。

英吉は――松吉も――幼いながらも繁造の行く末を悟ったようだ。

「か――かんにんしてください。さいふは返します。だから、かんにんしてください」

英吉が震えながら懇願するのへ、彦次は横柄に手を差し出した。

「たりめぇだ。まずは盗《と》った財布をさっさと出しな。話はそっからだ」

立ち上がって、英吉は松吉の懐を探った。

が、取り出したのは畳まれた手ぬぐいである。

「まつ……？　これはなんだ？　さいふはどこだ？」

「し、しらない。おいら、しらない」

松吉の襟元を開いて、懐や袖をまさぐる英吉の手を彦次がつかんだ。

「財布はここだ」

左手で英吉の手をつかんだまま、彦次は右手で己の懐から綾乃の財布を取り出した。

英吉や松吉のみならず、綾乃や六太――無論、律も目を丸くした。

参道で彦次は英吉を、六太は松吉をそれぞれ捕まえた。

彦次に促されるままに、律たちは六人固まるようにして治兵衛の家まで来たが、彦次が松吉に触れたところを見た覚えがない。にもかかわらず、彦次はいつの間にやら松吉の懐から綾乃の財布を擦りとって、代わりに己の手ぬぐいを忍ばせておいたらしい。

「俺ぁ手妻師だからよ。繁造が疾風なら俺ぁ雷光《らいこう》さ。手を稲妻《いなづま》のごとく動かせてこそ手妻師よ。そこらの掏摸なんざ目じゃねぇぜ。けど俺ぁ、掏摸はやらねぇ。その気になりゃあ、百人からでも財布を頂戴できるが、盗みはできてもしちゃならねぇことだ」

「ごはっとだから……」

「まあな」

にやりとして彦次は言った。

「俺ぁ、入れ墨も打首もごめんだからな。だが、それだけじゃあねぇぜ。俺ぁ、人が泣いたり怒ったりしてんのがどうも苦手でよ……殊に綾乃さんみてぇな娘さんには、財布を掏られたと泣かれるよりも、手妻で笑ってもらう方がずっといい。——ああ、綾乃さん、こいつはお返しいたしやす」

綾乃が財布を受け取ると、彦次はひらりと手首を返し、再び綾乃に差し出した。

どこからどう取り出したのか——彦次の手のひらには薄紅色《うすべにいろ》の、千代紙《ちよがみ》で折られた蝶《ちょう》が載っている。

「こちらもどうぞ。本日の話の種にでも」

「まあ……」

綾乃が顔をほころばせて蝶を手にすると、彦次は腰を折り、つかんでいた英吉の手に右手を添えて、両手で包み込むようにした。

「なぁ、英吉。松吉も……」

二人の顔を交互に見ながら、彦次はにっこりとした。

「おめぇらはこれしかねぇと思い詰めて掏摸を働いたんだろうが、そんなこたねぇ、あべこべだ。——どうでぇ？　俺が仕込んでやっから、手妻を学んでみねぇかい？」

「てづまを？」

「おうよ。この腕やあの度胸がありゃ、充分手妻で食ってけらぁ。まあ一月も稽古すりゃあ、おめぇら二人分の食い扶持《ぶち》くれぇ、すぐに稼げるようになっからよ」

彦次が今一度にっこりすると、英吉と松吉は顔を見合わせて泣き出した。

八

彦次は参道が——音羽町が掏摸に狙われ始めてすぐ繁造に目を付けたのだが、治兵衛が町方へ知らせるのへ待ったをかけた。牛込にいる筈の英吉と松吉が、見知らぬ男——繁造と思しき——と共にいるのを見かけた者がいたからである。

治兵衛の指示で、二人と母親のいまが住んでいた長屋の者が牛込まで足を運び、兄弟が行方知れずとなっていることを知った。

「牛込の近所の者に訊いてみたところ、随分ひもじい思いをしていたようだと……親類も勝手にいなくなったのをこれ幸いと、迷子石《まいごいし》の張り紙さえなおざりだったそうでな。親類というだけで、よく見極めずに子供らを引き渡したのを大家も悔いておる。もう少し早く、一度でも様子を見に行っていれば、とも」

掏摸は捕まえたいが、まだ幼き兄弟は救いたい――そう考えて、治兵衛は番人や彦次を始め、町の者にことを公にせず、今少し掏摸を泳がせておくよう頼み込んだ。

「なんとか儂《わし》らだけで繁造をとっ捕まえてやろうと、知恵を出し合っての。似面絵があれば皆も見張りやすいだろうと、彦次が似面絵を頼みに行ったのだ。結句、繁造はうまいことお縄にできたのだが、お上に知らせる前に訊ねてみても、やつは住処《すみか》や英吉たちのことも含めてずっとだんまりでなぁ」

「聞いた限りじゃ、やつはしょっ引かれた後も、ずっと口をつぐんだままだったらしいや」

繁造なりに情を抱いて、英吉たちに類が及ばぬようにと考えたのか、はたまた、多少なりとも己の「技」を託した英吉たちが、いずれ己の跡継ぎとして、江戸を跋扈するのを夢見ていたのか――

今となっては知りようがないが、情ゆえであって欲しいと律は願った。

一つ目の財布の金は使ってしまったが、財布は捨てるに捨てられず手元にあると英吉が言うので、金は彦次が立て替え、後で番屋に届けることになった。

繁造は掏摸や盗人仲間の隠れ家や安宿を渡り歩いていたらしい。英吉の話からするとこの一月ほどは、江戸を留守にしている仲間の裏長屋を又借りしていたようである。

ほどなくして、往来での騒ぎを耳にしたらしく、番人の松之助と彦次の兄の彦太が、治兵衛の家にやって来た。

二人とも英吉たちが見つかったことは喜んだものの、彦次が音羽町で手妻を教えることには難色を示した。

町の者の多くは既に、英吉たちがしばしとはいえ繁造と暮らしを共にしていたのを知っていて、おそらく掏摸の技を学んだだろうと踏んでいる。今日の騒ぎもあって、英吉たちが掏摸を働いたと察した者もいたに違いない。護国寺への参道なれば、今後もまた別の掏摸が出没することがあろうし、その時は英吉たちがまっ先に疑われるであろう――というのが二人の考えで、彦太は更に言いにくそうに付け加えた。

「彦次、お前の善意は私が一番承知しているよ。お前が見込んだこの子らなら、きっといい手妻師になるだろう。だがもしもこの子らが疑われたら、おそらく師匠のお前まで誤解を受けちまうだろう。うちはこの町じゃあ、まだまだ新参者なんだ。私とてこの子らを助けたいのはやまやまなんだが、此度は松之助さんのってを頼るのも一案だろう」

松之助のってというのは向島《むこうじま》にある寺だった。身寄りのない子供を預かり、里親や奉公先を探すのに尽力してくれるという。

「けどよぅ」と、今度は彦次が難色を示すのへ、

「それなら」と、綾乃が口を挟んだ。

綾乃の祖父には、幾人か親しくしている香具師《やし》がいるという。

「といっても、そう怪しい人たちではありません。うちは父が三代目と、老舗《しにせ》と呼ばれるにはまだ至らない店ですが、祖父は東仲町《ひがしなかちょう》はもとより広小路の元締めや仲見世にも顔が利きますから、向島のお寺へ行く前に、私から祖父に相談させていただけませんか?」

丁寧に頭を下げた綾乃に、否《いな》やを唱える者はいなかった。

九

後日、湯屋へ行ったのちに律が青陽堂へ戻ると、涼太に呼ばれた。

「お律、ちょっと」

いざなわれた店の座敷では夕餉を始めている奉公人が何人かいて、律を見てそれぞれ会釈する。律も会釈で応えつつ、涼太に促されて一角で待っていた恵蔵と六太の前に座った。

まだ夕餉を取りに行っていないらしく、二人の前に折敷《おしき》はない。

「先ほど六太が尾上から戻りまして――さ、お前からお律さんにお話を」

「はい」

頷いて、溌剌《はつらつ》とした声で六太は続けた。

「綾乃さんのお祖父さんが尽力してくださいまして、英吉と松吉は浅草の広小路で芸をしている『帰蝶座《きちょうざ》』という一座に預けられることになりました。舞いやら打物やら人形遣いやら、いろんな出し物をする一座だそうですが、手妻はあんまりやらないそうで、これから月に何度か彦次さんが浅草に通って、あの二人と座長の帰蝶さんに手妻を教えることになったと綾乃さんからお聞きしました」

「それはよかったわ。知らせてくだすってありがとうございます。——座長さんの名が帰蝶ということは、もしや女の方なのですか？」

「お察しの通り、帰る蝶と書きまして、第六天魔王《だいろくてんまおう》の奥方——濃姫《のうひめ》と同じ名です」

そう応えたのは恵蔵だ。「第六天魔王」というのは織田信長の異名で、妻の「濃姫」の名は美濃《みの》の斎藤道三《さいとうどうさん》の娘に由来している。

「帰蝶は中年増ながらも舞いが妙々《みょうみょう》だと評判高い、女の座長でございます。——そうだろう、六太？」

「ええ、まあ……そ、それで彦次さんは早々に浅草へいらして帰蝶さんとお話しされたようで、大層乗り気だったと綾乃さんは仰っていました」

何やらほっとした様子の六太が、律には可笑しい。

愛らしさに加えて、育ちの良さが端々に滲み出ている綾乃である。得意先の娘であると同時に、六太が少年らしい憧憬《しょうけい》を年上の綾乃に抱いているのが、此度、護国寺詣でを共にして律にも伝わっていた。

綾乃に気安く声をかけ、手妻を披露してみせた彦次への、六太の羨望《せんぼう》めいた眼差しが思い出されて律はつい頰を緩ませる。

「それは彦次さんも大喜びだったでしょうね」

「はい。広小路は尾上の目と鼻の先なので、綾乃さんも英吉と松吉の様子を時々見に行ってくださるそうです。本当によく気のつく、心優しいお方です」

「綾乃さんは騒ぎの折もしっかりしていらしたし、あのような申し出も、並の方にはとてもとっさにできないことだわ」

「その通りです」

大きく頷く六太の隣りで恵蔵がにやにやするものだから、律は笑い出さぬよう苦心した。

座敷を出るとちょうど六ツ半という頃合いで、六太たちは夕餉を取りに台所へ、律たちは家の方の座敷に移って夕餉を待った。

ほどなくして清次郎、それから佐和にせいがやって来て、夕餉が始まる。

佐和とひとしきり店の話をした後、涼太が言った。

「先ほど恵蔵――いや、六太からお律に話がありまして」

「お律に？」

「ええ。先だっての護国寺詣での片がついたようです」

「――というと、英吉と松吉とかいう子供らのことかね？」

問い返したのは清次郎だ。

頷きながら、涼太が律を見やった。

綾乃の――得意先の話でもあるからだろう。護国寺から帰った日も同じようにして、夕餉の席にて律に語る場を設けてくれた。佐和や清次郎――殊に佐和――を前にすると、律はどうしてもまだ硬くなってしまうものの、これも己が少しでも早く婚家に馴染めるようにとの涼太の気遣いと思われる。

恵蔵さんも……

今思えば綾乃との護国寺詣でを六太から律へ、律から涼太や佐和に通すよう仕向けたのは、やはり律を婚家、それから奉公人に馴染ませようという思惑《おもわく》あってのことだろう。

律が六太から今しがた聞いた話をするのを、清次郎とせいはにこにこと、佐和も清次郎たちほどではないが興味深げに聞き入った。

「……尾上が仲立ちしたのなら安心です」と、佐和。「子供らの身の振り方が定まってよかったこと。お律、またの折があれば、あなたからも綾乃さんにお礼を伝えなさい」

「はい」

律が頷くと、横から清次郎がのんびり言った。

「そういや、帰蝶の舞いもしばらく見ていないなぁ……」

「父さまも帰蝶を見物したことが？」

やや驚いて問うた涼太へ、清次郎はあっさり応えた。

「そりゃお前、あれほどの舞い手には滅多にお目にかかれないと、見た者が皆、口を揃えて勧めてくるのだからね。帰蝶座も浅草ではもう四、五年になるんじゃないか？　帰蝶は気まぐれで気が向いた時にしか——日に一度舞うかどうかだから、出かけたからってお目見えできるとも限らないし……最後に見たのは、ああそうだ、弥生《やよい》に佐和と一緒に——」

「母さまと？」

「尾上にお前の無礼を詫びに行った帰りにね。綾乃さんのお祖父《じい》さん——眠山《みんざん》という名で通っているお方なんだが——の勧めもあって、帰りしなに覗いてみたら、四半刻も経たずに帰蝶が踊り出したのさ。運が良かったよ。なぁ、お前？」

清次郎には応えずに、佐和は涼太を見やって言った。

「見世物を見物している暇などないと言ったのに、もう少し、もう少しだけ待とうと、しつこかったのです」

「さようで……」

「でもまあ、一座の長だけあって、舞いは見事なものでした」

「そうだろう、そうだろう」

満足げに頷く清次郎が微笑ましい。

夕餉を終えて寝所に引き取ると、律は有明行灯と共に火鉢にも火を入れた。

二十日の今日は小雪《しょうせつ》でもある。

雪はまだ見ていないものの、数日前から急に冷え込んできて、せいが火鉢を出してきてくれていた。

半刻と経たずに帳場から戻って来た涼太が、着替えより先に火鉢に手をかざす。

「今晩も冷えるな」

「ええ」

寝間着を差し出しながら、律は気負うことなく微笑んだ。

どうやら涼太は、房事は三日に一度と決めているようだと、祝言から二月を経て律にも判ってきたからである。

昨晩求められたばかりゆえに、今宵は何もないと踏んで、着替えを手伝うと律はさっさと搔巻に包まった。

「……六太さん、近頃よく笑うようになったわね」

如月に、六太は唯一の身内であった母親の路《みち》を亡くしている。

あからさまに塞《ふさ》ぎ込む様子は見られなかったものの、真面目な性分と相まってか、客にそれとない笑みを見せる他はまず硬い顔のままだったのが、この頃はちらほらと、ふとした折に笑顔を見かけるようになっていた。

「うん。恵蔵をつけてよかったよ。あれで恵蔵はなかなか気が利くんだ。指南役《しなんやく》なぞ面倒だと言ってたが、なんだかんだちゃんと六太を育ててくれてる」

「あれで、なんて、恵蔵さんに悪いわ」

「はは、そうだな。俺も恵蔵さんから学ばなきゃならないことがまだ山ほどあるよ」

薄闇に慣れた目で、やはり掻巻に潜り込んだ涼太と互いに笑い合うと、律はからかい交じりに切り出した。

「――ねぇ、涼太さん。『父さまも』ということは、涼太さんも帰蝶の舞いを見たことがあるんでしょう？」

「……まあな。だがその、もう何年か前、一座が広小路で芸を始めてまもなくに、話の種に一度は見ておこうと、勇一郎に誘われて仕方なく――」

「ふふ、焼き餅じゃありませんから、ご心配なく」

「そうなのか」

「……焼き餅の方がよかったですか？」

じっと己を見つめる涼太に、囁き声で問うて律は続けた。

「私はその、お義母さまに見事と言わしめるほどの舞いなら、私もついでがあったら覗いてみようかと……」

「一緒に行こう」

「え？」

「まだ少し先の話になるが、掛け取りを無事に済ませて、年を越したら一息つける。そしたら一緒に帰蝶座を見に行こう。それまで待てねぇってんなら――」

「待ちます」

やはり囁き声だがきっぱり言うと、涼太がゆっくり微笑んだ。

「護国寺にもそのうち二人で行こう」

「ええ」

頷いてから律はねだってみた。

「……目黒不動にも、いつか連れてってくれますか？」

――引き合いに出しただけで行きたいなんて言ってないわ――

昨年の卯月、律は親の仇を探しつつ涼太を思い切ろうとして、それとなく目黒不動へ誘ってくれた涼太へつれなくしていた。

涼太も思い出したのか、くすりとしてから口を開いた。

「もちろんだ。なんならお伊勢参りにも」

「お伊勢さんも？」

「ああ。だが、目黒不動はまだしもお伊勢参りは大分先の話になるぞ。それこそいつか俺たちの――つまり」

いつか二人が子をなして、その子が店を継いだ暁にでも――

「待ちます」

涼太が皆まで言う前に、律は繰り返した。

「涼太さんがくださった白麻、ちゃんと大事にとってあるもの」

結納で贈られる白麻——白い麻糸を束ねた物——は「友白髪《ともしらが》」といわれる白髪に見立てた祝い物で、「仲睦まじく、末永く、共に白髪になるまで長生きできるように」という願いが込められている。

「そうか」

嬉しげに目を細めると、涼太はおもむろに搔巻から手を出して、そっと律の頰に触れた。

ひんやりとした涼太の大きな手のひらが、火照《ほて》った頰に心地よい。

「……寒くないか？」

「……涼太さんこそ」

涼太の手の上から律が己の手を重ねると、涼太は頰からするりと手を離し、律の手首をつかんで身を起こした。

行灯の灯りが涼太の背に隠れて見えなくなると、律は目を閉じて涼太の唇を待った。

第三章

兄弟子の災難

一

昼の九ツが鳴る前に、又兵衛長屋の律の仕事場へ、定廻りの広瀬保次郎が男を一人連れてやって来た。

「広瀬さま……ご苦労さまでございます」

霜月朔日《しもつきついたち》で、保次郎は月番になったばかりである。

「お律、すまぬが似面絵を頼む」

「はい」

保次郎が連れて来た男は昌一郎《しょういちろう》という名で、律と同じか幾分若い。背丈は律よりは高いものの、細身でどこかのっぺりとしている。

「此度はどんな輩《やから》の似面絵ですか？」

硯《すずり》に墨を磨《す》りながら律が問うと、「うむ」と、保次郎はしばし躊躇った。

「いたいけな女子を手込めにして孕《はら》ました、悪い男だよ」

代わりに応えたのは昌一郎だ。

保次郎が一瞬苦虫を嚙み潰したような顔をしたのは、女の律を思いやってのことだろう。人殺しの似面絵も描いたことがある律だが、「手込め」と聞くとまたなんとも厭わしい。

昌一郎を軽く睨んで黙らせて、保次郎は静かに切り出した。

「……小石川の娘が一人、昌一郎が言った通り、何者かに手込めにされたそうで――運悪く身ごもってしまった。娘は嫁入り前で許嫁《いいなずけ》がいたのだが、許嫁は無論、親兄弟にも打ち明けられず、そうこうする間に懐妊を知り、途方に暮れて、数日前に井戸に身を投げたのだ」

「なんてこと……」

「幸い、母親がすぐに気付いて九死に一生を得たのだが……身体はもとより、心がもつかもたぬかという、なんとも痛ましい有様でな」

とっさに思い浮かんだのは、類の妹の千恵だった。

千恵は十数年前――やはり嫁入り前に何者かに手込めにされたのを苦にして、不忍池に身を投げた。命はなんとか助かったものの、辛い記憶を封じたためか物忘れがひどくなり、少しよくなった今もどこかうっかり者のままである。

また、かつて律も仇の小林吉之助に手込めにされそうになったことがある。

――手込めにされるくらいなら、いっそ舌を嚙み切って――

仇に陵辱《りょうじょく》されるなぞこの上ない屈辱だと、まず死を選ぼうとした律だ。その意は今も変わらぬし、男女の秘事《ひじ》を知った分、尚のことおぞましく感じた。

仇でなくとも、涼太以外の男に、肌身を見られたくも触れられたくもない。

ましてや、身ごもってしまったなんて……

家や町の者に祝福されてしかるべき懐妊が、娘には自死へと導く呪いとなったことに同情し、娘に同情すればするほど見知らぬ男への怒りがふつふつと湧いてくる。

「父親と許嫁も怒り心頭で、男を見つけようと躍起《やっき》になっておる」

律の顔を見て保次郎が言った。

「ということは、お許嫁はまだ――」

「心変わりはしておらぬ。娘が落ち着いたら、すぐにでも祝言を挙げたいと」

「それはようございました」

せめてもの救いだと、律は微かに安堵した。

父親は眼鏡屋だが、娘は近くの町医者のもとで通いで女中仕事をしていたという。医者に頼まれ、時折、御薬園《おやくえん》に隣接された養生所《ようじょうしょ》へ薬をもらいに行くことがあり、手込めにされたのは葉月は十日の夕刻で、養生所からの帰りだった。

娘が住む下富坂町《しもとみさかちょう》から養生所まで半里もなく、伝通院《でんづういん》を始め寺の多い道のりなのだが、養生所付近の道沿いには田畑があり、娘は田畑を背にした寺社の裏手に連れ込まれたらしい。

「なんとか話を訊き出した母親が言うには、男は頭巾をかぶっていたそうで、娘は男に覚えがないらしい。だが、あの日はこの昌一郎が友と酒を酌み交わそうと両国から小石川を訪ねていて、疑わしい男を見かけたそうだ」

下富坂町を抜けて中富坂町《なかとみさかちょう》の友人を訪ねる道中で、娘と娘に言い寄る男を見たという。

「お淳《じゅん》さんが袖にすると一度は諦めたようだったんだが、何やら追うようにお淳さんが歩いてった方へ足を向けたのが気になったんだ」

「これ」

娘の名を口にした昌一郎を、保次郎が短くたしなめてから話を続けた。

「娘に問うてみたのだが、男を思い出したのか、身を震わせて泣くばかりでな……母親に打ち明けた話が精一杯だったようだ。ゆえに昌一郎の見かけた男が悪漢かどうかは判らぬのだが、他に何も手がかりがないものだから、父親や許嫁たっての願いもあって、こうしてお律に似面絵を頼みに来たのだ」

昌一郎は両国の小間物屋の手代で、友人はかつて昌一郎と同じ店で奉公していたが、商品に入れ込むあまり、店を辞めて職人となった。作った小間物は昌一郎が勤める店に卸していて、昌一郎は仕入れを兼ねて時折この友人兼職人を泊りがけで訪ねるそうである。

昌一郎は昨日も友人宅へ遊びに行っていて、淳の身投げ騒ぎを知った。富坂町は上・中・下と連なっていて、町の噂を聞いた友人が酒の肴《さかな》に昌一郎に話し、もしやと思った昌一郎は淳の家を訪ねてみた。淳には会えなかったものの、母親から淳の顔かたちや背格好、着物の柄を聞いて、己の見かけた女子ではないかと判じたらしい。

「昌一郎が申し出てきたのは不幸中の幸いだ。辺りの者に訊ねてみても、二月半も前のことを覚えている者はなかなかおらぬだろうからな」

私の似面絵が少しでも助けになれば……

そう願いつつ、律は身を入れて似面絵を描き始めたのだが――

「うん、そっくりだ。広瀬さま、どうかこの男を探し出してお縄にし、お淳さんの無念を晴らしてくださいまし」

似面絵の出来に感心する昌一郎を連れて保次郎が辞去してすぐに、律は指南所から戻ったばかりの今井のもとへ駆け込んだ。

二

今しがた聞いた話を手短に今井に伝え、律は小声で付け足した。

「それが、吾郎さんにそっくりだったんです……」

隣町の佐久間町《さくまちょう》にある菓子屋・一石屋《いっこくや》に勤める男で、弟の慶太郎の兄弟子でもある。

描き始めてすぐに「おや」と思ったのだが、昌一郎が言うがままに描き進めると、吾郎に酷似《こくじ》した似面絵が出来上がった。

律はそう何度も顔を合わせていない吾郎だが、慶太郎が慕ってやまない兄弟子ゆえに、とてもその場では言い出せなかった。

「そりゃ困ったな……」

今井がつぶやくと同時に、律の腹が小さく鳴った。

微苦笑を漏らした今井に勧められ、律は一度青陽堂へ帰ると涼太を探した。

涼太も昼餉はまだで、二人して台所で握り飯をもらうと、今井宅へと引き返す。

今井宅で改めて相談すると、涼太は小さく溜息をついてから顎に手をやった。

「……そら、広瀬さんに知らせなきゃならねぇだろうな」

「そうよね……」

「だが、吾郎さんとは限らねぇ。吾郎さんはまだ住み込みだろう？　夕刻とはいえ小石川まで出かけてく暇なんざねぇだろし、この世には案外そっくりさんがいるもんだ。そうでしょう、先生？」

「うむ。私は吾郎さんをよく知らないが、お律の話じゃ、吾郎さんには女がいるんじゃなかったかね？」

小正月の藪入りに、なかなか帰らぬ慶太郎を案じて一石屋まで律は様子を見に行った。その際、吾郎は慶太郎は己と同じく、女のもとへ行ったのではないかと律をからかったのだ。

「ええ。睦月《むつき》の話ですけど……でも、女の人がいてもいなくても、吾郎さんはとても、女の人に、その、そんなことをするような人には……」

だが、つい先日保次郎も言ったように、「強面の悪人はそういない」ものである。

「変に隠し立てするのは吾郎さんにとってもよくないことだ。疑いを晴らすにも早い方がいいだろう」

今井の言葉に律たちも頷き、店を離れられぬ涼太に代わって、律が保次郎の屋敷まで知らせに行くことにした。

まだ昼下がり——九ツ半にもならぬ頃合いだ。

手土産に涼太から茶葉の包みを受け取って、律は一路南へ——八丁堀《はっちょうぼり》にある保次郎の屋敷へ向かった。

保次郎は無論まだ帰っておらぬが、屋敷には水無月に広瀬家に嫁いだ史織がいて、律の来訪を喜んだ。

「どうぞ上がってくださいな。今日はお義父さまもお義母さまもお留守ですから、気兼ねはいりません」

ずっと気がかりだった息子の嫁取りが無事に終わり、義父は仕事に、義母は習いごとや友人たちとの交流にそれぞれ励んでいるそうである。

「おかげさまで、私はゆっくりと家で書物を読んで過ごしています」

書物同心の片山通之進《かたやまみちのしん》の娘で本好きに育った史織と、定廻りになってからも暇を見つけては学問に勤《いそ》しみ、時には写本を引き受けて小遣い稼ぎをしている保次郎の二人が結ばれたのは、両家共々――保次郎と親しんできた律たちも「うってつけ」だと大喜びしたものだ。広瀬家に嫁いでから史織は時折青陽堂に茶を買いに来て、ついでに律とも長屋で顔を合わせているが、律がこの屋敷を訪ねることは滅多《めった》にない。

他の家人が留守とはいえ武家に長居をするのははばかりたく、史織が保次郎「直伝《じきでん》」だと照れながら淹れた煎茶を含みながら、律は早々に訪問の理由を切り出した。

手込めを女の史織に伝えるのは躊躇われたが、短い言伝だけで誤解されても困ると、律は今井と涼太に続いて三度目となる事情を史織に話した。

「……それで、その、世の中には案外似た者がおりますし、吾郎さんとは到底思えないのですが、念のため知らせに参った次第なのです」

涼太の言葉を交えながら伝えると、史織は合点したように頷いた。

「弟さんの兄弟子さんなら、言い出せなかったのも判ります。一石屋のお饅頭は時々、旦那さまがお土産にしてくれるんです。お義父さまもお義母さまも気に入っていて……旦那さまのことはお律さんたちの方がよくご存知でしょう？　何も調べずに決めつけることはけしてありませんから」

史織の言葉に律はひとまず安堵したものの、ことの重苦しさは変わらない。

「それにしてもやりきれませんこと……」

史織も淳に深く同情しているようだ。

「女の方もつらいでしょうが、ご両親もお許嫁も——お腹の中の赤子もお気の毒で……たった一度のことで……」

義純という長子《ちょうし》を失っている広瀬家が、跡継ぎを心待ちにしているのは言うまでもない。

「望んでも授かれぬ者もいるというのに——世の中ままならぬものですね」

「ええ。でも、史織さまはまだ嫁がれて間もないのですから」

「そうはいっても、もう五箇月になります。なんだか月のものがくる度に、お義父さまやお義母さまががっかりなさっているような気がして……」

半刻と経たずに腰を上げると、律は寄り道もせずに家路を歩いた。

和泉橋《いずみばし》を渡る手前で七ツの捨鐘《すてがね》を聞き、今日はもう仕事にならぬと片付けのために長屋に戻ると、引き戸を開く前に隣りから今井が呼んだ。

「お律、半刻ほど前に青陽堂の新助《しんすけ》が来たよ。お由里さんという方がいらしたと——」

「お由里さんが？」

礼もそこそこに、律は小走りに勝手口から青陽堂へ戻った。

「あの、丹羽野のお由里さんという女将さんがいらしたと聞いたのですが……」

台所にいた女中の依に問うてみると、依は台所の向かいの、家の方の座敷を指した。

「女将さんとお話ししておられます」

ぴっちり閉まった襖戸を前にしばし逡巡したものの、この機を逃しては次にいつ由里に会えるか知れたものではない。

「あの……ご歓談中申し訳ありませんが、律です。ただいま戻りました……」

おそるおそる声をかけると、微かな足音ののち、すっと襖が開いて佐和が顔を覗かせた。

「のちほど足を運んでくださるそうですから、お律は仕事場で待ちなさい」

佐和と律の背丈はさほど変わらぬのだが、背筋をぴんと伸ばした佐和に比べ、律はどうも及び腰だ。常から落ち着き払っている佐和ゆえに他意はなさそうなのだが、声音《こわね》に微かに怒りを感じて、律はたじたじとなって引き下がった。

三

仕事場に戻り、これまでに描き溜めた百合の着物の意匠を取り出し、所在なく座っていると、ほどなくして新助が由里を連れて来た。

「お待たせしてごめんなさいね」

「私こそせっかく来ていただいたのに、留守にしていてすみません」

「ううん。お律さんを待つという口実があった分、かえってゆっくり話せました。清次郎さんからお茶もご馳走していただいたし、ちょうどお佐和さんに相談ごともあったのですよ」

草履を脱いで上がり込むと、由里は下描きを手に取って微笑んだ。

「こんなにたくさん描いてくださって……本当は先月お伺いしたかったのだけど、なんやかやと、ずっと店を空けられなくて」

「お忙しいところ、ご足労いただきありがとうございます。久しぶりに我儘を通してきました」

「ふふ、私にもたまには息抜きが必要ですからね。由里は律も気に入っていた一枚を差し出した。

下描きを一枚一枚丁寧に眺めてから、由里は律も気に入っていた一枚を差し出した。

誇張や奇をてらった意匠ではなく、野に咲くままの百合を、野を歩くがごとく、身頃は主に腰から下、それから左肩と両袖に描いた。

「地色は女将らしい、華やかな色がいいと丹秀は言っていて……でも、丹秀の言う紅梅色《こうばいいろ》だの今様色《いまよういろ》だのはとてももう似合わないから、もう少し控えめな色でお願いします」

「それなら、薄紅か——蘇芳色《すおういろ》はどうでしょう？」

その名の通り梅の花に似た紅色が強い紅梅色よりも、黄色みのあるややくすんだ紅色である薄紅色、深い赤で京の都では貴人に好まれたという今様色よりも、同じく貴人にもてはやされた紫が混じった「似紫《にせむらさき》」ともいわれる蘇芳色の方が、三十路を過ぎた女には似合う。

「では蘇芳色で。丹秀なら薄紅よりも白い花が映える蘇芳色の方が好みでしょうから」

「判りました」

頷いたものの、律はつい由里の巾着をちらりと見やった。

由里は今日も百合の根付がついた青鈍色《あおにびいろ》の巾着を持っている。「根付に合わせた百合の着物を」というなら、地色はてっきり巾着に合わせた青鈍色か、少なくとも「青」か「灰」系統の色にするのだろうと勝手に考えていた。

律の眼差しに気付いた由里が微苦笑を漏らした。

「私も紅色じゃ巾着に合わないと思うのですけど、丹秀のことだから着物の後に、着物に合わせて巾着も仕立てようって言い出すんじゃないかしら。まったくもって困ったものです」

巾着に合わせて、というのは口実で、丹秀は由里に贈り物をしたいだけなのだろう。

同い年なのだから、丹秀は由里の歳を充分承知している筈だ。だが、先だって近江屋の泰介が同い年の伶に鞠巾着を注文したように、幼馴染みゆえにそれぞれ若き日の妻が目に焼き付いているのやもしれない。

かくいう律も、涼太から千日紅《せんにちこう》――団子花《だんごばな》――の簪を贈り物として受け取っている。達矢《たつや》という錺《かざり》職人が打ったその銀の平打ちは、意匠も細工も申し分ないのだが、ぼんぼりのように丸く小さい花を咲かせる団子花は愛らしさが過ぎて、二十歳を過ぎた女には――人妻となった今は尚更――どうも似つかわしくない。

それでも千日紅の簪は間違いなく律の一番のお気に入りで、かけがえのない宝物だ。

お由里さんにも喜んでもらいたい――

伶に鞠巾着を気に入ってもらえたように、由里にも――伶と同じくなんだかんだ言いつつも――いつまでも大切にしてもらえる着物を描こうと、律は気持ちを新たに引き締めた。

「巾着も、着物に合わせた物を描きますから、いつでも仰ってください」

「ありがとう。丹秀に伝えておくわ」

由里は着物に乗り気でないと丹秀は言っていたが、由里からはそんな様子は見られず律は内心ほっとした。

「――お揃いの巾着を注文していただければ私は御の字ですけど、根付を付け替えるのはなんだかもったいないですね。その織りの巾着は、お由里さんにも根付にもとてもよくお似合いですから……」

世辞ではないのが伝わったのか、由里は根付を手のひらに載せ、愛《いと》おしげに眺めて言った。

「この根付、昔は対《つい》だったのよ。白百合と黒百合――二つで一つだったのです」

「黒百合ですか？」

律が問うと、由里はくすりとして問い返す。

「ええ、黒百合は不吉だとお思いなのでしょう？　黒百合が咲くのは呪いゆえともいわれていますからね」

「その……前に、指南所のお師匠さんから逸話を聞いたことあります」

今は昔、戦国の世の武将・佐々成政《さっさなりまさ》には早百合《さゆり》という名の側室がいた。しかし成政の寵愛を一身に受けて懐妊した早百合を妬《ねた》んだ者が、早百合が密通していて腹の子は成政の子ではないという噂を流した。噂を信じた成政は怒り狂い、早百合のみならず早百合の一族もろとも殺してしまうのだが、早百合は死に際に「立山《たてやま》に黒百合が咲く時、佐々家は絶える」という呪詛《じゅそ》の言葉を残したというのである。

律が記憶をたどって話すと、「その通りです」と由里は頷いた。

「ですが、越中《えっちゅう》では呪いでも、北の――蝦夷《えぞ》においては黒百合は恋の花なのだそうです」

「そうなんですか?」

「想いを込めた黒百合を想い人の近くに悟られぬよう置いておき、想い人が手にすれば、その恋は成就すると……蝦夷にはそういう、まったく違う逸話があるそうです」

「では、黒い方は丹秀さんがお持ちなのですか?」

根付が丹秀の贈り物でないことは、長月に丹羽野で聞いている。とすれば、幼馴染みを想う由里が対で作らせて、逸話に合わせて丹秀に贈ったのではないかと思ったのだ。

はっとして――由里は笑い出した。

「お律さんは町方御用達の似面絵師でもあるそうですね。先ほどお佐和さんにお聞きしましたよ。町方と親しくされているだけあって、推し当てもお得意なのかしら?」

「や、野暮なことをお訊きしてすみません。忘れてください」

慌てて頭を下げた律へ、由里は小さく首を振った。

「謝ることはないわ。――黒百合は物盗りに遭って失くしたのです」

――この上ない、私の宝物よ――

由里の沈痛な面持ちが丹羽野での台詞を思い出させる。

「物盗りに？」

「おそらく、ですが……巾着に付けていた筈なのに、いつの間にか失くなっていたのです」

象牙《ぞうげ》だと思っていたが、白百合も黒百合も水牛の角を削り出したものだという。

「希少なお品でございますね。それなら物盗りに狙われたのも判ります」

だが、それなら物取りは何故、黒百合の根付だけ盗っていったのか。

どうせなら白百合の根付も——ううん、巾着ごと盗んだ方が易しかったのでは……？

そう疑問に思わぬでもなかったが、これもまた余計な推し当てかと口にはしなかった。

代わりに律は己の過去を少し語った。

殺されたことは伏せたが、父親の伊三郎が死に際に持っていた巾着と根付が、のちに質屋で見つかったと言うと由里はじっと考え込んだ。

「質屋で……」

「父の根付は木彫りでしたが、芳勝《よしかつ》という職人が手がけたもので、そこそこいい値がついたようです。巾着も網格子《あみごうし》の甲州印伝《こうしゅういんでん》が入っておりまして」

箪笥から根付と巾着を取り出して由里に見せた。根付は外してあるが、甲州印伝の巾着は男物とはいえ律も気に入っていて折々に使っている。

「でも、黒百合が失くなったのは十五年余りも前のことですから……」

とはいえ伊三郎の話には興《きょう》を覚えたようで、由里に訊かれるまま、律は母親の美和が親類から祝言を反対されて、勘当同然、駆け落ち同然に伊三郎と夫婦になったことを明かした。

更に美和が辻斬りに殺されたことを話すと、由里は痛ましげに胸を押さえる。

「お父さまはさぞおつらい思いをされたでしょうね」

「ええ。気鬱を繰り返して仕事も思うままにできずに――五年後に、酔って川に落ちて亡くなりました」

仇の小林吉之助は小林家によって表向きは「病死」、その実は抹殺《まっさつ》されている。吉之助が殺人を繰り返した凶徒であったことは他言無用とされていて、身の周りで真相を知るのは律の他、涼太、今井、保次郎の三人のみである。

「酔って川に……でも巾着や根付が質屋で見つかったのなら、もしや物盗りに殺されたとも考えられませんか？　物盗りが巾着を盗るために、故意にでも、誤りでも、お父さまを死に至らしめてしまったということも――」

「お由里さんも推し当てがお得意なようですね」

努めて平静に微笑んでから、律は付け足した。

「もちろん、そういったことも考えられます。ですが真相は判りませんし、判ったところで父の命は戻りません」

律が言うと、由里は眉をひそめて束の間目を落とした。

「そうですね。何があろうと、何をしようと……死した者は戻りません」

やるせない笑みを律に返し——しばし躊躇ってから由里は言った。

「お律さん、私にも一枚、似面絵を描いてもらえないかしら？」

「似面絵ですか？」

「先ほどお佐和さんから、昔話のついでに先代の似面絵を見せてもらったのです。とてもよく似ていて驚きました。今は町方から頼まれたものしか描かないとお佐和さんは仰ってたけれど、誰にも言いませんし、代金もちゃんとお支払いしますから。一枚一朱《いっしゅ》でしたわね？」

財布を取り出そうとする由里を、律は急いで押し留めた。

「いただけません」

佐和や清次郎と親しく、青陽堂を二十年来も贔屓してくれている店の女将である。一朱というのも、香の知り合いのおかみたちを美人画に模して描くのに吹っかけた値だ。

「いえ、こういうことはきちんとしておかないと」

「で、では百文だけいただきます。今は紙も書き方用のしかありませんし……」

百文は以前慶太郎に「大負けに負けて」伝えた似面絵代だ。

「あの、どなたの似面絵をご所望ですか？」

律が問うと、由里は困ったように微笑んで言った。

「丹秀の——あの人がまだ若かった頃の顔を描いていただきたいの。お律さんのご両親のお話を聞いて、何やら昔を思い出してしまって……」

早速下描きを始めたが、丹秀とは律も丹羽野で顔を合わせている分、その若い頃の似面絵はさほど時をかけずに描き上げることができた。

由里と祝言を挙げた頃と思しき二十歳前後の丹秀は、今よりやや顎が細く、潑剌とした若者らしい目つき顔つきである。

愛おしげに若き日の丹秀を眺めつつ、由里が切り出した。

「着物なのですが……この際、白無垢を仕立て直そうと思っております」

「白無垢を……?」

「私には娘が――息子も――おりませんから、このままではあれはいつまで経っても簞笥の肥やしです。上絵の着物なんて贅沢が過ぎますから、せめてあれを染め直したいのです。池見屋にもそのように伝えておいてもらえますか？　白無垢は近々池見屋に届けさせます。反物代にはなりませんが、ほどく手間賃や洗濯代はお支払いいたします、と」

「判りました」

丹秀が言ったように由里は無欲で贅沢を好まぬのだろう。

ちらりと、佐和に言われた「新しい着物」が脳裏をかすめた。

由里と同じく白無垢を仕立て直すこともできるが、一色に染め直したとしてもそこそこ金がかかる。また祝言からまだ三月も経っていないゆえに、丹精込めて仕立ててくれた香に悪い気がした。

それよりも、贅沢を控えるのも内助の功のうちであろうと、律は由里を見習うつもりで己の着物は忘れることにした。

似面絵が乾くと、丁寧に丸めて巾着へ入れながら由里ははにかんだ。

「似面絵のこと……丹秀には内緒にしてくださいね」

「はい」

私もいつかこんな風に――

十年後、二十年後と、老いてからも今を――涼太との若き日々を懐かしめるようになりたいと、願いを込めて律は頷いた。

四

慶太郎がやって来たのは、翌日の夕刻だ。

六ツが鳴ろうかという頃合いで、湯屋から律は長屋へ戻り、いつも通り湯桶を仕事場に置いてから青陽堂に帰るつもりであった。

引き戸を開くと同時に、待ち構えていた慶太郎が声を上げた。

「姉ちゃん！　ひどいじゃないか！」

上がりかまちから立ち上がり、土間に仁王立《におうだ》ちになった慶太郎に律は目をぱちくりする。盗人《ぬすっと》と鉢合わせするよりはよいものの、実の弟でも不意打ちだ。

「もう！　びっくりしたじゃないの！」

「あんまりだ！　あんな——おれの兄貴を売るような真似するなんて！」

「ちょっと慶太——」

声を聞きつけて、向かいの佐久を始め、ちらほらと長屋の戸口が開く音がする。

「慶太郎、お律、ちょっとおいで」

同じく戸口を開いて出て来た今井が手招いた。

膨れっ面で今井の家の敷居をまたぐ慶太郎に続くべく、律も急いで仕事場の戸を閉めた。

「お騒がせしてすみません」

左右の家に頭を下げてから、律も今井宅に上がり込む。

「慶太！　騒がしいにもほどがあるでしょう」

「知らねぇよ。みんな姉ちゃんが悪いんだ！」

「こら！　なんて口を利くの！」

「お律、慶太、二人とも声が高いぞ」

からかうように今井に言われて、律も慶太郎も口をつぐんだ。

「兄貴を売るような真似——というと、お律が吾郎さんの似面絵を描いたことかね？」

今井が慶太郎に問うと、慶太郎は大きく頷いた。

「そうだよ、先生。吾郎さんそっくりな似面絵を描いただけじゃなくて、姉ちゃんはわざわざ八丁堀まで吾郎さんを『密告』しに行ったんだ」

「密告なんてとんでもない。言われた通りに描いたら似面絵は吾郎さんそっくりになったけど、吾郎さんはそんな人じゃないと言いに行ったのよ」

「だったら、初めからそっくりに描かなきゃいいんだ。姉ちゃんならいくらでも違う顔に描けただろう」

「そんなことできないわ。わざと違う顔を描くなんて、嘘をつくのと同じだもの」

「だからって……姉ちゃんはほんとは、吾郎さんを疑ってんだろう？」

「――そんなことありません」

が、まったくないとは言い切れなかった。

女を手込めにするような男とは思えぬのだが、己は吾郎を慶太郎のように「信じ切れる」ほどよく知らない。また、律は己の――そして己より一回り幼い慶太郎の――人を見極める目がまだまだ未熟なのも知っている。

ほんの僅《わず》かな迷いを感じ取ったのか、慶太郎はますますむくれた。

「嘘つき。ひどいよ、姉ちゃん」

「これ、慶太。お律を嘘つき呼ばわりするとは、お前もひどいぞ」

「だって先生——」

「お律は嘘をつけぬ性質《たち》だから、言われるがままに似面絵を描いたのだ。それから、広瀬さんに——お上に隠し立てをするのは嘘をつくのと同じことだと思ったから、迷った末にわざわざ八丁堀まで知らせに行ったのだ」

「でもそのせいで、吾郎さんが疑われて……」

「ということは、一石屋に町方が来たのだね？　町方は、もう吾郎さんをしょっ引いて行ったのかね？」

「ううん、まだ……でもそれは旦那さんが、もしも吾郎さんが逃げたら自分が代わりに罰を受けると言ったから……」

「ほう。そりゃ見上げた心意気だな」

主を褒められて、慶太郎は気を取り直したようだ。

今井に促されるまま一石屋でのやり取りを話し始めた。

「朝のうちに広瀬さんがうちに来て、吾郎さんと旦那さんと若旦那に、いろいろ訊ねていったんだ」

一石屋は主夫婦と息子夫婦の他、奉公人は吾郎と慶太郎のみという小商いだ。

おかみの庸《よう》と息子の嫁は店先で客の相手をしていたが、二人も不安だったのか、慶太郎がそわそわしているのを見て盗み聞きを命じたらしい。

――葉月十日の夕刻、どこかへ出かけたか？――

――葉月のですか？　でも、夕刻なら店で仕込みをしてたか、湯屋にいたか……ああ、いや違う。十日は暖簾《のれん》を下ろす少し前に遣いに出かけやした――

――遣い？――

――へぇ。両国の広小路に「柳屋《やなぎや》」の粟餅《あわもち》を買いに――

粟餅屋の柳屋は五人一組が揃いの半纏《はんてん》に襷《たすき》をかけて、芸のごとく粟餅をつくのが売りの出店だ。餅取りが餅つきと二人でついた餅を、餡、胡麻《ごま》、きな粉と三つの違う木鉢へ、ちぎっては投げちぎっては投げるのへ、それぞれの鉢に控えた三人が次の餅が投げ込まれる前に味付けして餅取りと早さを競うのだ。寺社の開帳場や祭り、花見などを興行して回っているらしいが、葉月は十日から十五日まで両国広小路で商売していたという。

――柳屋は芸もいいが味もいいと評判の粟餅屋でして、うちは粟餅はおいてねぇんで、柳屋が両国に来た折には一度は買いに行ってるんでさ。いつもなら慶太郎に行かせるところですが、五日後の芋名月《いもめいげつ》が広瀬さまもご存知のお律さんと青陽堂の涼太さんの祝言で、慶太郎を祝言にやるのにいつもより少し早く店仕舞いするから、それを女に知らせに行こうと俺が遣いを申し出たんです――

――女とな？――

――はい。平右衛門町の和泉屋《いずみや》って旅籠の仲居です。旦那さんの許しはもらってあるから、きたる芋名月は二人でゆっくり月見をしようじゃねぇかと――

「和泉屋にはおれもお菓子を届けに行くから知ってるんだ。吾郎さんのいい人はお江《こう》さんって名前で、吾郎さんとは長い付き合いなんだ」

「ほう」

「吾郎さんは時々、夕餉の後にいなくなるけど、お江さんのことは旦那さんもおかみさんも承知の上さ」

まだ十一歳と幼く、勤め始めて一年の慶太郎はともかく、もう十年以上も勤めている吾郎は随分自由が利くようである。

慶太郎が「いい人」だの「承知の上」だの、生意気な言葉を使うのが気になったが、それ以上に気になる言葉が律にはあった。

「吾郎さんがどうして疑われているか、慶太は聞いたの？」

「……うん」

困った顔になって慶太郎は小さく頷いた。

「吾郎さんに似た人が、小石川で女の人を『手込め』に……そのぅ、女の人にひどいことをしたんだろう？　おかみさんが教えてくれたよ」

「そう……」

庸がどう教えたのか判らぬが、慶太郎はそれとなくでも理解しているようである。「ひどい」と言い直したのは詳しく知らないというよりも、律への気遣いだと思われた。

「吾郎さんは、女の人にそんなひどいことはしないよ。『女は大事に大事に扱って、けして泣かすもんじゃねぇ』っていつも言ってるもん。お江さんだけじゃなくて、おかみさんや姉ちゃんや、その、夕《ゆう》ちゃんも……あ、お客さんにも優しくしろって」

慶太郎が慌てて付け足すのへ、律は内心くすりとした。

夕は二軒隣りの長屋に住む女児《じょじ》で、慶太郎の初恋の相手かつ目下《もっか》の「想い人」でもある。

「女子には優しく、けして泣かすな──か」と、今井は微笑んだ。「よい心がけだ」

「うん。だって『泣かすと後が面倒だから』って──」

慶太郎が更に付け足したのへ、律はとうとう噴き出した。

「なんだよぅ？」

むっとした慶太郎へ、律も今井に倣って微笑んだ。

「──吾郎さんの疑いは、お江さんがきっと晴らしてくれるわね」

「うん。早速お江さんに会って来るって、広瀬さん言ってたよ」

気を取り直して慶太郎が頷いた矢先、表から慶太郎を呼ぶ声がした。

「おかみさんだ」

一転、顔を青くした慶太郎が草履をつっかけて引き戸を開くと、湯桶を手にした庸が律たちを見やって頭を下げた。

「どうもお邪魔さまです。こら、慶太郎。勝手に何やってんだい！」

「だって……」

「だって、なんだい？　えらい長湯だと——もしかして、湯屋でなんかあったんじゃないかと心配したじゃないの」

どうやら慶太郎は湯屋へ行くと嘘をつき、長屋にやって来たらしい。

「おれ——私はその、吾郎さんの疑いを晴らそうと……姉ちゃ——姉が余計なことを言ったから……」

「それは広瀬さまのお仕事で、お前の仕事じゃないだろう？　ねぇ、お律さん？」

「ええ。弟が勝手な真似をして申し訳ありません」

律が頭を下げると、慶太郎も続いて表でぺこりとした。

「申し訳ありません」

「まったくだよ、もう。——さ、とっとと湯屋へおゆき」

湯桶を渡して慶太郎を追い払ってから、庸は改めて律に頭を下げた。

「お律さん、どうもすまなかったね。吾郎が一体何をしでかしたのかと、つい冷や冷やしちゃってさ……慶太郎に余計なことを聞かせちゃった」

「いえ、ことがことですから……」

「うん。私は見てないんだけど、似面絵があまりにも似てるもんだから、うちの男どもは三人とも、そりゃあ驚いてたよ。それで息子が後であの子に、ちょいと恨みがましいことを言っちまってねぇ。大人げないったらありゃしない。お律さんは聞いたままに描いて、男を見た人がそっくりだって言ったんだって——他人でも兄弟のように似た者がいないこともないからと、広瀬さまは仰ったのに……息子には変な八つ当たりはしないよう、きつく言っといたから許しとくれ」

「いえ、息子さんの気持ちも判ります。お江さんの口添えで、早いところ疑いが晴れるように祈ってます」

「もうねぇ、こんな騒ぎは勘弁して欲しいよ。吾郎もだけど、慶太郎もねぇ……」

「慶太も何か?」

驚いて問い返した律へ、庸は大仰に溜息をついてみせた。

「だってねぇ、お律さん。湯屋へ行くって出てったきり、半刻も戻ってこないからさ。のぼせてぶっ倒れてんじゃないか、はたまた湯船で人知れず溺れてやしないかって私も嫁も慌てちまって、男どもに今すぐ確かめて来いと怒鳴りつけたのさ。そしたら吾郎が笑いながら、慶太郎の湯桶が土間に置きっぱなしだと……お律さんには悪いけど、あの子はたまぁにどこか抜けててねぇ。嘘でも湯屋に行くってんなら、せめて湯桶は持ってかないと——まあ、それだけ正直者ってことなんだろうけどねぇ」

目を細めた庸へ律は恐縮したが、「あはは」と今井は声を上げて笑い出した。

五

——広瀬さんが直々に和泉屋に行ったんなら、今頃もう疑いは晴れてるさ——

寝所で涼太にもそう言われ、安心して眠りについた律だったが、次の日の七ツ過ぎ、保次郎は首を振り振り現れた。

今日は半刻ほど前に今井と二人で一服していたが、保次郎の声を聞きつけた律は、急ぎ今井宅へ舞い戻った。

「いやはや……」

「また何かありましたか？　吾郎さんのことといい、月初めから大忙しですな」

今井が問うと、保次郎は上がり込んでから今一度首を振った。

「いやいや、その吾郎のことですよ」

「和泉屋に行かれたんじゃなかったんですか？　お江さんに会いに？」

驚いて問うた律に、保次郎は力なく頷いた。

「うん。和泉屋には行ってみたよ。お江から話も聞いた」

「それなのに、まだ何か？」

「覚えていないと言うんだよ」

「お江さんがですか？」

「ああ。葉月も十日となるともう三月近くも前のことだから、よく覚えていない、と。吾郎が芋名月の前に月見の誘いに来たのは覚えているそうなんだが、それが十日だったかどうかは、しかとは思い出せないと言うんだ」

「そんなことがあるでしょうか？　恋人がわざわざお遣いの合間に手土産まで持って会いに来てくれて、お月見の約束までしたのなら、私ならきっと覚えています。毎晩、指折り数えてお月見を待って――」

「うむ。お律さんならそうであろうな」

微苦笑を漏らしてから保次郎は続けた。

「だが、お江が言うには、お江と吾郎は長い付き合いで、吾郎は時折、遣いのついでに和泉屋に寄ったり、月に一、二度は店を抜け出して来てお江と夜を過ごしたりするから、月見の誘いがその五日前だったかは、どうもはっきりしないらしい」

「でも、吾郎さんはお江さんの大事な人じゃ……」

「おや、お律、それならお前は涼太のためなら広瀬さんに――お上に嘘をつくのかい？」

昨日の慶太郎とのやり取りを思い出したのだろう。からかい交じりの今井に問われて、律は口を尖らせた。

「もう、先生。嘘はつきませんけど、涼太さんはそもそもお上のお調べを受けるようなことはしません」

「涼太ならそう心がけてはいるだろうが、此度のようなとばっちりは、涼太にだって防ぎようがないだろうよ」

「まさしく」

領いてから、保次郎は律の方を見て言った。

「とばっちりだとお江も言ってたよ。吾郎を信じているからこそ、お上に嘘はつきたくないとも。吾郎を庇《かば》いたいのはやまやまで、しかと思い出せないのは悔しいが、己が庇い立てするまでもなく吾郎は無実に違いありませんからと、それはそれはきっぱりとね」

「そ、それならいいんです」

江に情がない訳ではないのだと律は安堵したものの、保次郎は改めて溜息をついた。

「だが、このままでは吾郎の疑いは晴らせない」

「一石屋の者たちは、粟餅を食べた日を覚えているんじゃないのかね?」と、今井。

「ええ。それは十日だったと皆が口を揃えています。しかし、一石屋の者たちは吾郎の身内も同然ですからね」

「よそから見れば、皆で口裏を合わせているとも考えられるか……」

「そうなんです。加えて、少し調べてみたところ、あの日は伝通院の近くにも粟餅屋がいたようです。先ほど一石屋に戻って問うてみましたが、一石屋の面々は自分たちには味の違いが判る、あの日食べたのは柳屋の粟餅で間違いないと言い張りまして……ですがこれもまた、私どもには確かめようがありません」

「うむ……私が娘の親なら、さしずめ吾郎さんは伝通院の傍にも粟餅屋がいるのを知ってい て、娘を襲ったのちに、道すがら土産の粟餅を買って帰ったのだろうと言い張るやもな」

「よしんばお江が、吾郎が訪ねて来たのは十日だったと言ったとしても、娘側は承知せずにお江が吾郎を庇い立てしていると疑るでしょう。吾郎がその気になって走れば、店仕舞いから日暮れまでに小石川まで行って娘を襲い、更に柳屋、和泉屋を訪ねて帰ることもできぬとはいえませんからね」

一石屋のある佐久間町から淳が襲われた場所まで約一里、両国広小路までは正反対に四半里余りだが、一石屋の店仕舞いが七ツで吾郎がその少し前に出たとして、保次郎が言う通り男の駆け足なら日暮れまでに戻って来れなくはない。

小者を待たせているからと、保次郎は律が茶を淹れようとするのをとどめて、早々に腰を上げて帰って行った。

――夕餉の後、寝所で律が保次郎の話を伝えるのを、涼太は腕組みをして、眉根《まゆね》を寄せつつ聞き入った。

「小石川から両国までねぇ……」

つぶやくように言ってから、涼太は腕組みを解いて顎に手をやる。

「そら、吾郎さんの足ならできねぇこたねぇだろうが、相当無理があらぁな。そうまでして娘さんに悪さする理由が吾郎さんにはねぇだろうに、一体どう明らかにしたものか……」

「広瀬さんは、今少し小石川を訊ねて回ると仰ってたわ。吾郎さんじゃないのなら、吾郎さんのそっくりさんが、あの辺りにいたってことでしょう？　だから似面絵を見せながら、その男を探してみると」

「うん……吾郎さんじゃないんなら、吾郎さんに似た誰かの仕業だろうが……」

束の間目を閉じて沈思してから、涼太はおもむろに問いかけた。

「……その昌一郎ってのは信用できんのか？」

「えっ？」

「俺たちが吾郎さんを信じるなら、二つに一つだ。昌一郎ってのが本当に似面絵通りの男を見たなら、江戸には吾郎さんに瓜二つな男がいるってこった。そうでないなら、その昌一郎ってのが嘘をついているに違《ちげ》ぇねぇ」

だとしたら、なんのために？

そう問い返そうとして律ははたと閃いた。

小石川から両国まで――

つい今しがたの涼太のつぶやきを思い返して、律は言った。

「そういえば、昌一郎さんは両国の小間物屋にお勤めだと聞いたわ。小石川のご友人は、昔一緒のお店に勤めていた人で、今は職人になって昌一郎さんがお勤めのお店に小間物を納めているのよ」

「両国から小石川か……そっくりさんでも嘘でも、昌一郎が五郎さんの顔を知ってたのは確かなんだ。そっくりさんは広瀬さんにあたってもらうとして、もしも昌一郎が嘘をついているんなら、やつは吾郎さんに何やら恨みがあるのやもしれないな。なぁ、お律、その昌一郎ってやつの——」

「今、筆を取って来ます」

涼太が言わんとすることを察して腰を浮かせると、涼太がくすりとして先に腰を上げた。

「いや、俺が帳場から持って来るよ」

もののひとときで、文机まで抱えて戻って来た涼太から紙と筆を受け取ると、涼太が墨を磨る先から律は昌一郎の似面絵を描き始めた。

六

翌朝、律は鞠巾着に蒸しを施し、いつもより少し遅い——それでも八ツ前に池見屋へ納めに出かけた。

池見屋の暖簾をくぐると手代の征四郎の声がした。

「ほら、お出ましですよ」

征四郎が相手をしていた女客が、振り向きざまににっこりとする。

「お律さん、待ってたわ」

「お伶さん」

近江屋に嫁いだ伶で、長月以来、約二月ぶりの再会だ。

「後でお律さんを訪ねて青陽堂へ行こうと思ってたのよ。そしたら征四郎さんが、お律さんなら七ツまでには現れる筈だと……」

「女将さんもそろそろ戻りますから、お二方は座敷でお待ちください」

類は出かけているようだが、征四郎の案内で律たちは座敷に移った。

伶は今日は夫の泰介に着物を仕立てるべく、先ほど池見屋を訪ねて来たという。

「やっと若旦那から旦那になったんだから、それらしい着物を新調してもいいでしょう」

「でも、泰介さんなら、ご自分よりもお伶さんの着物を仕立てる方が喜ばれるんじゃないでしょうか？」

「ええ。泰介はそう言ってたけど、あの姑が許す筈がないじゃあないの」

ふん、と小さく鼻を鳴らしてから、伶はすぐさま「ふふん」と微笑んだ。

「それに私はいいのよ。私ならなんだって着こなせるんだから。嫁入りで母や姉からお古を少しもらったし、男物を選ぶのは時には自分の着物より楽しいものよ。お律さんだって、そうじゃなくて?」

楽しいのは男を——夫を好いていればこそである。

「私はまだ……その、夫と身なりの話をしたことがなくて」

店でのお仕着せは番頭の勘兵衛と同じ着物で、他の手代たちよりややいい物らしいが、今はまだ手代と変わらぬ身分の涼太だ。そんな涼太も時には「若旦那」に見合った格好をするものの、律はこれまで涼太の身なりに口出ししたことはない。

「これからよ、お律さん。そうだ、お律さんなら、旦那さんに上絵入りの着物を仕立てることだってできるじゃない。男の人だから表に入れるよりも裏がいいわね」

「ええ。父が時折、男物の注文も受けていました。表に描いてくれという人は極稀《ごくまれ》で、ほとんどは袷の裏に、脱いだ時にしか見えないように……」

「裏の方が粋でいいわ。うちのお客さまでもたまにいらっしゃるわ。衣紋掛《えもんか》けにかけてあるのを見ると、ご自慢なのかと思って、じっくり見せていただけないか頼んでみるの。中には趣味の悪い絵もあるけれど、お律さんの描くものなら安心ね」

涼太さんなら、どんな絵がお好みかしら——

また、己が描くとしたら何を描こうかと律の胸は浮き立ったが、それもほんの束の間だ。

「でもうちの人は、旅籠に泊まるようなことはまずないから……」

しかし、花街に泊まることは充分考えられた。

混ぜ物騒ぎ以来、涼太は跡取り仲間との「遊び」を控えているようだが、舅の清次郎でさえ「付き合い」で花街に行くことがある。

「家では上絵入りのよそ行きなんて着ないだろうし、よそで、その……」

言葉を濁した律の胸中を見抜いたらしく、伶はくすりとして言った。

「女の前では脱げないように、般若《はんにゃ》や幽霊の絵を仕込むのはどう？」

「嫌だわ、そんなの」

己が涼太を想って描いたものを花街の女に見られるのは意に染まないが、涼太に似合わぬものを描くよりまだましだ。

即座に応えた律へ、伶はおおらかに微笑んだ。

「冗談よ。泰介はお律さんの旦那さんを買ってるわ。泰介から聞いたんだけど、あの尾上の娘を袖にしたんですってね。それだけお律さんの方なら、お律さんの描いた着物を花街のつまらない女に見せたりしないわ。だから裏の上絵はおよそ人目に触れることはないでしょうけど、それはそれでいいじゃないの。――ううん、人目に触れないからこそいいんだわ。ほら、恋文《こいぶみ》やお守りのようなものよ」

伶の言葉に、律も口元を緩《ゆる》ませた。

十八歳で家を出て、祝言も挙げずに友次郎と五年も過ごして出戻った伶だが、気が強く奔放なようでいて、容姿に劣らず女らしい面がある。

「恋文かお守り……」

そんなことを言われたら、ますます何を描こうか迷ってしまう──

「ふふ」

忍び笑いを漏らした伶へ、気を取り直して律は問うた。

「お伶さんは綾乃さんをご存知なんですね?」

「もちろんよ。東仲町は隣町だし、綾乃さんは私が家を出る前からあの辺りじゃ評判だったもの。泰介が言うには、青陽堂との縁談が立ち消えて、春には浅草で何人もの男が胸を撫で下ろしたそうよ」

くすくすしながら伶は続けた。

「綾乃さんだけじゃないわ。私、『おこうさん』も知っててよ」

「香ちゃんも?」

「あら、お律さんも『こうちゃん』って呼んでるの?」

「そりゃ、お香さんも幼馴染みですから」

「んん?」と、伶が首をかしげた。「どうやら『おこうさん』違いみたいね。私が知ってるのは和泉屋のお江さんよ」

吾郎の恋人のことらしい。

「和泉屋の?」

「そうよ。そっちの『おこうさん』は？」

「夫の妹です。香りの香と書いて……」

「小姑ね。香ちゃんと呼ぶところをみると、仲がいいのね」

「ええ、まあ。あの……お江さんとはどういうお知り合いで？」

こんなところで江の名を聞くとは思わず、律は興味津々《しんしん》になって訊ねた。

「その前に、吾郎さんの似面絵を描いたのはお律さんでしょう？」

「どうして似面絵のことを――」

「私、その話をしに、青陽堂へ行こうと思っていたのよ」

こちらも興味津々な顔になった伶が言った。

「なんでも、手込めにされて身投げを図った娘がいるとか……それで、吾郎さんが疑われているそうね？」

伶曰く、江は田原町の出で、伶の妹と同い年の二十二歳。妹とはいまだに仲が良く、伶を姉のように慕っているそうである。

「だから、今でも呼ぶ時は『江ちゃん』よ。それで、吾郎さんも田原町の出で、昔、お江さんと同じ裏長屋に住んでいたの」

吾郎も江と同い年の二十二歳だそうで、てっきり己より年上だと思っていた律は少しばかり驚いた。

吾郎の父親は振り売りだったが、吾郎が八歳にならぬうちに卒中で亡くなった。父親亡き後、母親と姉が働いて暮らしを支えたものの、過労がたたったのか、母親は数年後に風邪をこじらせ亡くなったという。当時十五歳だった姉は親類の勧めで嫁にいき、吾郎は親類の家でしばらく過ごしたのちに一石屋の奉公人となった。

「十五歳でお嫁に……」

「そう珍しいことでもないでしょう？　私たちが遅かったのよ」

十六、七歳で嫁ぐ娘は珍しくないのだが、十五歳と聞くと随分若く感じる。が、伶が苦笑した通り、己や伶は世間から見れば「行き遅れ」であった。

「――お江さんもご両親のつてに望まれて、十六歳でお嫁にいったのよ。でも、三年と経たずに旦那さんと赤子だった娘さんを相次いで亡くしたの」

もとより男孫《おとこまご》を望んでいた江の婚家は親戚筋から養子を取ることになり、「お払い箱」と言われて江は婚家を出ることにした。一度は家に戻ったものの、嫁いでいた間に父親が亡くなり、兄が嫁を娶って二人の子をなし、母親と四人暮らしになっていた。手狭な長屋暮らしに加えて、死別とはいえ「出戻り」なのが気まずくて、江は自ら口入れ屋に出向き、和泉屋で仲居として働き始めた。

「じゃあ、吾郎さんとは和泉屋で再会したんですね？」

「その通り」

親のつてというだけで、顔もろくに見ぬうちに嫁いだ江だった。子供を授かったことで亡夫にそれなりの情は抱いていたらしいが、幾年も泣き暮らすほどではなかったようだ。

「初恋同士かどうかは知らないけれど、吾郎さんが奉公に出る前までは、お江さんは子供ながらに吾郎さんを想っていたみたい。和泉屋にお菓子を届けに来た吾郎さんと顔を合わせて、お江さんはすぐに吾郎さんが判ったそうよ。吾郎さんも同じくね。それで二人はまあ、そういう仲になったのだけど……」

江が「長い付き合い」と言ったのは、同じ長屋で生まれ育ったからで、男女としてはここ二年ほどのことらしい。

吾郎が求婚してきたからこそ江は肌身を許したのだが、深い仲になってまもなく兄弟子に入婿の話がきたため、吾郎は祝言をしばらく待ってくれるよう江に頼んだ。

「兄弟子を差し置いて妻を娶っては角が立つと言われて、お江さんは言われた通りに待っていたのだけれど、昨年兄弟子がよその店に婿に入って出て行ったら、今度は弟弟子が一通り仕事を覚えるまで一年ほど待ってくれと、祝言を先延ばしにしたっていうの」

「その弟弟子というのが、私の弟なんです」

「あら、そうだったの？　昨年、十で奉公にきて、まだ十一だと聞いたけど」

手短に慶太郎とは一回り歳が離れていること、己も二親を亡くしていること、暮らしを気遣って慶太郎が自分で奉公に出ると言い出したことを話すと、伶は合点したように頷いた。

「一石屋には十年余りも世話になっているからと、吾郎さんは言ったそうだけど、もしかしたら弟弟子を見て、昔の自分を思い出したのかもしれないって、お江さんも言ってたわ。でも吾郎さんたらひどいのよ。一年経っても祝言のしの字も口にしないんですって。芋名月だって、お江さんはもしやと思って誘いを受けたけど、月見をして少しお酒を飲んで——いつも通りに一夜を過ごして帰ったっていうの」

己が出戻りゆえに、吾郎は本当は一緒になる気なぞないのでは——と、江はこの二月ほど、殊に慶太郎が働き始めて一年が経った神無月に入ってから悶々《もんもん》としてきたようだ。

「だからつい、広瀬さまにも嘘をついてしまったそうなの」

「ということは、お江さんは本当は吾郎さんが訪ねて来た日を覚えているんですね?」

「ええ。芋名月の五日前——十日で間違いないそうよ。お江さんはほんのちょっぴり吾郎さんを困らせてやろうと思っただけなの。お母さんやお姉さんの苦労を間近で見てきた吾郎さんが、女の人を手込めにするなんて非道を働く筈がないと、はなから疑っていなかったから、少しくらい嘘をついたところですぐに疑いは晴れるだろうと踏んでいたのよ。似面絵のことは後から知ったそうで、何かの間違いだと慌てて妹のところへ相談に来た次第よ」

伶の妹は少し前に伶から芝の宗介の一件を聞いていて、吾郎を調べているのがやはり保次郎とあって、江と共に今度は伶へ相談しにやって来た。

「お江さんは明日にでも、広瀬さまか町方の誰かに全て正直に打ち明けると言ってるわ。吾郎さんにも謝って、この際きっぱり踏ん切りをつけるつもりだとも……ねぇ、そこでお願いなんだけど、お律さんからも広瀬さまに口添えしてもらえないかしら？　嘘をついて広瀬さまのお手を煩わせたのだから、お江さんはお咎めは覚悟しているわ。でも一番悪いのは娘さんを手込めにした男だし、なんだかんだ吾郎さんも悪いと思わない？　お江さんだけがお咎めを受けるのはなんだか癪だわ。広瀬さまのことだもの。お律さんからの口添えがあれば、少しは手心を加えてくださると思うのよ」

吾郎も悪いという伶の言い分には頷けないこともなく、律はつい微苦笑を漏らした。

「――私はただの絵師ですから、口添えしたところでお役に立てないと思います。それにお江さんが正直に申し立てても、あちらは疑いを捨てないだろうと……」

昨日の今井と保次郎の話を伝えると、伶は眉尻を下げて溜息をついた。

「私も――もしもその娘さんが私の妹だったら――男がお縄になるまで、吾郎さんを疑ってしまいそう」

「でも、広瀬さまは吾郎さんの言い分を信じているようでした」

伶を励ますべく律は付け足した。

「この一件は、今しばらく探ってみるそうですから、お江さんもそう思い詰めないようにお伝えください……」

そうこう話すうちに類が帰って来て、伶に挨拶をした。

泰介の着物の注文は既に征四郎に託してあったようで、伶は噂の女将に会えたことに満足して浅草へと帰って行った。

伶が辞去したのち、律は鞠巾着を類に納めてから、由里の着物のことを話した。

「着物ってのは着てなんぼだから、染め直し、仕立て直しでもうちは構わないよ。そんなのも含めて呉服屋さ。しかしあの人が白無垢を仕立て直すとは……ちょいと面白い話だねぇ」

「あの、それで――下染めは井口屋《いぐちや》さんにお願いしたのですけど、よいですか？」

岩本町《いわもとちょう》にある糸屋の井口屋には、京で染物を学んだ基二郎《もとじろう》がいる。

「基二郎さんのとこか。いいけど、これはお前一人に預けた鞠の着物とは違う、うちが受けた仕事だからね。井口屋に頼むにしても、うちを通した仕事としてもらうよ」

「はい」

頷いた律へ、類が言った。

「帰りを急いでないなら、しばしお千恵の相手をしてってくれないか？　なんだかお前に訊きたいことがあるそうだ」

仕事の話の後に千恵と一服することは珍しくない。律が快諾《かいだく》すると、千恵は新しく淹れた茶を手にやって来たが、盆を置き、茶托を差し出す手がいつになくぎこちない。

三人三様に茶を含んでも黙ったままの千恵を、類が急かした。

「お律に訊きたいことがあるっていうから、引き止めたんだ。私がいるから訊きづらいってんなら外してもいいよ」

「ううん。お姉さんもいてください」

目を落として千恵はか細い声で言った。

「お律さんに訊きたいことというのは……手込めのことです」

「なんだって？」と、声を高くしたのは類である。

「先ほど、お客さんとお話ししているのを聞いたんです……」

「お前はまた盗み聞きしてたのかい？」

「いいえ」

顔を上げ、小声ではあったが、千恵はきっぱりと言った。

「盗み聞きするつもりはなかったんです。お律さんを後でお茶にお誘いするために、征四郎さんに言付けておこうと思ったんです。でも通りすがりにお律さんたちが『手込め』や『身投げ』と言うのが聞こえて——怖くなって逃げ出したんです」

はらはらと千恵の目から涙がこぼれ——こぼれた落ちた涙に千恵自身が驚いて、手ぬぐいを取り出した。

「お律さん……もしや、あれは私のことでしょうか？　私……悪い噂になっているのでしょうか……？」

涙を拭いつつ、絞り出すように問うた千恵に、律は慌てて首を振った。

「違います。あればお千恵さんのことじゃありません。あれは小石川の……」

「小石川？」

千恵が問い返したのへ、律は困って類を見やった。

「お千恵さんのことじゃないんです」

だが、千恵と似たような災厄に見舞われた娘の話を、いまだ傷ついている千恵に話したものかどうか。

「……お千恵も薄々思い出しているようなんだ。そうだろう、お千恵？」

こくりと千恵が頷くのを見て、類は律に向き直る。

「お律、いいから話してやっとくれ」

類の許しを得て、律は淳の名前は伏せて件の事件を千恵に話した。

淳が手込めと懐妊を苦にして井戸に身投げし、九死に一生を得たことから、男の似面絵を頼まれ、似面絵の男が弟の兄弟子に酷似《こくじ》していることまで律が話す間、千恵は身じろぎもせずに——類も一言も口を挟まずに——じっと聞き入った。

七

帳場で番頭の勘兵衛と帳簿を検《あらた》め終えると、涼太は寝所へ急いだ。

帳場から寝所まで納戸を挟んだだけだが、足音を聞きつけたのか、涼太が襖戸を開くと律が待ち構えていた。

睦みごとを――ではない。

いつも通り、行灯と火鉢には火が入れてあり、夜具も広げてある。

だが、律が己と話したくてうずうずしているのを、涼太は夕餉の席で勘付いていた。

広瀬さんから、何かいい知らせでもあったんだろう――

昼過ぎから注文取りに出かけていて、涼太は長屋に顔を出していなかった。

律は既に寝間着に着替えていて、もうすっかり慣れた手つきで涼太の着替えをそれとなく手伝う。己を見上げた律の目が嬉しげで、このまま押し倒してしまいたくなるのを涼太はぐっとこらえた。

着替えを済ませて夜具の上で律と向き合うと、律は早速切り出した。

「今日――池見屋でお伶さんに会ったんです」

「お伶さん？　ああ、近江屋の……」

吾郎のことではないのかと、当てが外れたと思ったのも束の間だ。

伶の妹が江と親しく、江から伶の妹、伶、そして律へと話が伝わり、吾郎は葉月十日の夕刻には両国にいたことが明らかになったようである。

「――お江さんは明日にでも町方に正直に申し出て、吾郎さんにも謝って、この際きっぱり踏ん切りをつけるつもりだってお伶さんは言ってたわ。でも、似面絵と粟餅屋のことがあるから、お江さんの話だけじゃ吾郎さんの疑いは晴れないでしょう？　だからそう思い詰めて先走ることはないと、お伶さんから伝えてもらうことにしたの。お伶さんには、広瀬さんへの口添えを頼まれて……私じゃおそらく役に立てないでしょうけど、もしも広瀬さんがいらしたらお話はしてみるつもりです」

「ああ、うん、それなら――」

「それでね」

涼太を遮って律は続けた。

「お伶さんがお帰りになった後、お千恵さんと話したの」

「お千恵さんと？」

「お伶さんと私が……手込めだの身投げだの話しているのを聞いて、ご自分のことかと誤解されたみたい」

池見屋で律が千恵と話し込むのは珍しくないことだが、「手込めにされた挙げ句身投げした」千恵に、こういった事件の話は毒になりそうなものである。にもかかわらず、律の顔が明るいことに涼太は興をそそられた。

「それで……お千恵さんは平気だったのか？」

「平気とは言い難かったけど、話は一通りちゃんと聞いて……お淳さんのお許嫁が、お淳さんとまだ一緒になる気があると知って、それは喜んでいらしたわ」

「そうか」

十数年前に千恵の身に起きたことは、春の終わりに――池見屋で桜柄の着物を見ながらの花見をする前に――雪永から聞いていた。雪永は涼太が律から既に詳しく聞いているものと思っていたらしく、律の口の堅さに感心しつつ、花見で涼太が不審に思わぬよう改めて打ち明けてくれたのだ。

律からは、「叶わぬ恋に悲嘆に暮れて、世捨て人のように閉じこもっていたがゆえに、どこか浮世離れしたところがある」――というようなことしか聞いていなかったため、手込めや身投げ、そののちの破談や健忘《けんぼう》を雪永から明かされ、涼太は少なからず驚いた。

殊更《ことさら》隠してはいないようだが、このように言いにくいことを打ち明けてくれたのは、雪永が飛鳥山で己の律への求婚を耳にしていて、己がいずれ律の――千恵が心を開いている数少ない者の――伴侶《はんりよ》となると知っていたからであろう。

千恵の過去については後から律とも話したが、一度きりで、日頃律から聞く千恵の話はおよそ他愛《たわい》ないものばかりである。

「お千恵さんは、その、思い出したのか？」

「そうみたい……薄々思い出してるんだろうって、お類さんが言ったのへ頷いていらしたもの。近頃は、近所だけどよく一人で出かけているんですって。昔からお千恵さんを見知っている人はたくさんいるでしょうから、もしかしたらお千恵さん、一人でご自分のことを探っていたんじゃないかしら」

一瞬痛ましげな目をしたものの、律はすぐに気を取り直して言った。

「お淳さんの話を聞いている時はお辛そうにしていたけれど、ご自分のことを思い出したからこそ、お許嫁の心意気を喜んでいらしたのよ。でも、村松《むらまつ》さまを恨んでいらっしゃるようではなかったわ」

千恵と想い合っていた村松周之助《しゅうのすけ》は、千恵が身投げを経て「おかしくなった」後に、破談を申し入れ、やがて故郷の遠江国《とおとうみのくに》へと帰って行った。

周之介の仕打ちは責められないと涼太は思っていた。周之介がどういう思いで破談の決意に至ったのかは推し量ることしかできないが、武家だろうが町人だろうが、狂人を娶るには相当な覚悟が必要だ。

だが、俺ならお淳の許嫁と同じ道を選ぶ——

昨年の初秋、涼太は百姓地の屋敷に飛び込み、律の親の仇で今まさに律を襲わんとしていた小林吉之助を殴り飛ばした。間一髪《かんいっぱつ》で間に合ったものの、着物の乱れを押さえて震えていた律を思い出すと、今でも怒りで腸《はらわた》が煮えくり返りそうになる。

性の快楽を求める気持ちは涼太にもある。花街での遊び心もそうだが、ただ闇雲に肉欲に押し流されそうになることもなくはない。しかし、律は無論のこと、花街でも嫌がる女を抱きたいとは思えない。吉之助や、千恵や淳を襲った者のように、おそらく嫌がらせや性癖から女を手込めにする男がいるのは否めぬが、その心情は涼太には理解し難いものだ。

房事《ぼうじ》、同衾《どうきん》、共寝、情交など、男女の交わりを表す言葉はいくつもあるが、律との交わりは「睦みごと」と呼ぶのが一番しっくりとくる。睦む——睦ぶ——は「睦まじい」、すなわち仲が良い、情愛細やかな様子を意味する言葉だからだ。

睦みごとに限らず、律を幸せにすること——痛みや苦しみ、悲しみからできる限り遠ざけることが己にとっての喜びでもあるというのに、そういった心を持たぬ——知らぬ男たちに涼太は憐れみを禁じえない。

「お律、そのもしもお前がお淳さんのような——いや、もしもの話でも縁起でもねぇ。つまりだな。つまり、俺は何があっても、お律と添い遂げたいと……」

「私もです」

いつになくしどろもどろになって言った涼太へ、いつになくはっきりと律は応えた。

「私も、何があっても涼太さんと添い遂げたい」

恥ずかしげに微笑んだ律に思わず手が出そうになったが、その前に律が続けた。

「やっぱり、すっかり忘れてしまうなんて難しいと思うんです。ひどい目に遭ったことも、村松さまのことも……」

どうやら千恵の話の続きらしい。

「そうだな」と、涼太は頷いた。「すっかり忘れちまえないから、お千恵さんも苦しんでこられたんだろう。けど、お千恵さんにはお類さんが——いや、雪永さんだっておいでだ」

千恵を想うがゆえに黙って身を引き、一連の出来事ののちには、傷ついた千恵に——けして手出しすることなく——ずっと寄り添ってきた雪永だ。

「そうね」と、律も嬉しげに頷く。「お千恵さんには雪永さんがついていらっしゃるわね」

「俺の勝手な願いごとだが、いつかお二人が一緒になる日がくりゃいいのにな」

淳の許嫁に共感したように、千恵に律を重ねると、自ずと雪永には己の姿が重なる。となると涼太としては、雪永の恋の成就を願わずにはいられないのだ。

「ええ」

やや声を弾ませ、律は更に嬉しそうな顔をした。

「お千恵さんと雪永さんが結ばれたらって、私もずっと思っているの」

願いを共にしていることも、こうして夫婦としてあれこれ話せることも喜ばしく、涼太は律を抱き寄せようとして——思い直した。

「そういや、俺にも収穫があったんだ」

「収穫?」

「昌一郎が小石川で吾郎さんを見たってのは、やっぱり嘘だと思うんだ」

注文取りに出たついでに両国に行き、昨夜律が描いた昌一郎の似面絵を片手に小間物屋をあたってみると、昌一郎の勤め先はすぐに判った。

「広小路の南側の米沢町《よねざわちよう》にある『薄屋《すすきや》』って店さ。店は二丁目で、昌一郎は通いで店のすぐ裏の長屋に住んでいるらしい」

「まあ、広小路の近くに？　両国というから、なんだか回向院《えこういん》の方——大川の東側に住んでるのかと思ったわ」

「うん。だが俺は西側の——和泉屋の近くじゃねぇかと当たりをつけてな」

「和泉屋の？　ああ、もしかして」

はっとした律へ、涼太は得意げに頷いた。

「昌一郎はお江さんに懸想《けそう》してたのさ」

薄屋や和泉屋の近辺で訊き込んでみると、昌一郎が江に並ならぬ想いを寄せていたのは間違いないと思われた。薄屋では昌一郎の同輩が「私どもが気付いていると昌一郎は知らぬようですが」と前置きして、昌一郎が一休みや外出の際、また店が引けた夕刻などに、和泉屋の回りを頻繁に窺っていることを明かしてくれた。

「つまり、昌一郎は吾郎さんに嫉妬して、吾郎さんを悪者に仕立て上げようとしてたんだ」

吾郎が捕まればそれでよし、捕まらずとも手込めの疑いがかかったとあれば、江の心は吾郎から離れると期待したのだろう。

「もう！　どうしてもっと早く教えてくれなかったの？」

「そりゃ、まずはお前の話を聞いてからと……」

己が話を遮ったのを思い出したのか、律は気まずそうに口をつぐんだが、そんな顔も涼太には愛おしい。

「――私、明日の朝一番に、広瀬さんに知らせに行くわ」

「広瀬さんにはもう知らせてある」

両国から八丁堀の保次郎の屋敷を訪ねて史織に言伝と昌一郎の似面絵を託し、帰りの道中で日本橋の得意先をいくつか回って戻った涼太だ。

「もう、涼太さんたら……まるで御用聞きみたい。それじゃあ広瀬さんの思う壺よ」

からかい交じりに言って、律が笑う。

「とんでもねぇ。けどこれも吾郎さんの――いや、町のためさ。一石屋は佐久間町だが、同じ川北の店だしな。町のもんの疑いを晴らすためなら手間暇を惜しんでられねぇさ」

慶太郎は己の義弟《ぎてい》で、その慶太郎が敬愛する兄弟子の吾郎を助けたいという気持ちは律と変わらない。だが涼太は「町のため」に働くのもまた己の――青陽堂の務めだと信じている。

何代にもわたって店を続けていくのは容易ではない。

店主の手腕や采配《さいはい》は言わずもがなだが、青陽堂のような客商売は、客はもちろん、奉公人や土地の者を大事にしなければ成り立たない。涼太は四代目の佐和が初代からの意思を受け継ぎ、店が土地の恥とならぬよう――土地の誇りとなるよう努めてきたのを間近で見てきたし、それはとりもなおさず己が店を誇りに思う理由の一つでもあった。

神田でも相生町は「川北」ゆえに「川南」に、「神田」ゆえに「日本橋」に、「江戸」ゆえに「上方」に、それぞれ張り合いたくなる涼太だが、「町」を思う気持ちは見栄や縄張り根性とは違う。涼太は一介の町人で、国や町は背負っておらぬが、国を突き詰めれば人となるように、家族と店、そしてせめて根ざした町に尽くすのが己の役目だと、佐和からも日々の暮らしからも学んできた。

「広瀬さんに知らせてあるなら、私は明日はお伶さんに――ううん、お江さんに――いいえ、どうせなら二人に知らせに行くわ。早く安心させてあげたいもの。和泉屋から近江屋へ行ってもいいし、近江屋に行ってからお伶さんと和泉屋に行くという手も……それとも先に一石屋に――慶太や吾郎さんに知らせた方がいいかしら？」

お律もまた、皆のためにできることをしようとしている……

迷い始めた律を、涼太は今度こそ迷いなく抱き寄せた。

八

保次郎も既に昌一郎を疑っていたそうである。

涼太が史織に託した昌一郎の似面絵は、翌日から改めて小石川や両国での訊き込みに役立った、長屋に現れた保次郎はご満悦だった。

「いやいや、夫婦揃って御用聞きのごとき働き、この広瀬保次郎、感謝に堪えぬ」

「そんなおだてには乗りませんよ。此度は特別です。一石屋が悪い噂にでもなったら困りますからね」

「つれないなぁ、涼太は……」

涼太の応えに保次郎が大げさに眉尻を下げて、律と今井の笑いを誘った。

涼太が八丁堀まで出向いて六日後の、霜月は十日の昼下がりである。

八ツにはまだ大分早いが、保次郎が事件の落着《らくちゃく》を知らせに来たのを知って、律が青陽堂まで涼太を呼びに行った。

途中で佐和と顔を合わせて理由を問われたものの、保次郎の用だと伝えると、佐和自らが店先にいた涼太を呼びつけてくれた。

お義母さまは「お上の御用」に理解があるようだったけど……

保次郎の前では言わぬ方がよいだろうと、律は内心くすりとする。

「それで、吾郎さんの疑いは晴れたのですな？」

今井の問いに保次郎は真顔になって応えた。

「それどころか、お淳を手込めにした者もお縄にしましたよ」

「なんと」

「驚くのは早いですよ、先生。その男は大悟《だいご》といって、昌一郎が訪ねた友人でした」

「なんと」

繰り返して今井は目を見張ったが、律たちも同様に驚いた。

「大悟ってのがお淳さんを手込めにして、それを知った昌一郎が、友を庇って嘘をついたんですか？」

「うむ、友を庇ってというのはちと違うがな……」

涼太の問いに応えて、茶で喉を潤《うるお》してから保次郎は事の次第を明かした。

小間物屋・薄屋で働いていた大悟は、売り手よりも作り手になりたくなって、薄屋を辞めて職人になった。大悟が作る小間物は鼈甲《べっこう》を材料とすることもあり、鼈甲屋に出入りするうちに、やはり鼈甲を扱う眼鏡屋の利助《りすけ》――淳の父親に出会った。

「それである日、通りすがりに利助の店を訪ねてみたらお淳がいて、大悟はお淳に一目惚れしたそうだ。だが、足繁く店に通ってもお淳には会えず仕舞いでな。利助に訊ねてお淳が町医者のもとで働いていることを知ったが、眼鏡屋と違って医者に通い詰めるのは難しい」

朝に夕に医者のもとへ出入りする淳を窺うこと数箇月、大悟は淳が十日と二十日に養生所に出かけることに気付いた。

「大悟は奥手で、お淳に声をかけることもままならず、お淳とまともに顔を合わせたのは利助の店での一度きり。それももう半年は前のことらしく、ゆえにお淳は葉月に襲われた時も男が大悟とは気付かなかったようだ」

「――可愛さ余って憎さ百倍、ってとこか」

つぶやいた涼太へ、今井が苦笑を漏らした。

「これ、涼太。そう先を急ぐな」

「すみません。広瀬さん、どうか続きを」

「うむ。やがて大悟は、利助からお淳に許嫁がいることを――そやつがお淳の勤め先の医者の弟子だと聞いてな……何やらむっとしてすぐに暇を告げたそうだ。利助は大悟の様子から、やつが娘に惚れていたのではないかと思ったらしい。だが、大悟は鼈甲屋で知り合った一職人に過ぎぬし、娘は許嫁と相思でその許嫁は申し分ないしで、そののち大悟が姿を見せぬようになっても放っておいた」

「まあ、そりゃ当然だ」

涼太と共に律と今井も頷き合った。

「だが、大悟が言うには、利助は以前大悟に娘をやると約束し、お淳もその気だと告げたそうだ。にもかかわらず、利助もお淳も己を裏切り、いつの間にやら医者の弟子に取り入っていたのに腹を立て、二人を懲《こ》らしめるつもりでお淳を手込めにしたのだ、と。――ところが利助に問うてみると、そのようなことは一切口にしていないと言うのだよ。ただ一度、想い出話の一端として『娘は昔、お前さんや私のような職人に嫁ぎたいと言っていた』というようなことを話したことがあったようだ」

「そりゃ、勘違いも甚《はなは》だしい」と、今井。

「ええ、曲解《きょっかい》の極みです」

呆れた声で保次郎も言った。

「この大悟という男、薄屋の店主曰く、何ごとにも一途な性質《たち》だったそうで、細工師としての腕はそこそこよかったようです。大悟は昌一郎より一つ若く、まだ二十歳なのですが、十五で薄屋を辞めて、大した修業もせずに二年足らずでいっぱしの品物を納めるようになったのは、その一途な——否、思い込みの激しい性質ゆえでしょうな」

一方、昌一郎が江を見初めたのは、江が和泉屋で働き始めてまもなく——吾郎と再会を果たす前だったという。

「昌一郎も女には奥手だったようで、ゆえに大悟と気が合ったのでしょう。吾郎とお江が幼馴染みだったとは知らなかったそうで、お江を横から攫《さら》われたと吾郎を疎《うと》ましく思っていたとのことですが——皆さんご存知の通り、お江は昌一郎の名前さえ知りませんでした」

保次郎に会うのは七日ぶりだが、律は五日前——保次郎が再び江と話す前——に伶と一緒に和泉屋を訪れていて、江の言い分はその日のうちに今井と涼太に伝えてあった。

昌一郎の名を聞いて江はきょとんとしたものの、律がその場で似面絵を描くと、薄屋の店者だとすぐに認めた。広小路に面している薄屋はあの辺りの女たちの行きつけで、江も幾度か訪れたことがあったからだ。だが、江にとって昌一郎は数多《あまた》いる店者の一人でしかなく、時折和泉屋の近くで見かけても、口を利くこともなかったという。

律が江から聞いたことを伝えると、保次郎は「うむ」と、困ったような顔になった。

「お江はそう言っていたが、その、なんだ、会釈や挨拶がなくもなかったようでな……」

「そりゃ和泉屋は旅籠ですもの。ううん、旅籠じゃなくたって、私だってお店の外で見知った顔を見かけたら、お客さんか町の人かと思って会釈や挨拶くらいしますよ」

涼太は一度見た顔は忘れぬそうだが、律にはそんな特技はない。

店には出ておらぬとも、律はいまや青陽堂の「若おかみ」で、己が知るよりも多くの者に知られているようだ。ゆえに近所ではもちろん、上野や日本橋など外出の際も、たとえ己に覚えがなくとも会釈や挨拶があれば同じように返すことにしている。

「うん、まあそうなんだがね……望みがあるかないかは別として、恋する者というのは会釈や挨拶ごときでも舞い上がってしまうものなのだよ」

本屋で出会った史織と、数年にわたって言葉少なに——それこそ時には会釈のみで——愛を育んできた保次郎だった。

「だ、だからといって、やつに同情はしないがね」と、保次郎は慌てて付け足した。

大悟のような「曲解」はなかったものの、恋心を江に明かせぬまま昌一郎が悶々と過ごすうちに、江と吾郎は再会し、ほどなくして深い仲になった。

「二人とも住み込みゆえ、逢瀬には同じ平右衛門町《へいえもんちょう》でも茅町《かやちょう》を挟んだ西側の出会い茶屋を使っていたらしい。昌一郎は幾度か二人の後をつけたので、二人がその、そういう仲だと知ったそうな」

「さようで……」

出会い茶屋など足を踏み入れたことのない律は思わず言葉を濁したが、昌一郎の行いにはやはり不気味なものを覚えてしまう。吾郎への嫉妬は理解できても、お上に嘘をつき、手込めの罪をかぶせてまで恋敵を蹴落とそうとするのは尋常ではない。

大悟は己の罪を、昌一郎に直《じか》には明かさなかったそうである。

淳を手込めにするまで大悟はあたかも己と淳が相思であるかのごとく昌一郎に自慢してきたが、この二月ほどは昌一郎が訊ねてもはぐらかしてばかりとなった。神無月も終わりになってようやく大悟の口から淳の名が出たと思いきや、見知らぬ男に汚された挙げ句に身ごもり、身投げを図ったと教えられた。

「――沈痛な面持ちながら、口元に時折そこはかとない笑みが浮かぶので、話を聞くうちに昌一郎は大悟こそが『見知らぬ男』だと悟ったそうだ。これまでの自慢話が全て嘘だったことも……空恐ろしさに冷や汗が出たと言う割に、昌一郎はすぐさま悪知恵を働かせた」

そういえば――と、昌一郎が淳に言い寄る男を見かけたと偽りの目撃談を切り出すと、大悟もこれ幸いと乗ってきて、眼鏡屋に知らせに行けと促した。

強姦の罪で大悟は重追放となるそうだが、昌一郎はお叱りのみとなる見込みらしい。

「広瀬さんに――お上にあんな大嘘ついたのに、敲《たた》きにもならないんですか？」

律が小鼻を膨らませると、保次郎の代わりに今井が応えた。

「吟味での嘘とはまた違うからな。それにお律、昌一郎が敲きになったら、お江さんも過怠《かたい》牢《ろう》となるやもしれぬぞ。ねぇ、広瀬さん？」

敲きは男にのみ行われる刑罰で、同じ罪でも女だと過怠牢――牢屋入り――となる。

「そうですな」と、保次郎は微苦笑を漏らした。「まあ、二人の嘘で煽《あお》りを受けたのは私だけですから、此度は穏便《おんびん》に済ませることになりました。しかし薄屋の主には全てを話してありまして、昌一郎は今日にでも暇を出される筈です」

それなら――と、律は気を取り直して保次郎に訊ねた。

「この始末、吾郎さんにはもう知らせたのですか？」

「いや、これからだ。なんなら私の名代《みようだい》として、お律さんが知らせに行くかね？」

「と、とんでもない」

「そうです。とんでもねぇです」と、涼太も横から口を挟んだ。「名代なんて聞こえのいいことを――お律を御用聞きにしようったって、そうは問屋が卸しませんぜ」

「まったくお前はつれないねぇ」

涼太をからかってから、保次郎は空になった茶碗を差し出した。

「今日のところは諦めるから、茶をもう一杯くれないか?」

「私にも頼むよ」と、今井。

「それならお安い御用でさ」

律にも空の茶碗を差し出すように促しながら、涼太はにっこりと微笑んだ。

九

一日おいた二日後の八ツ過ぎ、吾郎が慶太郎を伴ってやって来た。

「お律さんと涼太さんには感謝しかありやせん」

深々と頭を下げた吾郎に慶太郎も黙って倣う。

涼太は忙しくしているようで、律は今井と二人で一休みしていたところである。

「まずはこちらを、長屋と青陽堂の皆さんへ」

そう言って吾郎が差し出した風呂敷包みには、丸に一つ石の刻印が入った一石屋の看板饅頭が五十個ほども入っていた。

「おととい広瀬さまがいらして、お二人が俺の濡《ぬ》れ衣《ぎぬ》を晴らしてくれたと聞きやした」

律は伶と江には涼太の推し当てを知らせたが、吾郎には保次郎が裏を取ってからの方がよいだろうと涼太に言われて一石屋は訪ねなかった。ゆえに、吾郎たちは一昨日、保次郎の口から事の次第を知ったのだ。

「まさか昌一郎ってのがお江に懸想《けそう》していたとは寝耳に水でして、ついでにその、小石川の方も落着したそうで、広瀬さまはお二人の働きを大層お褒めでいらっしゃいました。殊に涼太さんは仕事の合間にあちこち駆けずり回ってくだすったとか。俺も旦那さまたちもありがたいのは言わずもがな、流石、青陽堂の若旦那だと――同じ川北のもんとしてなんとも鼻が高《たけ》ぇです。――なぁ、慶太？」

吾郎が声をかけると、慶太郎はもじもじとして口を開いた。

「姉さん、ありがとう。義兄さんにもよろしくお礼をお伝えください」

「承りました」

わざと丁寧に返して、律は微笑んだ。

「涼太さん、喜ぶわ」

「……それから、こないだはごめんなさい」

「そうよ。姉ちゃん、恥ずかしかったわ。お店に嘘ついて、長屋のみんなやお庸さんを驚かせて……お詫びならおかみさんに言いなさい。慶太のことを、本当に大事にしてくだすってるのだから」

こくりと慶太郎が頷く横で、吾郎が盆の窪に手をやった。

「詫びなきゃならねぇのは俺の方ですや。もとはといえば俺の不徳のいたすところでさ。お江とその、ちゃんとせずにそういう仲になっちまった挙げ句、祝言を一年も——いや、一年と一月もなんの沙汰もせずに待たせちまった」

「そうですよ」

祝言については江に同情しかない律は大きく頷いた。また、いずれ年頃になる慶太郎に同じ轍《てつ》を踏んで欲しくない。

「俺ぁずっとその気で、近々旦那さんたちと話をするつもりだったんですが、その、なんやかやと先延ばしに……ええ、まったく面目ありやせん。涼太さんにも叱られやした」

「涼太さん——夫にですか？」

「へぇ、おととい、ちょうど湯屋で一緒になりやして。広瀬さまからお話を聞いたばかりでしたからこちらから礼を伝えたところ、まことにお江に惚れているなら、早く祝言を挙げた方がよい、相思なのに先延ばしなぞ莫迦げている、と。涼太さんにもいろいろ思うところがあるみてぇでした。ご自分ももっと早くにお律さんを娶っていればと悔いて——いや、どちらかというとのろけていやしたよ」

言いながら吾郎が口角《こうかく》を上げるのへ、傍らの今井もくすりとした。

「そ、そうですか」

「これも涼太さんが教えてくれたんですが、お江はお律さんに言ったそうですね。『この際きっぱり踏ん切りをつけるつもり』だと」

「ええ」

「いやはや、俺にはそっちの方が大ごとですや。もうすっかり慌てちまって、湯屋から帰って早速、旦那さんとおかみさんに祝言の許しを乞いやした。そしたらもう……」

「もう？」

「おかみさんからかってない――今までで一番でけぇ雷を落とされました」

庸は吾郎と江の仲を知っていたが、吾郎があまり語らないので、二人が祝言に至らないのはもしや後家の江の都合ではないかと思っていたようである。

「あはははは」

笑い出した今井へ、吾郎は眉尻を下げて言う。

「笑いごとじゃありやせんぜ、先生。しかもそいつは序の口で」

「序の口とな？」

「ええ、そうなんで。あんまり大声だったたから、若旦那と若おかみ、慶太郎までやって来て、今度は若おかみからもお叱りを……けど兎《と》にも角《かく》にも、許しはいただけたんで、俺はその足で和泉屋へ行ったんでさ」

「ほう」

和泉屋で江を呼び出してもらうと、夕刻という忙しい刻限だからか、江は不機嫌極まりなかった。

「長々と相手する暇はねぇってんで、そんなら求婚だけでもと、店先でそれらしいことを言ったんですが、お江は何やら拗《す》ねちまって『もう結構です』などと言い出す始末で」

「店先で……」

「ああ、お律さん、どうかご勘弁」

呆れ声になった律を、拝むようにして吾郎はとどめた。

「俺が浅はかだったのは、もう百も千も承知しておりやすから」

そう言って、吾郎は今井へ向き直る。

「――もうねぇ、先生、俺ぁ捨て身であいつをなだめて、あいつも結句頷いてくれたんですがね。そこに至るまでに、和泉屋の女将やら、番頭やら、手代やら、他の仲居やら――果ては客まで次々表に出て来やしてね。改めて女将に事情を話したところ、またまた大目玉を食らいましたや。実はあすこの女将も後家でして、和泉屋は女将が牛耳《ぎゅうじ》ってんですが、いつもの愛嬌はどこへやら、まるで仁王さまのごとく目を剝いて、そりゃあ怖《こえ》ぇのなんのって」

「あはははは」

もう一度豪快に笑ってから、今井は言った。

「だが、落ち着くところへ落ち着いたのだから、めでたしめでたしだ」

「あら先生、そんなのまだ判りませんよ」

吾郎をからかうべく律はにんまりとした。

「まだ祝言を挙げた訳じゃありません。あんまり待たせるようなら、もう一度心変わりということも……」

「じょ、冗談じゃねぇ、つるかめつるかめ……俺ぁもう昨日のうちに、旦那さんのってで新《あたら》シ橋の東側――久右衛門町《きゅうえもんちょう》の長屋と話をつけてきやした。霜月のうちにあいつと一緒になって、師走には通いになるんでさ」

「まあ、そうなんですか？」

「そうなんですとも」

吾郎が大真面目に頷くと、隣りの慶太郎がぷっと噴き出した。

「こら、慶太」

図らずも律と吾郎の声が合わさり――律たちは今度は皆で一斉に笑い出した。

十

再び一日おいて二日後に、律は鞠巾着を納めに朝のうちに池見屋を訪ねた。

「先日、丹羽野から白無垢が届いたよ。次にお前が来る五日後には渡せるだろう」

更に一月ほど待たされるやも知れないと覚悟していただけに、類の言葉に律は喜んだ。

「それなら、年越しまでには仕上がりますね」

「お前の『うっかり』さえなきゃね」

にやにやしながら類が言う。

春に律はうっかり、描きかけの袖に染料の入った小皿を落として汚してしまった。染み抜きを施し一度は池見屋に納めた袖を、のちに思い直して描き直したのだが、仕立て屋を急《せ》かせるのに余計な金がかかり、律は手間賃を得るどころか持ち出しとなっていた。

「もうあんな――その、うっかりしくじらないよう、肝《きも》に銘《めい》じて描きますので」

もう二度となどと大見得《おおみえ》を切るな、生きている限りしくじりは避けようがない、だがそれをどう片付けるかはまた別の話だ――そんな風に己を諭《さと》した類を思い出して律は言った。

「うん、その心意気やよし」

からかい口調で言ってから、類は付け足した。

「白無垢と一緒にお由里さんから言伝《ことづて》をもらったよ。百合を描く上絵師がお前でよかったとさ。上絵入りの着物なんていう贅沢はもう二度とできぬだろうから、仕上がりを楽しみにしているとも。染め直した白無垢を、あの人がどんな風に着こなすのか、私もちょいと楽しみさ。着物が仕上がった暁には、是非ここで袖を通していってもらいたいもんだ」

ますます心して描かねば――

愉しげな類に頷きつつ、新しい鞠巾着の布を受け取ると、律は千恵に会えぬかどうか問うてみた。

類が呼ぶと、千恵はすぐに顔を出した。

五日前には顔を合わせなかったため、小石川での事件を明かしてから十日ぶりだ。

昌一郎の嘘が明らかになり、吾郎の疑いが晴れたことはもちろん、大悟が――淳を手込めにした男が――捕まったというくだりを、千恵は殊《こと》の外《ほか》喜んだ。

「悪い人が捕まってよかったわ。娘さんのためにも、町のためにも……娘さんはきっとまだお辛いでしょうけど……」

おそらく千恵のためにもよかったのだと、律はそれとなく類と目を交わした。

吾郎の求婚も含めて事の始末を話してから、律は昨日長屋に寄った保次郎から聞いたことを付け足した。

「……娘さんは結句、流産したそうです」

身投げしてすぐに助け出されたとはいえ、この時節である。初めの数日は傷心ゆえに臥せっていた淳は、ろくに食べていなかったことも手伝って風邪を引いたらしい。熱で寝込んでいる間に淳が腹痛を訴えて、赤子はそのまま流れたようだ。

「よかったのか、悪かったのか……きっとよかったんでしょうね」

「ええ、おそらく……」

つぶやくように言った千恵に、律もつぶやきのごとく応えた。

「少なくとも、お許嫁は安堵した様子だったと……でもそのことを悔いてもいるようだったと広瀬さまは仰っていました。お許嫁はお医者さまとなる方ですから……」

生まれてくる赤子に罪はないが、血のつながらぬ、憎き男の子供を愛せるかどうか、自分にはどうにも判らなかった――許嫁はそんな風に保次郎にこぼしたという。

「そりゃ女にだって難しい。男なら尚更さ……たとえお医者先生でもね」

類が静かに言うのへ、律は小さく頷いた。

私にも判らない……

少なくとも女にとっては己の赤子でもあるのだが、懐妊をまだ知らぬ律はやはり許嫁のごとく安堵して、安堵したことを胸苦しく思いそうだ。

大悟は許嫁が医者の弟子と聞いて余計に嫉妬したようだったが、許嫁やその師である医者の実入りは大悟と変わらない――むしろ少ないくらいらしい。許嫁もその師にして娘の雇い主でもある医者も、金は度外視で世のため人のために医術を学ぶ、実直で心優しい男たちで、それゆえに二人とも一連の出来事には深く心を痛めているという。

「お許嫁は師匠の許しを得て、朝夕、娘さんの様子を見に行っていて、娘さんは眠っていたり……眠っているふりをしていたりすることもあるようですが、今はそれでも構わない、と。祝言は急がずに、娘さんの支度が整うのを気長に待つそうです」

「よかった」

十日前と同じく千恵は嬉しそうに胸に手をやった。

十一

更に五日後。

池見屋からほどいた白無垢を受け取って来た律は、早速、青花——露草の液汁で作った染料——で、まずは袖から下描きを入れ始めた。

まだ青花のみとはいえ、白無垢に色をつけるのはなんとも不思議な心持ちだ。

洗い張りされているため、まっさらな反物に描くのと変わらぬようでいて、青い線を描いた途端、言葉にし難い——密《ひそ》やかな終わりと始まりを同時に感じた。

涼太と夫婦になってまだ三月《みつき》の律は、白無垢に袖を通した瞬間や祝言の様子をありありと思い出せる。由里が丹秀と一緒になって十年はとっくに過ぎていようが、此度池見屋に届ける折に、由里も白無垢を前にして祝言の日を思い出したのではなかろうか。

紙に描いた意匠を見ながら、百合の花を丁寧に下描きしていくと、両袖が終わらぬうちに八ツが鳴った。

涼太は今日は芝まで出向いて、花前屋を訪ねてから日本橋の得意客を回って来ると朝のうちに伝えられていた。一旦長屋に帰って来た今井も、昼過ぎに上野の友人——医者の恵明《けいめい》のもとへ出かけて行ったから、「一休み」は己一人だと律が筆を置いたところへ、丁稚の新助の声がした。

「お律さん。女将さんがお呼びです。着の身着のままでよいとのことです」

「女将さんが？」

着の身着のままでということは、少なくとも客への挨拶ではない。

急ぎ手を洗って青陽堂へ戻ってみると、女中の依から座敷ではなく、二階のかつての香の部屋へ行くように伝えられた。

香の部屋には幼い頃、幾度か上がったことがある。香が嫁入りしてからは佐和と清次郎が続きの間として使っているのだが、香が簞笥を新調し、使い慣れた鏡台を伏野屋へ持って行ったため、今は簞笥の他は律には見慣れぬ長火鉢と文机、それから茶器らしきものが入った箱がいくつかあるだけだ。

「座りなさい」

既に出ていた茶は少し冷めていたが、緊張した喉を湿らせるにはちょうどよい。

何か、しでかしたかしら……？

涼太の留守に——ましてや人の目や耳を避けて二階に呼び出されるとは、嫁として至らぬことがあったのではないかと、律は身を縮こませて佐和の次の言葉を待った。

「あなたが池見屋に行っている間に、お由里さんがいらっしゃいました」

「そうでしたか」

戸惑いながら相槌を打った律へ、佐和は声を低くして続けた。

「あなたは、お由里さんから何か話を聞いていますか?」

「話……ですか?」と、律は更に戸惑う。

池見屋や丹羽野では大して話しておらず、佐和にも夕餉の席で伝えてあったが、朔日に由里が訪ねて来た折の、根付や丹秀の似面絵を頼まれたことなどを手短に話した。

「丹秀さんの似面絵を頼まれたのですか?」

「はい。お若い頃の想い出として……」

いつにも増して険しい顔になった佐和が、やはり険しい声で言った。

「……お由里さんは離縁を考えているそうです」

「えっ?」

佐和の手前、声を高くすることはなかったが、驚きは隠せなかった。

「夕餉の席で話すことではありませんから、今伝えておきます。涼太には話しても構いませんが、他の者には漏らさぬように」

「はい」

律が頷くと、佐和は再び口を開いた。

「お由里さんはかつて、今の旦那さんの弟さんと恋仲でした」

「……『しんすけ』さんですね?」

「知っていましたか？」

「名前だけです。名前はお香さんに、丹秀さんには弟さんがいらしたことは綾乃さんにお聞きしました。しんすけさんは茶人だったとか」

「そうです」

真介、と書くのだと佐和は言った。

「真介さんはお若い――まだ、十一、二の頃から、叔父さんと一緒に茶の湯に親しんでいました。茶会では『丹真《たんしん》』と名乗っていて、十三の時に初めてうちに一人で茶を買いに来たのですが、ちょうど夫が茶室を作ったばかりだったので、自慢がてらに見せたのです」

真介は清次郎の人柄と茶室、それから青陽堂の茶が気に入って、折々に訪ねて来るようになった。丹羽野がほどなくして青陽堂から茶を仕入れるようになったのも、真介が叔父の口添えと共に両親に勧めたからだという。

佐和より一つ年上の清次郎は当時二十六歳と、真介のちょうど倍も年上だったが、茶の湯はまだ習い始めて一年余りと真介とさほど変わらなかったため、二人の間には歳の差を越えた友情が芽生えた。

「夫と月に一、二度、茶の湯を楽しむようになって四年ほどしたある春の日に、真介さんは一人の娘さんと共に店を訪れました。その娘さんがお由里さんです。真介さんは照れながら、近所に住む幼馴染みに気に入りの店を見せたかったと……ですが、すぐに許嫁だと白状しました。真介さんが十七、お由里さんが十八でした。許嫁といってもまだ二人の間のみの話で、『冷や飯食い』の己がお兄さんを差し置いて身を固めるのはよろしくない、お兄さんの丹秀さんが丹羽野を継いで嫁取りしたのちに、一緒になるのだと話していました」

由里の両親は丹羽野の近くで小道具屋を営んでいたのだが、跡継ぎだった兄は十五歳にならぬうちに、また父親もこの頃には亡くなっていて店は既に畳んでいた。母親と由里は裏長屋に移り、大家のおかみが営む煮売り屋を手伝ったり、内職したりして細々と暮らしを立てていたらしい。

由里の両親が営んでいた小道具屋は、それこそ鍔、目貫《めぬき》、小柄、笄《こうがい》などの小道具——刀剣の付属品——を扱う店であったが、小道具屋には骨董品を扱う店も多く、骨董品が唐物《からもの》と呼ばれることから唐物屋と呼ばれることもある。

「真介さんは料理人になるつもりはなく、とはいえいつまでも丹羽野の道楽息子ではいられないと、お由里さんとまた小道具屋を開こうとしていました。茶器はもちろん骨董品には目が利くから、二人が食べていくくらいはなんとかなるだろうと……しかしその願いが叶う前に、深川で亡くなりました」

「深川で、ですか?」

「ええ。……道端で酔って転んだらしく、頭を強く打って亡くなったそうです」

佐和が遠慮がちに言ったのは、伊三郎の死に様と重なるところがあるからだろう。

「酔って、お亡くなりに……」

つぶやくように繰り返す間に、由里の根付が頭に思い浮かんだ。

「――ではあの百合の根付は、真介さんとお揃いの物だったのですね？」

「そうです。あれは――真介さんがお由里さんを想って対《つい》で作らせたのです。真介さんは初め、お由里さんに見立てた白百合をご自分の手元に、黒百合をお由里さんの傍に忍ばせたのですが、真介さんから黒百合の逸話を聞いたお由里さんが、今度はこっそり黒百合を真介さんの傍に忍ばせたのです。互いに黒百合を手にして想いが通じ合ったと喜んだのちに、黒百合はやはり男の方が似合うだろうと、結句、黒百合は真介さん、白百合はお由里さんがそれぞれの巾着につけることにしたそうです」

「黒百合の根付は物盗りに盗られたようだと、お由里さんは仰っていましたが……」

「真介さんがお亡くなりになった時、巾着から根付が失くなっていたとのことです。高価な細工物ですから、通りすがりの者が盗んでいったのやもしれません」

「もしや、お由里さんのあの巾着は、真介さんが使っていらしたものですか？」

「その通りです」

少しばかり感心した様子で佐和は応えた。

「真介さんは洒落者で、あの巾着もわざわざ注文で作らせたものでした。真介さん亡き後、お由里さんが形見として受け取り、ご自分の白百合の根付をつけて使っているのです」

真介が死したのは十九歳で――じきに二十歳になろうという年の暮れだったという。

香が由里の泣き声を聞いたのはこの時だ。

「お世話になっていたからと、お由里さんが無理をして知らせに来てくださったのです。お世話になっていたのは私どもの方でした。私どもより十数年も若いお二人でしたが、夫と真介さんはずっとよい茶の湯仲間でしたし、丹羽野は私が店を継ぐ前に得た一番の大口客でした。店を継ぐ前と後と――大わらわだったあの頃、若くも穏やかで、仲睦まじいお二人に私と夫がどれだけ慰められ、励まされたことか」

いつもと変わらぬようでいて、佐和の声が微かに震えたことに律は気付いた。

一人娘の佐和は、涼太と同じく十二歳で働き始めたと聞いている。跡継ぎとして入婿の清次郎と祝言を挙げたのも律たちより早く、律と同い年だった二十三歳の時分には涼太を身ごもっていた。佐和が由里と出会ったのは店を継いだ年のことで、涼太は六歳、香は五歳とまだ手がかかる年頃でもあった。二年余りと真介よりは短い付き合いであったが、ちょうど苦労が重なった時ゆえに、由里が姿を現さなくなった後もずっと佐和は――清次郎も――由里を案じていたようだ。

二十歳の年の瀬に佐和の前で泣きじゃくった由里は、翌年、真介の兄である丹秀と祝言を挙げた。

「――店を継いでから丹羽野は作二郎に任せていましたから、お由里さんが嫁いだことは作二郎が預かってきた言伝で知りました。顔を合わせれば自ずと真介さんを思い出して、互いに気まずい思いをするのではないかと、うちからも作二郎に祝いの品を届けさせるだけにとどめました。お由里さんは丹秀さんに真介さんを重ねて見ていたのだと思います。丹秀さんと真介さんは年子で、顔かたちや背格好がよく似ていましたから……」

では、あれは真介さんの似面絵だったのか……

――丹秀の――あの人がまだ若かった頃の顔を描いていただきたいの――

そう言って由里は、丹秀の似面絵として、その実真介の似面絵を律に描かせたのだ。

「お由里さんは丹羽野に嫁いですぐに一度身ごもられましたが、臨月を迎える前に流れてしまったとのことです。そののちしばらく身体を悪くして……結句これまでお子さんに恵まれずにいたのですが、丹羽野はこの度、養子を――丹秀さんが外で産ませた子供を跡継ぎとして迎えることになったそうです」

「養子を……」

由里も丹秀ももう三十六歳、じきに三十七歳となるのだから、養子はやむを得ないのだろうが、親戚筋から養子を取った江のかつての婚家と違い、「外で産ませた」というのが律には気になった。そういうことがなくもない、むしろ跡継ぎを欲している武家や商家では珍しくもないものの、由里の――妻の気持ちを思うとやりきれない。

「致し方ないことと、お由里さんはご承知です。しかしそれならいっそ、妻の座をその女の方に譲り、ご自分は離縁して、真介さんを供養《くよう》しながらひっそり暮らしたいというのがお由里さんの願いなのです」

お由里さんはずっと、旦那さまではなく、真介さんを想い続けてこられたのか……

「けれども見栄か未練か、丹秀さんがどうにも離縁を承知してくれないそうで……それで、私どものところへ来たのです」

朔日には丹秀との不仲を匂わせたのみだったが、今日の由里ははっきりと離縁の相談を持ちかけてきたという。

道端で泥酔《でいすい》の末に死した真介を丹秀を始めとする婚家は恥じていて、丹秀は真介を思い出させるもの全てを――青陽堂さえも――快く思っていないらしいが、丹羽野が青陽堂から茶を仕入れ続けてきたのは、由里の数少ない「我儘」だった。長らく顔を合わせていなかったものの、佐和や清次郎が由里を案じてきたように、由里もまたこの十五年間、佐和たちと青陽堂を気にかけてきたのだろう。

「丹羽野では真介さんの名を口にするのもはばかられて、誰にも相談できないそうです。ですからお由里さんは、池見屋であなたと出会ったことを喜んでいました。これもまた何かのご縁――いえ、亡き真介さんの計らいではないか、と。――私も夫も同じように考えています。お由里さんの願いが叶うよう、私どもは助力を惜しまぬつもりですので、お律もそのように心得ておくように」

「はい」と、律は迷わず頷いた。

「ところで、お由里さんに訊きそびれたのですが、お由里さんは池見屋とも長い付き合いなのですか?」

「いえ、池見屋には葉月に初めていらしたそうです。でも、お由里さんはすぐに池見屋を気に入ったそうで……また、女将さんもお由里さんを気に入られたようで、着物が仕上がった暁には、是非池見屋で袖を通していって欲しいと、どんな風に着こなすのか見てみたいと仰っていました」

愉しげだった類の顔を思い出しながら律は言った。

「そうですか……」

何やら思案顔になった佐和に促され、律は長屋の仕事場へ戻った。

が、今しがた聞いたばかりの話が気になって、どうも再び筆を取る気になれない。

下描きがまだ終わらぬ袖をそのままに、少し早いが律は湯桶を抱いて湯屋へ向かった。

第四章

駆ける百合

一

手土産の茶葉を己の手で包むと、佐和は番頭の勘兵衛へ声をかけた。

「一刻ほど、上野へ出かけてきます」

「上野、ですか？」

「用が済んだらすぐに戻りますから、店を頼みます」

「はい」

上がりかまちで客のために茶を淹れている涼太が聞き耳を立てているのが判ったが、涼太には何も告げずに一旦店の中へ引っ込み、佐和は裏口から表へ出た。

二日前に冬至《とうじ》を過ぎて、これから少しずつ日は長くなっていくのだが、寒さは年明けまで和《やわ》らがぬだろう。

首元に冷気を感じて、襟巻きを直しつつ佐和は御成街道《おなりかいどう》を北へ――池之端仲町《いけのはたなかちょう》にある池見屋へ向かった。暖簾をくぐったことはないが、通りかかったことは何度もある。ゆえに迷わず池見屋の前まで来ると、ちょうど七ツの捨鐘が鳴り始めた。

暖簾をくぐると、口を開きかけた手代と思しき男よりも先に、女将の類が微笑んだ。

「お佐和さんでしたね。青陽堂の」

「覚えていてくださって光栄です、お類さん」

類とは何年も前に一度だけ、互いの得意先で顔を合わせたことがあった。

「そろそろ店仕舞いかと思いましたが、お類さんにご相談したいことがありまして寄せてもらいました」

「どうぞお上がりください。藤四郎、お千恵に茶を淹れるよう言っとくれ」

藤四郎と呼ばれた男が頷いて店に奥に消えると、類の案内で座敷に移る。

と、すぐに茶櫃《ちゃびつ》を抱えた三十路過ぎの女が現れた。

「妹です」と、類が言うのへ、

「千恵と申します。お茶の淹れ方はお律さんから教わりました」と、千恵が応えた。

「そうですか。お役に立てて何よりです」

千恵が慣れた手付きで茶を淹れ終えると、類は早々に千恵を外へ促した。

「お千恵、私が呼ぶまで誰もここに近付かないよう、みんなに伝えとくれ」

「はい」

「お前もだよ」

「はい、女将さん」

襖が閉じられ、千恵の足音が遠ざかると、茶を勧めながら類が問う。

「青陽堂の女将さんが、私に一体どんな相談ごとがおありなのですか？」

類の歳を佐和は知らぬが、己より幾分年下と思われる。だが、女も四十路を過ぎれば、二つ三つの歳の差など無きに等しい。得意先で出会った時もそうだったが、「女将」として店を切り盛りしていることや、したたかでいて率直な類の人柄に佐和は好感を覚えていた。

「丹羽野のお由里さんのことです」

商売柄や女将という立場ゆえに、人に合わせて話し方やことの運び方を変えることが少なくないが、類にはそのような気遣いは不要と判じて佐和は迷わず由里の名を口にした。

「お由里さんですか」

興をそそられたような顔になった類に、佐和はずばりと切り出した。

「はい。あの方は丹羽野から離縁を望んでいるのですが、何度話しても旦那さんが首を縦に振ってくれないそうなのです」

「何ゆえ、私にこのようなお話を？」

「息子から以前、とある絵師の駆け落ちをお類さんが助けたと聞きました」

「まさかお由里さんはどなたかと通じていて、京にでも駆け落ちするつもりなんですか？」

「いいえ。お由里さんは東慶寺《とうけいじ》へ行くつもりなのです」

瞬《まばた》きもせず、類は佐和をまっすぐ見つめて口角を上げた。

「……駆け込みですか」

俗にいう「駆け込み」は、離縁したくとも夫から離縁状をもらえぬ女の最後の手段だ。鎌倉の東慶寺と上野国《こうずけのくに》の満徳寺《まんとくじ》は江戸幕府が公認している「縁切寺」で、どちらかの寺に駆け込むと、寺が間に入って夫に内済《ないさい》離縁を勧めてくれる。寺の調停をもってしても離縁が成立しない——夫が頑として離縁を拒む場合には、女は寺で満二年、足かけ三年を過ごしたのちに、離縁を勝ち取ることができるのだ。

「それなりのお金は工面できますし、所々の顔役を知らなくもありません。ただ、恥ずかしながら、私も夫も駆け込みを手配りするのは初めてでして、どこから手を付けてよいのか判りません。それで、もしやお類さんならこういったことにお詳しいのではないかと——お力になってもらえるのではないかと考えてお伺いしました」

取り繕《つくろ》うことなく佐和が言うと、類はますます興味深げになって、ゆっくりと、今度は明らかな微笑を浮かべた。

「詳しいかどうかは別として……駆け込みの手助けをしたことはあります。お由里さんのことをもう少し話していただけますか？　ああ、助っ人は先にお約束いたします。これでも人を見る目はあると自負しておりますのでね。お由里さんには二度お目にかかっていますし、何よりお佐和さん、あなたのような方と、あなたが見込んだ方を助けるのはやぶさかじゃありません」

類の言葉に佐和も口元を緩めて応えた。

「そこまで買ってくださるとは恐縮です」

二日前に律に話した真介と由里の過去を、佐和は類の前で繰り返した。

類もまた、由里に初めて会った日のことを佐和に語った。

義叔母の伴として池見屋を訪れた由里は、義叔母が知己の家で酔い潰れ、類と共に池見屋へ戻る道中で、少しだけ真介のことを漏らしたようだ。

「旦那さんから叔母のお伴を持ちかけられた時はうんざりしたが、うちの名を聞いて気が変わったと言ってました。昔、想い合っていた人——つまり、その洒落者の真介さんが、うちの店の噂を誰かから聞いたようで、いつか一緒に行こうと誘われていたそうです」

由里と丹秀は幼馴染みだと、義叔母が知己——類の得意客——に話していたため、類は内心驚いたという。

「だって、お由里さんの心がまだ真介さんにあるのは見て取れましたから。まあ大人しくてそつがない、旦那一筋の女かと思いきや、まさか他に惚れた男がいるとは……などと、年甲斐もなくなんだかこっちまで切なくなってしまいましたよ。しかし、真介さんが既にお亡くなりになっていたとは知りませんでした」

秘めた恋を聞いていたがため、一月後に着物の注文を受けた折、類は無理強いしなかった。

「丹秀さんは思いつきのように言ったけど、もとからお由里さんの着物も注文する気で来たようでした。根付に合わせた百合の着物をなんて——今思えば、真介さんに張り合うつもりだったんでしょうね」

「おそらくそうでしょう」と、佐和は頷いた。

「お由里さんが駆け込むというなら、あの着物はどうしますか？　鞠ではない着物の注文ですので、嫁御は張り切っておりますが」

「そのままお律に描かせてください。駆け込むにしても着物の一枚くらい持参してもよいでしょう？　もしも丹羽野がのちに代金を渋るようでしたら、私がお由里さんへの餞《はなむけ》として支払いますので、どうかご心配なく」

「では、駆け込みはそう急いでおられないのですね？」

勘が鋭く、話が早い——

友情とはまた違うが、類とは気が合いそうだと、佐和は内心喜びながら頷いた。

しばし駆け込みの手筈をあれこれ話した後、佐和が暇を告げる前に類が言った。

「……嫁御はまあまあうまくやっておりますよ」

「まあまあ、ですか」

「もとから腕は悪くはないんですが、まだまだ甘いところがあります。真介さんの話を知ったというなら、今頃また迷ってますすよ。着物の注文主は丹秀さんですからね。でもまあ、それも善し悪しです。私もかつては『まあまあ』——いえ、今も尚やもしれませんが、嫁御なら何ごとであれ、いずれ絵師の糧《かて》とするでしょう。ご子息という切磋琢磨《せっさたくま》するよき伴侶も得たことですし」

「そう祈っております。うちのもまだ『まあまあ』で歯がゆいこともままありますが、かつての父も同じように私を歯がゆく思ったに違いありません。ゆえに大目に見てやろうとは思うものの、これがまた難しく……己のことは棚に上げて、つい『からかって』やりたくなるのですよ」

涼太を始め、香や律、奉公人たちに苛立ちを覚えることがなくはない。だが、皆が恐れているよりは断然少なく、小言の半分以上は先代だった父親の真似事だった。たとえ己が通ってきた道――過ち――であっても、看過《かんか》しては店のためにならぬ、同じように都度戒められ、鍛えられてきたからこそ、今の己があると思っているからだ。

ふっ、と類が小さく噴き出した。

「私もです。私もつい『からかって』やりたくなるのです。ですが、あれこれうるさく言えるのも女将の役得だと思っております」

ふっ、と佐和も小さく噴き出した。

「まさしく」

頷いてから佐和は続けた。

「駆け込みは手筈《てはず》がしっかり整うまで、お律にも内密に願います。春先にお律は何やらしくじって、そちらと仕立屋に大層ご迷惑をおかけしたと聞きました。あの子のことです。駆け込みなんて聞いた日には、またうっかりしくじらないとも限りませんからね」

「ふ、ふふ、お律なら心配ご無用ですよ」

「……そうですか？」

「ええ。少なくとも此度はね」

類と今一度微笑み合うと、佐和は暇を切り出した。

「それではそろそろお暇を……」

伸ばした背筋はそのままに、しっかりと手をついて頭を下げる。

「嫁はさておき、お由里さんを何卒よろしくお願いいたします」

二

下描きを終えた袖と左身頃の半分を眺めて、律は何度目かの溜息をついた。

佐和から由里の話を聞いてからのこの四日間、なかなか筆が乗らないのである。慣れた鞠巾着は合間に滞りなく仕上げたのだが、由里の着物の下描きが遅々《ちち》として進まない。

ほどいた白無垢を受け取って来た時は、由里に似合う、そして丹秀の望むような華やかな着物とするべく張り切って下描きを始めた。しかし、真介との過去を知ってからは、「根付に合わせた」百合を描くことに躊躇いがある。

由里にとって、百合は真介を思い出させる花だ。丹秀の注文で百合の花を描くことは、由里と真介の想い出を塗り替えてしまうような気がして、律には何やら厭わしい。

だが、贅沢を理由に乗り気を見せなかった由里が一転、白無垢を仕立て直すと言い出したのは、そうすることが由里の願い――真介を供養しながらひっそり暮らす――に沿うからとも思われた。「楽しみにしている」と、類に告げた言葉もただの世辞とは思い難い。

それならやっぱり、根付に合わせた上絵がいい……

左身頃の、まだまっさらな半分を木枠に張りながら、律は再び溜息をつく。

見栄か未練か、どちらかならおそらく未練――

老舗の体面も多少はあろうが、丹秀が離縁を承知せぬのは由里への未練――否、恋情《れんじょう》だろうと律は踏んでいる。丹秀には丹羽野で一度会ったきりだが、由里を想っているからこそ、上絵師が女であったことを喜び、青陽堂を避けたい気持ちがあったのだと、今になって腑に落ちた。

――どうかしたか？――

この数日、気持ちが塞いでいたのが伝わったのか、今朝方涼太に問われたものの、「着物のことでちょっと……」と、律は言葉を濁して誤魔化していた。

筆が乗らぬのは悩みの種の一つであるが、全てではない。

真介と由里の青陽堂とのつながりや、由里がいまだ亡き真介を想い続けていること、丹秀との離縁を望んでいることは、佐和から話を聞いた晩に寝所で涼太に話してあった。丹秀が外で産ませた子供を引き取るのを機に、ということも無論伝えたのだが、「それなら致し方ねぇ」と頷いた涼太が、今になって気にかかる。

もしも私が石女だったら……

涼太はやはり「致し方ない」と、外に女を作って子供を産ませるのだろうかと、つい不安になってしまうのだ。「涼太さんに限って」と打ち消しても、親戚筋——たとえば香と尚介の子供よりも、男としては「我が子」を望むのではなかろうか。

離縁を承知せぬということは、丹秀は外の女よりも由里を愛しているのだろう。とはいえ、それだけでは律の女心は到底晴れない。

また、今一つ律の胸に引っかかっているのは、黒百合の根付であった。

真介が酔って転んで死したとして、物盗りは何ゆえ、巾着ごと盗まずに、根付だけを持ち去ったのか。物盗りの仕業なら、巾着ごと盗んでいかなかったのが、律にはどうにも合点がいかない。

うだうだ考えながら木枠を整えていると、九ツの鐘が鳴る前に保次郎が一人で現れた。

「お律さん、昼時にすまないが……」

遠慮がちに、保次郎は一枚の似面絵を差し出した。

己よりやや若そうな、年頃の女の似面絵だ。

「芹乃《せりの》という名の娘なんだが、永富町《ながとみちょう》で二股していた男と恋敵を刺して、昨夜から行方知れずになっているんだ」

刺された恋敵と同じ長屋に住む者に絵心があったそうで、女を刺して逃げた芹乃の顔をすぐさま描いた。

「この人が……」と、律は似面絵をまじまじと見つめた。

「右の目尻にほくろがあり、唇と耳がやや薄く、千両《せんりょう》の蒔絵《まきえ》の櫛を挿《さ》している……という長屋の者たちの話を聞きながら、出来上がったのがこの似面絵なんだ」

時節柄、各戸は閉じられていたため、芹乃が長屋へ来たところは誰も見ていない。だが女の悲鳴が聞こえて、逃げて行く芹乃を幾人かの住人が目撃していた。

人を刺した後だからだろうが、般若のようなとまではいわぬが、殺気立った憎悪のこもった顔つきだ。櫛の絵が千両だというのがまた不気味さを醸し出している。別名「草珊瑚《くささんご》」とも呼ばれる千両は、赤い実が愛らしく、そのめでたい名前から万両《まんりょう》と共に正月の縁起物とされているからだ。

「できるだけ多くの番所に配りたいから、取り急ぎ二十枚頼むよ」

保次郎が墨を磨る間に、律は青陽堂に戻ると握り飯を一つだけその場でつまんだ。保次郎の分をもらって戻ると、早速筆を取って一枚目を描き始める。

二十枚となると時はかかるが、見本通りに真似るだけだから気は楽だ。

「あの、広瀬さん。お訊ねしたいことが……」

芹乃の似面絵を描きつつ、律は切り出した。

「なんだね？」

「知り合いのご友人が……大分前に深川で亡くなったのですけれど……」

「ふむ」

「少し、気になることがありまして……昔のことを調べるのは難しいでしょうか？」

「昔というのは、どれくらい前のことなんだい？」

「……十五年ほど前のことです」

「殺されたのかね？」

「いえ、その、道端で転んで、打ちどころが悪くて亡くなったそうで……でも本当にそうだったのか、気にかかっているようなんです」

由里のことは他の者には漏らさぬよう佐和に言われている。ゆえに保次郎にも詳しい話は言い難く、律は真介の死に様のみを伝えるにとどめた。

筆を止めて顔を上げると、困り顔の保次郎と目が合った。

「転んで死したとなると町方の出番もなかったろうし、十五年も前のことだと、うん、難しいだろうなぁ」

「そうですか……」

黙々と似面絵を描き続けていると、十枚ほどを描き終えたのち、「そうだ」と保次郎がつぶやいた。

「先ほどの話だがね、お律さん」

「はい」

再び顔を上げた律へ、保次郎はにっこりとした。

「深川には丈太郎《じようたろう》という番人がいる。まだ四十路前だがもう十年余り番人を務めている古株だ。いや、年季だけなら丈太郎より長く務めている者は他にもいるんだがね。この丈太郎という男、悪事のみならず、どこそこで小火《ぼや》があっただの、誰それの子が生まれたのはいつのことだの、こまごましたことを実によく覚えているんだ。十五年前ならまだ番人にはなっていなかった筈だが、丈太郎なら何か覚えているやもしれないよ。訪ねてみるなら、私から名前を聞いたと言うといい」

「あ——ありがとうございます」

「いやいや」

小さく首を振ってから、保次郎は付け足した。

「その代わりといってはなんだが、何か耳よりな話があったら私に教えてくれるかい？」

「もちろんです」

胸を張って応えてから、はたと気付いた。

「あの、私、御用聞きには……」

「うんうん。判っておるとも。御用聞き云々は涼太をからかっているだけさ。ただ、ほら、何かのついでにだね――」

言いかけたところへ涼太の声が聞こえて、保次郎は口をつぐんだ。

「先生、八ツには少し早いですが一服――ああ、広瀬さん、いらしてたんですか？」

「うむ。お律さんに似面絵を頼みにな」

「この女が何を？」

そこら中に乾かしてある似面絵を見て涼太が問うた。

「それがなんと……」

腰を浮かせつつ、保次郎は律も今井宅へと促した。

三

翌日、律は朝のうちに池見屋に鞠巾着を納めに向かい、次の日と合わせて新たな三枚の鞠巾着に身を入れた。

夕刻までに鞠巾着を仕上げてしまうと、青陽堂へ戻る前に一枚、似面絵を描いた。

真介の似面絵である。

由里に渡した似面絵を思い出しながら描いていくと、佐和から伝え聞いた由里や真介の若き日々が目に浮かぶようで、律は一度筆を止めて目元を拭った。

父親の伊三郎の死に様と同じく、律は真介の死に様を疑い始めていた。事故だとしても、真介が深川で会っていた者か、物盗りと争った末に死したのではなかろうか。

そもそも、真介さんはどうして深川へ行ったのか——

翌朝——朝餉を済ませると、律は一度仕事場に寄り、乾かしておいた似面絵を丸めて矢立と共に伊三郎の形見である甲州印伝の巾着に入れた。ついでに外してあったやはり形見の根付を付けたのは、どこかに仏の——父親の——加護を望む気持ちがあるからだろう。

木戸を出る前にちらりと涼太の顔が思い浮かんだのは、昨晩、深川行きを涼太へ告げる前に求められ、結句伝えるのを忘れたからだ。だが、常から気晴らしに、ふいに矢立を持って散歩に出ることが少なくない律である。

これも気晴らしだもの——

冷えてはいるが、雲一つない晴れ空を見上げて、律は神田川へと足を向けた。

川沿いを東へ歩き、浅草御門を抜けて、両国橋を渡る。元町の丹羽野の前を通り過ぎ、一《いち》之橋《のはし》を渡ると今度は大川の東側を川に沿って南へ進む。

道中で少し道を訊ねたが、それでも四ツより大分前に永代寺門前町《えいたいじもんぜんちょう》にある丈太郎がいる番屋に着いた。

「定廻りの広瀬さまから、丈太郎さんは深川の出来事にお詳しいとお聞きしまして……」

真介の似面絵を取り出すと、律が口を開く前に丈太郎が目を丸くした。

「あんたもかい？」

「――と、いいますと？」

「先日、やっぱり同じ似面絵を持って訪ねて来た女がいたんだよ」

はっとして律は問い返した。

「もしや、お由里さんと仰る方ではありませんか？」

「そうそう。お由里さん」

「お由里さんもこの人が亡くなった時のことをお訊きに？」

「うん、その男の姉だと言っていたが……兄弟にしちゃ似てなかったし、大方《おおかた》昔の男じゃないかと俺ぁ思ったね」

番人だけあって、洞察力に長けているようである。

「俺の名を広瀬さまから聞いたってこたぁ、あんたは一体何者なんだい？」

「私は律と申しまして……神田の上絵師ですが、折々に広瀬さまに――町奉行所に頼まれて、似面絵を描く絵師でもあります。この似面絵もお由里さんが持っていらした似面絵も、私が描いたものです」

「へぇ、あんたがねぇ……」

「お疑いでしたら、一枚描きましょうか？」

愛想よく微笑みながら律が矢立を取り出すと、丈太郎は興味津々となって言った。

「じゃあ一丁、その腕前を見してもらおうか」

年明けに嫁にいくという長女の似面絵を丈太郎が顔かたちを話すままに描くと、丈太郎は驚き、喜んだのちに、何やら切なげな顔になる。

「まったく、親の心子知らず、だ。……ははは、すまねぇ。腕試しなんて、あんたを疑うような真似して悪かった。ええと、この男のことだったな」

真介の似面絵を見やって、丈太郎は話し始めた。

亡くなった日の夕刻、真介は一人で少なくとも深川の二軒の居酒屋をはしごしたようだ。

「足元がおぼつかねぇほどじゃなかったそうだが、どちらの店でも半刻ほど飲んだそうだからそれなりに酔っていたんだろう。頭を打って死んだのは間違《まちげ》えねぇ。仙台堀《せんだいぼり》沿いの——南の正覚寺《しょうかくじ》の横手だった。俺ぁ亡骸《なきがら》は見ちゃいねぇんだが、足を滑らせたのか、仰向けに転んだようで、頭の下にあった石に血がついてたって話だった」

丈太郎が「南」と呼んだのは「深川南」で、仙台堀の南側から永代寺の北側の堀川に挟まれた土地のことである。

真介の亡骸は丹羽野の当時の店主、つまり丹秀の父親が確かめ、引き取った。

「あの、それで——」

「根付のことかい？」

由里にも問われたのだろう。丈太郎は先回りして言った。

「お由里さんに訊かれた後、俺もちと気になって居酒屋で訊いてみたんだが、主の一人が根付を覚えていたよ。百合の彫りが入ってたかは覚えちゃいねぇが、巾着には黒い饅頭根付が付いてた、ってな。だが、あん時、南の番人からはなんにも訊かれなかったそうだ。お由里さんが言うにゃ、財布が残っていたから、根付が失くなったことに身内はしばらく気付かなかったらしいな。しかし、なんだ、こうして広瀬さまからもお遣いが来るってこたぁ、その黒百合の根付ってのは、相当な値打ちもんなんだな？」

お遣いではないのだけれど……

だが、あえて言うことはあるまいと、「ええ、まあ」と頷くだけに律はとどめた。

「その……万が一、何か他に判ったことがありましたら、私に——神田相生町の青陽堂まで知らせていただけますか？」

「神田相生町の青陽堂だな？」

「はい。神田川の北の葉茶屋で、私の、その、嫁ぎ先でして」

「へぇ。葉茶屋のおかみが上絵に似面絵まで描いてんのかい。流石、広瀬さまの見込んだお人は多才だねぇ」

「そ、そんなんじゃないんです」

「そう謙遜しなさんな。似面絵、どうもあんがとさん。広瀬さまによろしくな」

にこにこと笑顔の丈太郎に送り出され、律は番屋を後にした。

さて、どうしよう――?

根付が失くなったことにしばらく気付かなかったのであれば、物盗りは物盗りでも行きずりではないのやもしれない。真介の亡骸と巾着が丹羽野に戻った後に、身内か店の者――根付の価値を知る者――が盗ったやもしれぬではないか。

似面絵を描いている間に四ツを聞いたが、九ツにはまだ時がある。

深川まで来ることは滅多にないゆえ、富岡八幡宮や永代寺を詣でようかとも思ったが、代わりに律は深川南の北東の一画にある冬木町《ふゆきちょう》へ向かった。

冬木町には真介がはしごしたという二軒の居酒屋のうち、根付を覚えていた方の、その名は「春木屋《はるきや》」という一軒がある。

広瀬さん、ごめんなさい――

保次郎に内心手を合わせつつ、丈太郎の名に続けて保次郎の名を出すと、二郎という店主は快く律の相手をしてくれた。

「亡骸から酒の匂いがするってんで、番人がやって来てさ。着物や背格好なんかから、うちで飲んでた客みてぇだと亡骸を見に行ったのさ。そんときゃ根付なんざ見てなかったが、この間、女の人に訊かれて思い出したんだ。だから丈太郎さんにもそう伝えたのさ」

「男の人は一人だったんですね？」

「うん。だが、誰かを待っているようだったよ。女の人にも同じように訊かれてね。もしやあの女の人が待ち人だったのかと思ったんだが、違ったみてぇだ。色男というほどじゃあなかったが何やら粋《いき》な男だったから、別の女と待ち合わせてたのかもしれないな。けれども結句誰も現れず――やつは来た時とは打って変わって、がっかりして帰って行ったよ」

「お店にいらした時はどうだったのですか？」

「入って来た時は楽しげだったさ。うちの店、冬木だと寒々しいから反対の『春木』にしたんだがよ。そしたらその男がさ、『いい名だねぇ』ってにこにことして……初めての客だったからどこから来たのかは訊いたけど、ちょうど近所の客が何人か連れ立ってやって来て、そのうちの一人が昼間聞いたばかりだってぇ講談の真似を始めてさ。俺もその人もみんなと一緒に聞き入っちまって」

この時『両国の元町から来た』と聞いていたため、真介の身元はすぐに知れた。

礼を言って春木屋を辞去すると、律は仙台堀沿いを西へ向かった。

真介の亡骸が見つかったという正覚寺の北側は、寺と堀の合間とあって、町の横を通るよりもやや静かであった。だがそれがまた、川沿いかつ武家屋敷の裏で殺された伊三郎の死に様と律には重なる。

丈太郎に教えられた通り、海辺橋《うみべばし》、またの名を正覚寺橋を横目に通り過ぎると、左手の万年町《まんねんちょう》二丁目で律は足を止めた。探すまでもなく、海辺橋からほど近いところにもう一軒の居酒屋「福亭《ふくてい》」の暖簾が見える。

福亭の店主はその名も福蔵《ふくぞう》といい、名にふさわしい福々とした顔をしていた。

「根付は覚えちゃいないが、この男のことなら覚えているよ。なんたって、私らが店を始めて一月も経たない頃の話だからねぇ」

福蔵曰く、真介は福亭では暖簾をくぐって入って来た時から「思い詰めた顔」をしていて、福蔵やおかみのきみが話しかけても乗ってこず、「始終陰気に」飲んでいたという。

「うちは福亭だよ」と、きみも口を挟んだ「お客さんには楽しく飲んで欲しいのに、なんだかこっちまで気が滅入っちまうような辛気臭さでね。それだけじゃないよ。四半刻《しはんとき》もしたら、外で静かに飲みたいなんて言い出してさ」

一つだけ出してあった外の縁台に座って、真介は更に酒を注文した。

「師走で今より寒かったからねぇ。流石に心配になって、こまめに様子を見に行ってたんだけど、いつの間にかいなくなってて……まさか死んじまうとは思わなくてねぇ」

酒の代金は折敷《おしき》にしっかり置いてあったため、福蔵たちが真介を探すことはなかった。

春木屋で待ちぼうけをくらった真介は、福亭で自棄酒《やけざけ》をしたようだ。

でもお由里さんじゃなかったのなら、真介さんは一体誰を待っていたのかしら――？

きみに教えてもらい、真介が座っていたという縁台の傍に立ってみると、半町と離れていない海辺橋がよく見える。

「あの男もそうやって、橋の方をずっと見ていたよ」

「橋の方を……」

ならば真介の待ち人は、仙台堀の北から来る筈だったのかと、律は改めて橋を見やってからおかみに向き直った。

「あの、他に何か覚えていることはありませんか？　なんでもいいんです。何か少しでも気になったことがあれば――」

根付の行方もだが、真介の待ち人が誰だったかも気にかかる。

「うん。こないだの女の人――お由里さんって人にもおんなしことを訊かれてね。そしたら一つ、ほんの些細《ささい》なことなんだけど、うちの人が思い出してさ……」

きみの話を聞くうちにある推し当てが思い浮かび、福亭を後にした律は一路、両国の丹羽野へ向かった。

四

店先を掃いていた者に頼むと、前と同じく、由里はすぐに姿を見せた。

「お律さん、どうしたのですか？」

「ちょっとご相談が――あの、外でお話しできないでしょうか？　旦那さまには内緒にしておきたく……その、似面絵のことで……」

小声から囁き声に変えて言うと、由里はじっと律を見つめてから頷いた。

「回向院までお律さんを案内して参ります。すぐに戻りますから」

店の者に言付けると、由里は足早に律を回向院の方へ促した。

回向院の門をくぐると、境内の人気のない隅の方へ行ってから由里は口を開いた。

「あまり長くは話せません」

頷くと律はずばり切り出した。

「義母からお由里さんと真介さんのことを聞きました。お由里さんが離縁を望んでいらっしゃることも……お話を聞いて、私は尚更失くなった根付のことが気になってしまい――お由里さんと同じように番屋の丈太郎さんを訪ねて、それから春木屋と福亭に行きました。それで、福亭のおきみさんから、ほくろのことも聞きました」

はっとして由里は口元へ手をやった。

きみの――福蔵が思い出した話というのは、指先にあったというほくろのことだ。福亭で飲んでいた真介の右手の人差し指にあったほくろが、亡骸にはなかったというのである。

「おきみさんにも同じところにほくろがあるので、福蔵さんは覚えていたそうですね」

亡骸にないことに気付いたものの、「ほくろじゃなくて、墨でもついていたんだろう」と福蔵は亡骸が先ほどの客だと疑いもしなかった。

「……お由里さんの顔が真っ青になったと、おきみさんからお聞きしました。それで、もしや、つまりその……旦那さまの右手に」

「ええ」

律に皆まで言わせず、由里は応えた。

「お律さんの推し当て通り、丹秀の指にはほくろがあります。右手の、人差し指に」

「では、真介さんの待ち人というのはおそらく」

「丹秀だったのでしょう」

覚悟を決めたように由里は声を低めて言った。

「そして、真介さんはあの日、何年か前に義母が作らせたという、丹秀とお揃いの着物を着ていました……」

もしも丹秀も真介と揃いの着物を着ていたのなら、亡骸を見た福蔵がほくろを勘違いだと思ったのも当然だ。佐和曰く、丹秀と真介は年子で顔かたちや背格好が似ていたという。それなら揃いの着物を着るだけで、福蔵のような他人の目は容易《たやす》く誤魔化せたに違いない。

真介は春木屋で兄の丹秀を待っていたが、丹秀は姿を現さず、それどころか福亭で酔って帰る真介を待ち伏せていたのではなかろうか。やがて戻って来た真介を海辺橋で呼び止めて、わざわざ人気のない正覚寺の方へ連れ戻し――

「まさか、旦那さまは初めから『その気』で……」

「私も、そう疑っております」

苦しげに、眉根を寄せて応えてから、由里は懐から懐紙入れを取り出した。

中から現れたのは折り畳まれた真介の似面絵と――黒百合の根付であった。

「これは――」

「十日ほど前に納戸で見つけたのです。真介さんの昔のご友人が訪ねて来た折に」

その友人は真介が亡くなる少し前に京へ行ったので、真介の死や由里が丹秀に嫁いだことを知らなかった。運良く丹秀が留守にしていたこともあり、由里はしばし友人と昔話に興じたのちに、友人が京に上る前に真介に贈った香炉《こうろ》を返すことにした。

「虫が入り込んでいないかと、納戸で中を検《あらた》めたのです。仕舞った時にも同じように私が検めましたが、根付なぞ入っていませんでした。おそらく丹秀が後で隠したのです」

十六年前、真介の巾着に根付がないことに気付いたのは由里だった。真介の亡骸が丹羽野に戻ってからのことである。由里が対の根付を形見にと望み、探していたことを義父母も店の者も皆知っている。

「ですから、後から見つかったとしてもあんなところに隠す筈がないのです。――丹秀を除いては。丹秀は、私に真介さんを忘れさせようとしていました。義母の望みで真介さんの物は仕舞ってありますが、義母はいまだにそれらを見るのはつらいと言うので、これまで触れたことがありませんでした。私には巾着ともう一つの根付がありましたし……」

その巾着や白百合の根付も、供養として処分してはどうかと丹秀に持ちかけられたことがあったが、由里は手放すくらいなら自害も辞さずと、半ば丹秀を脅して免れたという。

十六年を経て黒百合の根付を見つけた由里は、驚きつつもとっさに懐に隠し、香炉のみを友人に渡した。

「私は実はその前から——こうして似面絵を肌身離さず懐に隠し、深川に出向いていたのです。お律さんのお父さまの話を聞いてまずは質屋と思い、質屋を何軒かあたりました」

丹秀がいい顔をしないため、いつもはそう自由に出歩けぬのだが、養子の話が持ち上がったのが先月の終わり頃だった。よって丹秀は由里のご機嫌取りを兼ねて、「気晴らし」もやむなしと外出を許したそうである。

「そんな折に、ご友人がいらしてこれが見つかったので、何やら天啓《てんけい》のような——いえ、あの人の声にも思えて……」

根付を見つめて由里は声を震わせた。

「根付を見つけたことは隠したまま、これからは真介さんの供養をしていきたいと——養子のこともありますし、いっそ離縁してくださいと申し出ました」

だが由里がどんなに懇願しても、丹秀は首を縦に振らなかった。

丹秀は真介が亡くなる前から由里に横恋慕《よこれんぼ》していたようだ。しかし、弟の許嫁ゆえに己の想いは閉じ込めて、丹羽野の跡取りとして一時は別の女を娶ろうとしていた。

ことの数日前、由里は真介から「いい知らせがある」と告げられていた。

「どうやら、次の春にやっと兄が身を固めるようだ、と言ったのです。久しぶりに兄に酒に誘われた、とも。真介さんはご友人とよくお酒を酌み交わしていましたが、一人で飲みに行くほど酒好きではありませんでした。それに付き合いは浅草や日本橋が主で、深川に出かけることは滅多になかったのです。それなのにどうしてあの日に限って、あの着物を着て一人で深川で飲んでいたのか……今思えば、丹秀に誘われたからでしょう」

離縁を断られた由里は佐和を頼って青陽堂を訪れた。また、そののちも深川に通い、今度は番屋をあたって、春木屋や福亭を訪れ——律と同じ推し当てに至ったという。

「お律さんが来てくださって助かりました。先日、青陽堂へ伺った折に、お佐和さんにこれを預けてくればよかったと悔いていたところだったのです。そうした方がいいとは思ったものの、この根付を見せれば自ずと丹秀への疑いを話すことになります。まだそこまでの覚悟ができておらず、またせっかく見つけた根付を手放すのにどうも迷いが……でも、この数日また丹秀の目が厳しくなりまして、なかなか外出が叶わず困っていました。ですからお律さん、この根付と似面絵はその日がくるまで、お律さんが預かっておいてくれませんか？」

「その日というと……丹秀さんから離縁状をもらうまでですか？」

根付と似面絵を受け取りながら律が問うと、由里は一瞬躊躇い——微苦笑と共に応えた。

「駆け込む日まで、です」

律が小さく息を呑むと、由里は更に微笑んだ。

「そろそろ戻らねばなりません。あまり店を空けていると、丹秀に余計な肚を探られてしまいます。駆け込みのことはお佐和さんにお聞きください。お佐和さんの助けを借りることになっておりますので」

「義母に……」

「近々、段取りを確かめに青陽堂にお伺いします。詳しい話はその時に。——このことはどうか他言無用にお願いします」

それだけ言って頭を下げると、由里は律を置いて、来た時と同じように足早に丹羽野へ帰って行った。

五

一旦、仕事場に戻ると、律は託された黒百合の根付と似面絵を巾着から取り出した。

何度も眺めたのか、書き方用の紙に描かれた似面絵は折り目が擦《す》り切れ始めている。

今になって、「他言無用」と由里に言われた「このこと」というのが「駆け込み」か「盗み」か「殺し」か、はたまたそれら全てのことかと律は悩んだ。

丹秀が真介を殺したと決めつけるにはまだ早いが、少なくとも黒百合の根付を盗ったことは間違いないようだ。

しばらく迷って、律は八ツが鳴る少し前——涼太が現れる前に青陽堂へ戻った。

勝手口から入ると、ちょうど客用の茶碗を取り替えに来た六太が台所の前にいて、佐和へ言伝を頼むことにする。

台所の前で所在なく待っていると、ほどなくして佐和がやって来た。

「二階で話しましょう」

佐和の後をついて階段を上り、先日と同じくかつての香の部屋へ行く。

部屋に入ると、佐和に促される前に律は口を開いた。

「先ほど、両国へ行ったついでに丹羽野に寄りまして、お由里さんから、その、駆け込みのことをお聞きしました」

盗みや殺しの件はさておき、少なくとも駆け込みは佐和には隠さずともよい。むしろ涼太にも話せぬことならば、佐和からは今のうちに話を聞いておくべきだと判じたのだ。

「お義母さまの助けを借りる手筈になっているので、詳しくはお義母さまにお伺いするようにと……」

「そうですか」

短く応えて、佐和は池見屋に類を訪ねたことを話した。

「丹秀さんは師走の半ばから年越しにかけて、付き合いで店を留守にすることが増えるそうなので、駆け込みはその頃を考えています。日取りがしかと決まったら、お類さんが品川宿の茶屋に案内の者を手配りしてくださることになっています」

佐和が類に助力を求めたことには驚きを隠せなかったが、その理由は腑に落ちた。佐和は以前、絵師の忠次《ちゅうじ》の駆け落ち談を涼太から聞いていたというのである。

お義母さまとお類さんが味方なら、鬼に金棒だわ――

そう安堵してから、ふと、佐和と類、どちらも鬼に扮《ふん》した姿が思い浮かんで律は慌てて目を落とした。

「どうかしましたか？」

「いえ……」

「着物のことなら心配無用です。あなたが描く着物と、あの巾着と根付――それだけを持って駆け込むそうですから。金子も用意しておくつもりですが、上絵入りの着物なら、もしもの際にもいい質草になるでしょうし」

質草――

そう言われては虚《むな》しいが、もしもの際は致し方ない。

「ええ……そうならないよう祈っておりますが」

律が言うと、佐和も心持ち目元を和らげて応えた。

「私もそうならぬよう祈っております」

仕立て直して白無垢が新しく生まれ変わるように、由里もまた、駆け込むことでこれまでの暮らしを仕切り直すのだろう。

「お由里さんの門出の餞《はなむけ》となるよう、心して描きます」

気を引き締めつつ律が言うと、「よい心がけです」と、佐和は更に口元もやや和らげた。

「この数日、丹秀さんの目が厳しいとお由里さんは仰っていました。うまく隠し通すために私にも何かできることがありますでしょうか？」

「今は何も。ですが日取りが決まったら――『その日』もしもお由里さんが丹羽野で足止めされるようなら、あなたにお由里さんを丹羽野から連れ出してもらおうと思っています」

「判りました」

力強く頷いてから、律はおずおずと問うてみた。

「丹秀さんは、その、お由里さんをずっと好いていらしたようですね。おそらく、真介さんが亡くなる前から……」

「そのようです。真介さんがお亡くなりになってから、間をおかずにお由里さんに求婚されたそうですから」

とはいえ、「盗み」であれ「殺し」であれ、佐和は丹秀を疑ってはいないようだ。

もしくは私が何も知らないと思って、黙っていらっしゃるのかしら……？

が、判ぜられぬ以上、律は沈黙を貫く他ない。

口をつぐんだ律を見て、佐和が再び口を開いた。

「……お由里さんは初めはお断りしたのですが、二つの事情により、やむなく丹羽野に嫁いだそうです。一つはあの頃、お由里さんは既に母一人子一人で、お母さまはお由里さんのお嫁入りを強く望んでおられました。女手のみで生きていくのは大変だからと、お由里さんを諭されたとのことです」

由里の母親は、息子と夫亡き後の無理がたたったのか、真介が亡くなる前から少しずつ身体を悪くしていたようだ。真介は由里の許嫁として食べ物やら薬やらをよく差し入れていたらしく、丹秀はそれに小遣いを上乗せする形で、母親に由里の説得を頼んだようである。

「お母さまに少しでも楽をさせてあげたいと思ったのでしょうね。ですが、そのお母さまもおととし病で身罷《みまか》られました。そのこともあって、丹羽野にしがみついている理由がなくなったとお由里さんは言っていました」

なるほど、母親のためなら判らなくもない――と、律は内心頷いた。

「……もう一つには、お由里さんの懐妊が判ったからだそうです」

「えっ？」

思わず声を漏らした律へ、佐和は静かに話を続けた。

「真介さんが亡くなってから一月ほど後のことで……お由里さんは悩んだ末に、丹羽野へ嫁ぐ決心をしたのです」

六

翌日、律はじっくりと残っていた着物の下描きを終えた。

一晩おいて次の日の朝、基二郎に下染めを頼むべく、律は岩本町の井口屋を訪れた。

「青鈍色でお願いします」

地色を変えようと、昨日のうちに決めていた。

代金を払うのは丹秀だが、着物は由里の物となる。

それなら百合の意匠だけじゃなく、あの巾着そのものに合う着物にしたい……

また、離縁が成立した暁には、真介の供養をしながら静かに暮らしたいと望んでいる由里である。駆け込み寺に持参するにも、蘇芳色より青鈍色がふさわしいのは明らかだ。

「青鈍というと、このような？」

いくつかの青から灰色の糸の見本から、基二郎が一つを指差した。

「もう少しだけ青みのある……こちらの色の方が近いように思います」

「これとこれの間で、こちらに近い色ですね。一色でよいのですね？」

「ええ。それでこちらが、白無垢をほどいたものでして――」

下描きを入れた布を取り出すと、基二郎が軽く目を見張る。

「白無垢を？　まさかお律さんの着物じゃありませんよね？」

「まさか」

からかい口調で問うた基二郎に、律もわざと呆れた声で応えた。

嫁入り先にどうかと、長屋の佐久の勧めで知った基二郎だ。

律には涼太という想い人が、基二郎にも一度は妻にと望んだ紫野《しの》という娘への未練があったがゆえに、「その気」のない二人の縁談は律から断りを入れる形で立ち消えた。縁談はありがた迷惑でしかなかったものの、京で修業するほど染物に入れ込み、糸に、布に、その才を惜しみなく発揮している基二郎に出会えたことは幸運だった。

「少々訳ありの着物でして」

「そのようですね。白無垢の染め直しはないこたありやせんが、思いつきではなかなかやらねぇことです。何かの節目ってことが多いですが……まあ、余計なことは訊きませんよ。どんな訳があろうが、お律さんと池見屋からの仕事なら間違いねぇですから」

「私と一回りは歳が離れているのですが、まさに百合の花のごとくおしとやかで、とても一途で……芯の強いお方なのです」

由里を思い浮かべながら律が言うと、基二郎は下描きを見やってから微笑んだ。

「そんなお人の着物なら、尚更やる気が出やす。いい仕事を回してくだすってありがとうございます」

「いえ、基二郎さんの腕前は、雪永さんもお類さんも高く買っていらっしゃいますから。お引き受けくだすってありがとうございます」

互いに頭を下げ合って、律は井口屋を後にした。

――師走の六日までには――

七日ほど下染めに充ててもらうつもりで律はそう頼んだが、基二郎が長屋を訪ねて来たのは、五日後の昼下がりだった。

「もう済ませてくだすったんですか?」

「なんだか気になっちまいやしてね。後の楽しみってぇのが、俺はどうも苦手でして。他に急ぎの仕事もないし、それに――お律さんも早く描きたいんじゃねぇかと思いやして」

まさしくその通りであったから、律は喜んで基二郎の厚意に感謝した。

駆け込みの日取りはまだはっきり決まっていないが、「師走の半ばから年越しにかけて」と佐和は言っていた。もしもの時に備えて半ばまでに仕立てておくには、律は十日辺りまでに池見屋に納めなくては間に合わない。

むらなく下染めされた布の中から、まずは左袖を木枠に張った。

駆け込みの段取りを確かめに、近々青陽堂を訪ねると由里は言っていたが、七日前に回向院で別れたきりとなっている。

基二郎が残した下描きの百合を見つめると、佐和から聞いた「事情」が思い出される。

お由里さんは真介さんとの赤子を守るために――

由里は「嫁いですぐ」身ごもったのではなく、嫁ぐ前に懐妊していた。さすれば母親が丹羽野へ嫁ぐよう由里を諭したのも、暮らしの糧や小遣いのためではなく、由里の懐妊に薄々気付いていたからではなかろうか。

けれども、赤子は結句流れてしまった……

その後、由里が赤子を授かることはなかったが、それもやはり今となっては――由里にとっては天の配剤《はいざい》なのやもしれない。

筆を手にすると、律は百合の花の、まずは真ん中の雌《め》しべ、次に雄《お》しべとゆっくり一つずつ描いていった。

速さに重きをおく者や、幾人かで――たとえば律が以前修業を兼ねて下働きに通った、上絵師・一景《いっけい》とその弟子のように――描く者たちなら、雌しべなら雌しべだけ、雄しべなら雄しべだけと、同じ色を使う箇所を絞って描いていくが、伊三郎も律もそういったやり方は極力避けてきた。色や形を揃える意匠や鞠巾着の鞠ならともかく、律が得意とする花や鳥はそれぞれが「生きている」。ゆえに、手間はかかるが花なら一輪ずつ、鳥なら一羽ずつ、一つ一つ仕上げていくことを律は――伊三郎も――好んだ。

二つと同じものはない――

それは人も同様で、たとえ双子でも命は別だ。

――いくら歳が近くて、顔かたちや背格好が似ていても、丹秀さんは真介さんとは違う。丹秀さんでなくとも、誰も真介さんの代わりにはなれない。

どんな人も、涼太さんの代わりにはならないように――

一輪ずつ百合を描きながら、律は若き日の由里と真介を思い浮かべた。

由里は十八歳で、一つ年下の真介に連れられて青陽堂を訪れた。二人が既に「許嫁」であったのなら、百合の根付もその前にやり取りされていたことだろう。

由里から預かった黒百合の根付と真介の似面絵は、涼太の目に触れぬよう、仕事場の簞笥の奥に隠してある。簞笥をちらりと見やると、対の根付に込められた二人の想いが律の胸を締め付ける。

黒い百合は恋の花――

蝦夷の逸話になぞらえて作らせた黒百合の根付をまずは真介が、それから由里が、それぞれ相手の傍に忍ばせ、互いに恋の成就を願った。

白い百合は、真介さんが愛した――真介さんに愛されたお百合さん……

白い百合を一輪描くごとに、律の思い浮かべる二人は少しずつ歳を取っていく。

丹秀の祝言を待って、ささやかな祝言を挙げる真介と由里。

新しく開いた小道具屋では、目利きの真介が買い付けや売り込みに行く間、しっかり者の由里が店を守り……

どちらも人好きのする者ゆえに、店は町の者や粋人たちに愛され、繁盛したことだろう。

炊事《すいじ》は由里が担うも、茶を淹れるのは真介だ。時には夫婦揃って青陽堂を訪れて、清次郎と佐和と、茶のひとときを楽しんだだろう。

やがて子宝にも恵まれて――

筆を置いて、律は手ぬぐいで目頭をしばし押さえた。

十五年前、由里は一体、どんな気持ちで白無垢に袖を通したというのだろう。

どんな気持ちで、十五年も丹秀の妻を、丹羽野の女将を務めてきたのだろう。

そして今、丹秀が真介を――己の愛した男を――殺したやもしれぬと知って、どんな気持ちで丹羽野で時を過ごしているのか――

由里の心情を思い、胸が張り裂けそうになる都度、律は茶を淹れ、ゆっくり含むことで己を鎮めた。

駆け込みに持たせる着物なれば、悲しみや苦しみが滲む絵は描きたくない。

真介の形見の巾着や根付のごとく、着物にもこれからの由里の励みとなって欲しかった。

――穏やかで、仲睦まじいお二人に私と夫がどれだけ慰められ、励まされたことか――

佐和の言葉を思い出しながら、律は二人に訪れた不幸を頭から追いやり、筆を進めた。

左袖は夕刻までに半分済ませて、残りは翌日、池見屋から帰った後に描き上げた。

翌日からは間に鞠巾着を挟みつつ、右袖、左身頃、右身頃と、無理のないよう、時をかけて描いていった。

花を描く時は市中で笑い合い、語り合う二人の姿が思い浮かんだが、茎や葉を描く時は野をゆく二人に取って代わった。

白い百合がぽつりぽつりと咲き揺れる夏の青い野を、真介は由里の手を引いて、由里は真介に手を引かれて歩いてゆく。

さんさんと降り注ぐ陽射しの下、二人はゆったりとした足取りで、時折互いを見つめ合っては笑みを交わす。

どこかに、黒い百合が咲いてやしないかと囁きながら——

七

下染めを受け取った翌日から、丸五日にわたって上絵を描き、五日目の夕刻から夜にかけて最後の蒸しを施した。

次の朝は四ツ過ぎに池見屋へ赴き、座敷で鞠巾着と共に着物を類の前で広げて見せる。

青鈍色に染められた着物を見て、流石の類も驚いたようだ。

「……丹秀さんは、華やかで女らしい、紅梅色か今様色はどうかと言ってた筈だがねぇ？」

「ええ。でもそういった色はもう似合う歳ではないからとお由里さんが仰ったので、代わりに薄紅色か蘇芳色はどうかとお勧めしたんです」

「だが、こいつはどう見ても薄紅色にも蘇芳色にも見えないがねぇ？」

「ですが——お由里さんはきっと気に入ってくださると思います」

律にしてはきっぱり言うと、類はくすりとして言った。

「うん。お由里さんならきっと気に入ってくださるだろう。けれども、丹秀さんはどうだろう？　お前が勝手に注文を違《たが》えた着物に、お代を払ってくれるかねぇ？」

「それは……」

たとえ由里が気に入っても、巾着に合わせた着物を丹秀は快く思わぬだろう。また、このような着物を目にすれば、余計な疑念を抱かせてしまうやもしれない。

にやにやする類を前に律は束の間目を落としたが、ひとときと待たずに顔を上げた。

すっくと立ち上がると襖戸を開けて、廊下に人気がないのを——千恵がいないのを——確かめてから、再び類の前に座る。

「義母から駆け込みのお話を聞きました」

「ほう」

「着物が仕立て上がっても、丹秀さんの目には触れないようにしていただけませんか？」

「そりゃあ、できないこたないが」

「お由里さんが逃げれば、丹秀さんはおそらくうちの手助けを疑うでしょう。けれども、まさかお類さん——池見屋さんまでかかわっているとは思わぬ筈です。ですから、丹秀さんにはことが終わった後——年の瀬にでも素知らぬ顔で、掛け取りとして代金をお願いするというのはいかがでしょう？」

「素知らぬ顔ねぇ……」

「お、お類さんならお手の物ではありませんか。それにもしも——」

「もしも？」

「もしもの時は、私が代金をお支払いいたします」

反物代はかかっていないが、ほどいた手間と洗濯代、基二郎への下染め代に仕立屋への仕立て代——一体いくらになるだろうと慌てて胸算していると、類が笑い出した。

「あはははは。また持ち出しかい？　そんなんじゃあ、いつまで経っても商売になりゃしないよ、お律」

「あ、あれは私がしくじったから——此度は違います。お由里さんは義母の——うちの大事な恩人なんです」

「ふふ、ふ、『うちの』なんて、お前もようやく嫁が板についてきたか」

「もう、からかうのはよしてください」

池見屋を辞去すると、律は久方ぶりに妻恋町《つまごいちょう》の茶屋・こい屋に寄り道した。

――こい屋のお茶を一杯、黙って念じながら飲み干すと、想いが通じる――

誰が言い出したのか、そんなまじないめいた噂がこい屋にはある。

縁台には相変わらず女たちが鈴なりになっているが、皆、黙って茶を飲み干すため長居する者はそういない。土産用にこい屋で出している柚子《ゆず》風味の茶饅頭を包んでもらう間、空いたところへ座って律も黙って茶を飲んだ。

駆け込みがうまくいきますように――

片想いとは違えど「想いが通じる」のであれば、離縁をもって由里の長年の想いが――亡き真介への恋が成就するよう律は祈った。

相生町へ戻るとちょうど九ツが聞こえてきて、律は仕事場へ戻る前に昼餉をもらっていくことにした。

台所へ顔を出すと、せいに「少々お待ちを」と引き止められる。

「女将さんから、お律さんが来たら教えてくれと言われていますので」

おそらく由里のことだろうと、台所の前で所在なく待っていると、昼餉を取りに来た涼太が問うた。

「どうした、お律？」

「あの、ちょっと、お義母さまと」

「母さまと？」

「お前は呼んでいませんよ」

涼太の後ろからやって来た佐和が言って、涼太は佐和と律を交互に見やる。

「お律が何か……？」

「お前はさっさと昼餉を済ませて店へ戻りなさい」

にべもなく涼太に言い放つと、佐和は律を二階へ促した。

佐和が入った後から律が襖戸を閉じると、律が腰をおろすや否や、佐和は口を開いた。

「朝のうちにお由里さんを訪ねて来ました」

師走《しわす》も十日目だというのに由里が一向に現れないので、佐和も案じていたようだ。

「怪しまれては元も子もありませんからね。あなたを口実にさせてもらいました」

――先日どうやらうちの嫁がお世話になったようで……ついては少しお律のことで、女同士、お由里さんにご相談させていただきたいことがあります――

そんな風に丹秀に持ちかけて、しばしだが由里を回向院に連れ出すことが叶ったという。

「駆け込みは二十四日となりました。池見屋にも先ほど、六太に文を持たせて知らせたところです。その日、丹秀さんは得意客と一緒に上野の茶会に行くそうです。昼過ぎには丹羽野を出るようなのですが……お由里さんは、あなたに新しい似面絵を頼んだそうですね」

「は……はい」

預かっただけで新しい似面絵は頼まれていないが、どうやら由里はやはり黒百合の根付のことは——丹秀が真介を殺したやもしれぬことは——佐和には黙ったままのようである。

「では、お律は似面絵を持って八ツ前に丹羽野を訪ねなさい。丹羽野の近くの駕籠屋に前もってうちの名で駕籠を頼んでおきましたから、お由里さんと一緒に駕籠屋へ行くように。お由里さんが駕籠に乗るまでしっかり見届けるのですよ」

「はい」

応えてから、律は付け足した。

「それならちょうどようございました。着物もおそらく、私がお預かりすることになりそうなので……」

「着物も？」

「ええ、少し、いえ大分注文を違えてしまいまして……その、お由里さんのためにですが」

由里が着物を持ち出すと知って、勝手に地色をまったく違う色に変えたことや、着物の代金についての類の懸念と己の案を話すと、佐和はじっと聞き入ったのち、静かに応えた。

「そうまでしてあなたが……上絵師のお律が決めた色なら、お由里さんはきっと気に入ってくださるでしょう。お百合さんにお渡しする前に、私にも一度見せてください」

「はい。お義母さまにも是非見ていただきとうございます」

由里と真介のために描いた着物である。二人を知る佐和に披露するのに否やはない。

また此度は無論しくじりもなく、下染めを早めに済ませてくれた基二郎のおかげで、思ったよりも時をかけ、根付に合わせた百合の花をじっくり描くことができた。

お由里さんのために――

「……楽しみにしています」

「はい」

頷いてから、ふと一つ、律は思いついた。

佐和と共に階下へ下りると、律は昼餉をよそに再び池見屋へと向かう。

一刻と経たずに戻って来た律に、類はのんびりとして言った。

「例の話なら、ついさっき、そちらさんから文を受け取ったよ」

「着物のお話です」

律の返答に類は怪訝な顔をしたが、理由を話すと温かく、そして愉しげな笑みを浮かべて征四郎を呼びつけた。

「丹羽野の着物を持って来ておくれ」

征四郎に頼んでから、類は律に向き直る。

「これから年越しまではどこも大忙しだ。仕立屋にも都合があるから、そう長くは待てないよ。せいぜい、二日か三日――」

「二日あれば充分です」

四半刻と経たずに池見屋を後にすると、律は一路、来た道を折り返した。

八

仕立て上がった着物を受け取ったのは、十日後の二十日だった。

一度広げて仕上がりを律に見せると、類は慣れた手つきで風呂敷に包んだ。

「着ているところを見られないのは残念だけど、お由里さんは喜んでくださるだろう。こいつはうちからの餞《はなむけ》だ。お由里さんに差し上げとくれ。なんだかんだ、金は持っといた方がいいからね」

佐和がどこまで語ったのか知らないが、駆け込みの手配りのみならず、由里に肩入れしている様子の類が心強い。

由里への金子と共に、類は手間賃を差し出した。

「描き足した分、色をつけておいたよ」

「でも、もしも丹秀さんが支払いを渋るようなら……」

「お前が案ずるこたないよ。代金はしっかり丹羽野からいただくさ。ふふ、それくらい私にはお手の物だからね……お佐和さんにもそう伝えとくれ」

「はあ……」

律から鞠巾着を受け取ると、類は襖戸を開けて千恵を呼んだ。

待ってましたとばかりに千恵の返事が聞こえて、杵と一緒に茶を運んで来る。

「もう、お姉さんもお律さんも、このところずっと私を仲間はずれにして……」

むくれながら、千恵は茶托を律の前に置いた。

五日前も鞠巾着を納めに来た律だったが、駆け込みの段取りを確かめて、千恵とは顔を合わせずに帰っていた。

「大事な仕事の話があったんでね」

「嘘。それだけじゃないでしょう、ねぇ、お律さん？」

「大事な……着物の注文だったんです」

「百合のお着物なんでしょう？　でもそれも、お姉さんたら意地悪して私には見せてくれないのよ」

着物を見せるだけなら構わないのだが、注文主や意匠の謂れを根掘り葉掘り問われるのは避けたいところだ。

「お前はまだ、どんな『うっかり』があるか判らないからねぇ。この着物のことはしばらく隠しておきたいんだ。だから誰にも言うんじゃないよ」

「ひどいわ。お姉さんたら」

頰を膨らませた千恵に、苦笑しながら類は言った。

「おまじないだよ」

「おまじない？」

「ああ。この着物には、お前が好きそうな恋のおまじないが仕込まれてんのさ。だからできるだけ人の目にさらさないよう、私もお律も苦心してるんだ」

「嘘……」

つぶやいて千恵はじとりと疑いの目を類に向けたが、類が大真面目に頷くのを見て不満げながらも肩をすくめた。

「おまじないなら仕方ないわ。……でも、初めてじゃないかしら？　お姉さんの口から『恋のおまじない』なんて言葉を聞くのは」

千恵が言うのへ、杵は顎に手をやって微笑んだ。

「私はざっと、三十年ぶりくらいでしょうか」

「あら、お杵さん。それは聞き捨てならないわ」

そういえば、類の浮いた話はこれまで一切聞いたことがないと、律も千恵と同じく身を乗り出した。

「そりゃ私だって、赤子から一足飛びに女将になったってんじゃないんだ。けど、そんなこんなも、今となっては遠い遠い昔の話さ。ねぇ、お杵さん？」

澄ました顔で類が言うと、杵は思わせぶりな笑みを浮かべた。

「ええ、あんなこと……ありましたねぇ。私には昨日のことのようですが」

「まあ、お姉さんに？」

ますます目を輝かせた千恵をちらりと見やって、類も思わせぶりな笑みを杵に向けた。

「それをいうならお杵さんだって、若き日はあれやこれやと――いや、近頃も何やら耳にしましたよ。ええと確か坂下町《さかしたちょう》の――」

「と、とんでもない」

杵が慌てて打ち消すと、類は続けてにんまりとする。

「ふふ、お互いお千恵の野暮に付き合うこたありません。人の恋路なんて言わぬが花だ」

「そうそう、言わぬが花ですよ」

類に倣って杵も急にしたり顔になって言うものだから、律は思わず噴き出した。

「もう！　お律さんまで。どうせ私は知りたがりの野暮天《やぼてん》ですようだ」

千恵は再び頰を膨らませたが、少しずつでも記憶や明るさを取り戻しているようなのが律には嬉しい。

着物を抱いて青陽堂へ戻ると、律は再び佐和と二階へ上がり、風呂敷包みを解いた。

「お由里さんと……真介さんのために描きました」

衣桁《いこう》はないが右袖と右身頃をくまなく広げて見せると、佐和の瞳が微かに潤んだ。

「……よい出来ですこと」

「ありがとうございます」

短く、素っ気なくとも、称賛の言葉に違いなかった。

「あと四日となりましたね」

「ええ」

両国から東慶寺まで十三里弱。昼からの出立《しゅったつ》では、男の足でも到底その日のうちにはたどり着けぬ。由里はまず両国から駕籠に乗って品川宿へ行き、山査子屋《さんざしや》という茶屋で類が手配りした「一蓮《いちれん》」という案内の者と落ち合い、駕籠を乗り換えて川崎宿へ。川崎宿に一泊したのち、新たな駕籠で東慶寺に向かう手筈となっている。

着物を包み直して佐和と二階から下りると、律は勝手口から長屋へ戻った。

今井宅に寄って、書き方用ではない紙を譲ってもらえぬか頼んでみると、今井は快く文箱《ふばこ》を開いた。

「これでどうだい？」

そう言って今井が差し出したのは丸められた奉書紙《ほうしょがみ》だ。

その名の通り奉書によく使われる公用紙で、楮《こうぞ》の樹皮繊維《じゅひせんい》を漉《す》いて作る楮紙の中でも高級品である。斐紙《ひし》や麻紙に比べて雅《みやび》やかさには欠けるものの、丈夫なところが買われて奉書の他にも公文書、経典《きょうてん》、書籍などに重宝されている。

「助かります。ええと、これはその……」

律にとっては親にも等しい今井だが、由里や真介のことは明かし難い。

言葉を濁した律へ、今井はにっこりとした。

「いいから、持っておゆき。どうせ貰い物だ」

「でも――」

「じゃあまたそのうち、こい屋の茶饅頭でも差し入れとくれ」

「お安い御用です」

今井の心遣いに礼を告げてから、律は仕事場の文机で奉書紙を広げた。

墨を磨り、簞笥に隠しておいた真介の似面絵を取り出して奉書紙の上に新たに描き直す。

あと四日……

丸めた似面絵と、着物に根付、類からの金子をひとまとめに包んで再び簞笥に仕舞い込み、律は「その日」に備えたが――由里は一日早く、二十三日の昼下がりに青陽堂に現れた。

九

律が蒸しを施した鞠巾着を並べていると、「お律！」と佐和の声がした。

慌てて草履を履いて外へ出ると、佐和と巾着を胸に抱いた由里の姿が見える。

「お律、着物と似面絵を。花房町《はなぶさちょう》の駕籠屋を知っていますね？　すぐにそこへ行ってお由里さんを駕籠に乗せるのです。花房町が駄目なら川向うの須田町《すだちょう》にも駕籠屋があります」

緊張した佐和の声に、長屋の者が幾人か戸口を開いて顔を覗かせる。

返事もそこそこに律は仕事場へ引っ込み、前掛けを外して帯のみを手早く替えた。箪笥から由里のための風呂敷包みと、明日に備えておいた己の——伊三郎の形見の巾着を取り出すと、佐和が財布を二つ、律と由里にそれぞれ差し出した。

「これを持って行きなさい。駕籠代です。お由里さんにはこちらを——一蓮さんへお渡しする分と、少しですが私どもの気持ちを入れておきました」

「お佐和さん、このお礼は必ず——」

「礼には及びません。ですが、いつか必ず顔を見せに来てください。その折にはまたゆっくりと、昔話をいたしましょう」

潤んだ目で頷く由里を、「さ、早く」と佐和は促した。

青陽堂とは反対側の木戸から由里を連れ出すと、律は御成街道沿いの花房町へと急いだ。

「丹秀が根付に気付いたのです」

回向院で律と由里は丹秀への疑いを深めたが、丹秀の方も由里が何やら気付いたのではないかと不安になったようだ。何かと女将の仕事を増やしたり、両親や義叔母をだしにしたりして由里が一人で出かけられぬようにし始めた。

「奉公人にも丹秀の味方が多いので、文を送ることもできず……そうこうするうちにお佐和さんが訪ねていらしたので、丹秀から肚を割って話そうと言われました」

とはいえ、駆け込みを企てているとはとても言えぬ。ゆえに、再び養子を理由に離縁を願い出たところ、丹秀は激高《げっこう》し、家人や番頭を巻き込んでの大騒ぎとなった。

「あんな風に丹秀が声を荒らげたのは初めてで、ほどなくして向こうから謝ってきたのですが、離縁だけは思いとどまってくれと懇願されました」

由里への「見張り」を厳しくする中、丹秀は納戸から香炉がなくなっていることに気付いたらしい。家や店の者に聞いて回り、真介の友人が訪ねて来たことや、由里が納戸に入ったことなどを探り当てた。

「隠し通せそうになかったので、香炉を返したことを白状しました。中までは見なかったことにして……」

だが丹秀は昨日、香炉を持ち帰った真介の友人をわざわざ訪ねて、由里が黒百合の根付を取り返したと判じたようだ。無論、由里はとぼけたのだが、証拠を得ようとしたのか、腹心ともいえる奉公人を何人か使って納戸を含め家や店を隅々まで探したらしい。

「お律さんに預けておいてよかったわ」

由里は微苦笑を浮かべたが、すぐにまた眉をひそめた。

「お昼に丹秀がお医者先生を連れて来て、私に気鬱の疑いがあると言うのです。義父も義母も叔母まで一緒になって……」

しばらく休めと言われたものの、のちに丹秀が「何かあっては困るから」と、家人や奉公人に「目を離さぬよう」頼んでいるのを聞いてしまった。このままでは幽閉《ゆうへい》されると恐怖を覚え、由里は寝所へ一旦引き取り巾着を懐へ入れると、厠へ行くふりをして逃げ出した。

「勝手口を出る時に仲居に呼び止められましたが、返事もせずに出て来ました。お律さんとお佐和さんのことがありますから、丹秀はきっと青陽堂を訪ねて来るでしょう」

ほどなくして花房町の駕籠屋に着くも、あいにく駕籠は出払っていた。

「もう四半刻もすりゃあ戻ると思うが……」

由里が逃げたと知ったら、丹秀はまずは近所を、駕籠屋を含めてあたるだろう。

次に青陽堂、青陽堂にいないならうちの近くの駕籠屋……

川北でまごまごしていてはならぬと、律は由里を促した。

「では、須田町の方へ参りましょう」

御成街道に続くことから「御成門《おなりもん》」とも呼ばれる筋違御門《すじかいごもん》を抜けて川南に出たものの、須田町の駕籠屋を律は知らない。通りすがりの表店《おもてだな》で訊ねて駕籠屋へ急ぐも、運悪くここでも駕籠は出払っている。

やはり四半刻も待てば戻るというのだが、待つか否か律が迷う間もなく、由里が来た道を見やって律の袖を引いた。

「丹秀が」

それだけで察して、律は由里と慌てて駕籠屋を離れた。通りを少しだけ南へ歩き、駕籠屋の者がこちらを見ていないのを確かめてから、人混みに紛れるようにして東へ折れる。

青陽堂へ来るのに由里は目立つ神田川沿いは避けてきたそうだが、男の丹秀の方が足が速い。律たちが長屋を出た頃には、既に青陽堂を訪れていたやもしれないと思うと、丹秀の勘と執念に律は思わず身を震わせた。

半町ほど先の通りは南へ折れたが、すぐに思い直してもう一本東の道を行くべく次の角を再び東へ曲がる。

裏をかいて花房町へ戻ることもちらりと頭をかすめたものの、駕籠が戻っているかどうか、品川宿まで行ってもらえるかは定かではない。

「とにかく、今はこのまま先を急ぎましょう」

どのみち品川宿へ、それから東慶寺にゆかねばことは収まらない――

そう判じて律たちは背後や丹秀が行くであろう西側の大通りへ気を配りつつ、また駕籠屋や空き駕籠を探しつつ、平永町《ひらながちょう》から俗にいう紺屋町《こんやちょう》を抜けて一路南を目指すことにした。

十

佐和が由里を慌ただしく店の奥へいざなってまもなく、表へ出ていた新助が男を一人連れて暖簾をくぐって来た。

男は三十代半ばで、小綺麗な利休鼠色《りきゅうねずいろ》の着物に揃いの羽織と、整った身なりをしている。

「若旦那、こちらは丹羽野の旦那さまで……」

「丹秀と申します」

この男が丹秀——由里が離縁したがっている男——かと合点しながら、涼太はゆっくりと微笑んで頭を下げた。

「涼太と申します」

「家内を呼んでもらえませんか？　火急《かきゅう》の用があるのです」

「奥さまというと……？」

今少し事情を探るべくとぼけると、丹秀はもどかしげに新助を顎でしゃくった。

「お由里です。つい先ほどここへ来たと、この者が」

丹秀に睨まれて新助の顔がやや青ざめた。新助は以前訪れた由里を覚えていたようで、先ほど嬉しげに由里を案内すべく佐和を呼びに行っていた。新助に悪気は微塵《みじん》もなかったろうが、「丹羽野」の名を聞いて由里の訪問を既に表で丹秀に漏らしてしまったようである。

となれば隠し立てのしようがないと、涼太は茶汲みを他の者に任せて立ち上がった。

「少々お待ちくださいませ」

店の奥に引っ込むと、座敷を窺う前に廊下で佐和と鉢合わせた。

丹秀の来訪を告げると、佐和の顔がみるみる険しくなる。

「お由里さんはもう品川へ向かいました」

「品川へ？」

涼太が問うと、佐和は更に眉をひそめて問い返した。

「お律から聞いていないのですか？」

「お由里さんは離縁を望んでいるとしか……」

「どうしたんだい？」

声を聞きつけたのか、清次郎も顔を出した。

「丹秀さんが来ているんです」

「お由里さんの勘が当たったな。それにしても素早いな」

「うまく追い返しますから、念のため涼太と後をつけてください」

「どうして私まで？」

「この子は何も知らないのですよ。道々事情を話してやってください。話したらあなたは戻って来て構いませんから」

あと八日もすれば二十五歳となる涼太は「この子」と呼ばれて憮然《ぶぜん》としたが、佐和に促されるまま佐和の後について店先に戻った。

佐和は丹秀を見やって驚き顔を作り――それからしれっとして言った。

「お由里さんなら、一足違いでお帰りになりましたよ」

「帰った？」

「ええ。まだ寄り道の最中かと思いますが、夕刻にはお戻りになるかと。——とても思い詰めた様子でしたので、私どもも何ごとかと案じたのですが、そちらさまは、その、春には養子をお迎えになるそうですね」

「……まあ、そういう段取りになっております」

「そのことでお由里さんは気を沈ませていたようで、つい思いつきで飛び出して来てしまったと……うちまで歩いて来るのに大分気は静まったそうですが、両国へ戻るのはまだ気まずいと仰るので、嫁にこい屋にでも案内してはどうかと言って一緒に送り出しました」

「こい屋……？」

「妻恋町にある、女子に人気の茶屋の名です。何やら想いを叶えるというまじないじみた茶を出すそうですよ」

「莫迦莫迦しい」

鼻を鳴らしてつぶやくと、丹秀は佐和を睨みつけた。

「近所の駕籠屋で聞きましたよ。青陽堂さんは明日、品川までの駕籠を頼んでいるとか」

「ええ。嫁が明日、着物を届けに行くのです。お由里さんの着物を丹羽野さまに、その後品川のお客さまのもとへ向かうというので、いくらなんでもそれは大変だろうと、嫁のために駕籠を頼んでおいたのです」

佐和がこれまたよどみなく応えると、丹秀は暇を告げて荒々しく店を出て行った。

「さ、早く。あの者が諦めて、丹羽野へ戻るまでしっかり見届けて来るのですよ。まさかとは思いますが、もしもお由里さんの後を追うようならお前がなんとしてでも止めなさい」

「はあ」

丹秀にやや遅れて店を出ると、路地から清次郎が現れて涼太の隣りを歩き始める。

「いやはや、こんなのは初めてだ。事情を話したら帰っていいと佐和は言ったが、私もついてっていいかね？　ああでも二人一緒だと見つかりやすいか」

訳の判らぬ涼太と違って、清次郎はどことなく愉しげだ。

「……まずは事情とやらを教えてください」

半町ほど先を行く丹秀を目で追いながら涼太は言った。

丹秀はすぐに御成街道に出たが、束の間立ち止まると、妻恋町のある北とは反対側の南側へと折れて行く。

「む、まずいな」と、清次郎。

「というと？」

催促すると、清次郎はようやく「事情」を――由里の駆け込みを話し始めた。

本来なら明日決行される筈だったのが、成り行きで由里は着の身着のまま丹羽野を飛び出して来たという。

「なんとまあ……」

思わぬ話に涼太はつぶやいたが、ぼやぼやしている暇はない。

丹秀が立ち止まったのは花房町の駕籠屋の前だ。店の者と少し話すと、丹秀は足を速めて筋違御門の方へと急ぐ。

「むむ、こりゃまずい」

清次郎曰く、佐和は律にまずは花房町の駕籠屋に行くように、そこで見つからなければ須田町にも駕籠屋があると告げたらしい。

須田町の駕籠屋でも丹秀は店者と二言三言言葉を交わし、店者が南を指すのが見えた。

丹秀が店を離れて南へ行くのを見ながら、涼太はさっと店者に駆け寄ってにこやかに問う。

「今の男、女の二人連れのことを聞いたのでしょう?」

「え、ああ……」

「それで女は駕籠に乗ったのですか?」

「いや、今うちはみんな出払ってるから――」

「女の行き先をご存知で?」

「いや、今の男にも訊かれたけどよ、二人で十軒店《じっけんだな》の方へ歩いて行っちまった」

「そうですか。ありがとうございます」

面食らったままの店者に丁寧に頭を下げてから、涼太は清次郎を促した。

丹秀は通りを十軒店の方へ歩んで行くが、つい先ほどより足は遅く、その代わり辺りを窺うのに余念がない。

「父さまはこのまま丹秀さんを追ってください。あの様子だと、丹秀さんは自ら品川へ行くべきかどうか迷っているのでしょう。おそらく二人を探しながら通り沿いの駕籠屋をあたっていくと思いますが、もしも駕籠に乗るようなら、どうにかして足止めしてください」

「判った。で、お前はどうする？」

「俺はひとまず丹秀さんを追い越して品川に向かいます。道中でお律たちをうまく見つけられりゃあいいんですが、たとえ見つからなくても、お律ならお由里さんがその山査子屋って茶屋にたどり着けるようなんらかの手を打つ筈です。それなら、少なくともお由里さんとは山査子屋で落ち合える。俺は山査子屋で、お由里さんがその一蓮とかいう案内人とちゃんと会えたかどうか、確かめてから帰ります」

「うむ。そうしてくれれば私も佐和も安心できるが、追い越したら丹秀さんにばれやしないかね？」

「その辺りはうまくやりまさ。それに今、丹秀さんが目配りしてるのは女の二人連れですから、俺みたいなのにはきっと目もくれませんよ」

「そうか。そうだな。その通りだ。涼太、お前もなかなかやるな」

「はあ」

「よし、後ろは私に任せとけ。ああ、お前は少し金を持っておゆき」

「……頼みましたよ」

つぶやくように応えて金子を受け取ると、涼太は足を速めた。

丹秀が左右の女たちへ目をやるのを注意深く窺いつつ、通りかかった振り売りの横に並ぶようにして丹秀を追い抜く。

お律は確か吉岡染の袷、お由里さんは小豆色《あずき》の着物に……練色《ねりいろ》の帯だったか……？

人探しの才がある――と保次郎や涼太をよく褒めそやすが、十軒店から日本橋、京橋へと続く通りは江戸でもっとも賑わっているといってもいい。

通りすがりの駕籠を捕まえてくれりゃあいいんだがな……

買い物目当てで通りに溢れる女たち――殊に二人連れに目を配りながら、涼太は品川宿を目指して歩き始めた。

十一

紺屋町を抜けた律たちは、時の鐘の東側の通りをまっすぐ進み、魚河岸《うおがし》に出ると日本橋へは行かずに江戸橋《えどばし》から楓川《かえでがわ》沿いを南へ急いだ。

しかし大通りから外れた分、駕籠屋はとんと見当たらず、たまにすれ違う駕籠にも空きがない。通りすがりに訊ねてみると、京橋を渡った先の弓町《ゆみちょう》に駕籠屋があるというので、律たちは白魚橋《しらうおばし》を渡ったのちに西へ折れたのだが――

「お由里！」

京橋の袂で丹秀の声がして、由里が足をすくませる。

駆け出そうとした律を、由里がとっさに引き止めた。

「逃げても無駄です」

「でも――」

みるみる近付いて来た丹秀へ、由里は平然として言った。

「あなた、こんなところで何をしているのです？　店はどうしたのですか？」

「お前こそ、どこへゆこうというのだ？」

「人を病人扱いしておきながら……私のことはしばし捨て置いてくださいませ」

「それはならん。お前は――お前は誤解しておるのだ」

「誤解？　私が一体何を誤解しているというのです？」

由里が問い返すと、丹秀は気まずそうに律を見やった。

「――お律さんはどうかお引き取りください」

「何を仰います。あなたこそ店にお戻りなさいませ」

由里がやや声を高くすると、人目を気にしてか、丹秀は律たちを袂から少し離れたところへ促した。

「……おはんと連れ添うつもりはないのだ。あれはただ、跡取りのために」

「それはもう何度もお聞きしました」

はん、というのが、丹秀が子供のために外に作った女の名前らしい。

由里の取りつく島もないといった様子に、丹秀は顔を歪《ゆが》めてしばし逡巡した。

「……根付のことは悪かった」

絞り出すように言った丹秀へ、由里は真っ向から言い放った。

「よくもあのようなことができましたね」

「そ、そうした方がいいと思ったのだ。母のために——いや、お前のためにも」

「私のため、ですか」

「そうとも。真介への執着を捨てねば、お前はこの先もずっと苦しむだろうと……」

「とんでもない。あなたの執着こそが私を苦しめてきたというのに」

狼狽《ろうばい》した丹秀へ由里は続けた。

「隠しごとは根付のことのみではありませんでしょう？　私、真介さんから聞いていたのです。あなたは『次の春には身を固める』と真介さんに言ったのでしょう？　真介さんはとても喜んでいました。久しぶりにあなたに——『兄に酒に誘われた』と……」

「それは――」

「あの日、あなたもお義母さまが仕立てた着物を着ていたのでしょう？　真介さんにもあの着物を着ていくよう言ったのではないですか？　そしてあなたは真介さんと約束していた春木屋には行かず、代わりに海辺橋の近くの福亭に行かれましたね？　ご存知でしたか？　福亭のおかみさんも指にほくろがあるのですよ。あなたと同じ、右手の人差し指の先に……」

はっとして、丹秀は人差し指を隠すように右手を握った。

「福亭では寒いのに表の縁台で、一人で飲んでいたそうですね。一人で――恐ろしいことを考えながら」

「違う！」

頭を振って丹秀は打ち消した。

「あいつが勝手に転んだのだ」

「そんなことがありましょうか？」

「私は根付を見せて欲しいと言っただけだ。なのにあいつはもったいぶって、見せてはやるがけして触れるな、などと抜かして……」

「では、やはりあなたが」

「違う。私はけして、そ、そんなつもりは」

慌てふためく丹秀とは裏腹に、由里は冷ややかに問い詰めた。

「そんなつもりでなかったのなら、どうしてあの着物を着ていらしたのですか？　どうしてあの人と約束していた春木屋に行かず、一人で福亭で飲んでいたのです？」

「迷っていたんだ。やつにどう話を切り出そうかと……き、着物は絆の証として着ていったのだ。あいつは常日頃、私ばかり贔屓されていると妬んでいたゆえ……あの着物は、跡目は私でも兄弟二人で助け合って店を盛り立てていくようにと、母が仕立てたものだから——」

「それなら、あなたはお義母さまのお心を裏切りました。お義母さまだけではございません。あなたは真介さんと私の心をも裏切ったのです」

「お由里……」

「真介さんはあなたを妬んでなどいませんでした。あの人はあなたを慕っていました。しっかり者でいて、情が厚く、老舗の主にふさわしいと……あなたはずっとあの人の自慢の兄だったのに、あなたはあの人から全てを奪った……」

「先に奪ったのはあいつの方だ」

怒りと、おそらく悔いの混じった声で丹秀は言った。

「私が見初《みそ》めたのだ。指南所で、あいつよりも早く、私がお前を……」

同い年なれば、丹秀と由里は時を同じくして手習い指南所に通い始めたと思われる。だが仮に丹秀が先に「見初めた」としても、七歳かそこらの幼い、初恋とも知れぬ想いだったに違いない。年子の真介も一年後には指南所に通い始め、三人は——律たちのように——共に遊ぶようになったことだろう。

やがて三人は三様に想いを募らせていき――

――みんながみんな、りっちゃんみたいに初恋の君と結ばれるとは限らないのよ。むしろ初恋は実らないといわれてるのに――

恋は早いもの勝ちではなく、香の言うように初恋は実らぬともいわれている。

丹秀も己の理不尽さは承知しているのだろう。勢いに任せて胸の内を吐露《とろ》したことを、一層悔やむがごとく苦しげな顔をした。

「子供が……あの子が生まれていれば違ったか？」

「詮無《せんな》いことを仰います」

由里もまた、苦痛と後悔を声と顔に滲ませた。

「……今となっては判りません。わたしはずっと、あれは悲しみゆえだと思っていました。あなたも私と同じく、ふいにあの人を亡くした悲しみに暮れていたからだと……ですが、こうしてあなたの所業を知った今、赤子を――あなたの子を厭《いと》わずにいられたかどうか……」

「お由里！」

悲痛な声を上げた丹秀と共に、律も内心息を呑んだ。

流れたのは真介さんとの赤子ではなかった……？

二人の傍らで戸惑う律を、のんびりとした声が呼んだ。

「やあ、お律。どうしたんだい、こんなところで？　妻恋町に——こい屋に行ったんじゃなかったのかね？」

京橋を渡って来た清次郎がにこやかに近付いて来る。

いつもと変わらぬ笑顔に律は安堵し、同時に頭を巡らせた。

律たちはこい屋へ行ったと、おそらく佐和が機転を利かせて告げたのだろう。

だが丹秀が妻恋町へは行かずに、律たちを追って南へ足を運んだのはどういうことか。

丹秀さんはお由里さんの行き先を知っているのか、いないのか——

おとっつぁん、どうか助けてください……

伊三郎の形見の巾着を胸に抱いて、律はゆっくりと口を開いた。

「お義父さま。あの、私は……お由里さんを、ふ、伏野屋にお連れしようと……」

銀座町は三拾間堀《さんじっけんぼり》にある伏野屋は、ここから目と鼻の先である。

「ああ、香に会いに行くのかね？」

目を細めた清次郎に勇気づけられ、律は大きく頷いた。

「そうなんです。お由里さんは香ちゃんもご存知だそうで、こい屋はまた今度にして、今日は香ちゃんを訪ねることにしたんです」

「なんだ、そうだったのかい。うん、香も喜ぶだろう。早く行っておやり」

「お義父さまもご一緒にいかがですか？」

「いやいや、女三人のおしゃべりに付き合わされるのはごめんだよ。そっちも女同士の方が気安いだろう？——ねぇ、秀介さん？　あ、いや、今は丹秀さんか」

そう言って清次郎は丹秀へ笑いかける。

「青陽堂の清次郎と申します。丹秀さんとはお初ですな。でもすぐに判りましたよ。やはりその、面影がありますからね……どうですか？　こちらは男同士でそこらで一杯？」

「いや、しかし」

「なぁに、私の用は大したことじゃありません。すぐそこに三國屋《みくにや》という旨い酒を飲ませる店があります。なんならそこで、お律たちの帰りを待ってもいい。お律、三國屋はそこを入ったところだよ。帰りにちょいと覗いてみてくれ。どうせ一刻ほどで戻るのだろう？」

清次郎が通りの向こうを指し示すのへ、律は落ち着きを取り戻して微笑んだ。

「判りました。ではのちほどに」

会釈をこぼして由里を促すと、丹秀の視線を背中に感じながら、律は努めて平静に伏野屋へと歩き始めた。

十二

伏野屋の暖簾をくぐると、香の夫の尚介がすぐに気付いてやって来た。

「お律さん、いらっしゃい」

「尚介さん、どうもすみません。急ぎの用事があるんです。香ちゃんと——お条さんに会えますか？」

ただならぬ様子が伝わったのか、尚介は小さく頷き、何も問わずに座敷へ通してくれる。

「どうしたの、りっちゃん？」

「香ちゃん、急で悪いけど、お条さんにお遣いを頼めないかしら？　今すぐお由里さんを品川までお連れしないといけないの。急いで、でもこっそりと駕籠を一丁——ううん、できれば二丁呼んで欲しいのよ」

不安げな顔のままの由里に、律は精一杯微笑んで見せた。

「私も品川までご一緒します。駕籠が都合できなければ、隣りを駆けて行きますから」

今となっては由里を一人で品川宿にやるのは律も不安だ。

山査子屋まで同行し、案内人の一蓮に引き渡すまでが己の使命、またそれまでは油断できぬと、律は自身をも鼓舞《こぶ》するつもりできっぱり言った。

「今から品川なんて……まあいいわ、話は後でじっくり聞かせてちょうだい。お条！」

早速、条を呼んで香は言った。

「お願いがあるの。いつもの駕籠屋に行って、駕籠を二丁、回り道して堀の方から勝手口につけるように言ってちょうだい。行き先は品川よ。急ぎだから、一丁しか空いてなかったら二丁めは探さなくていいわ」

「承知しました。でもまさか、お香さんがお出かけなんじゃあないでしょうね？」

「まさか。りっちゃんと、このお由里さんが――」

「駆け込みにゆくのです」

由里が言うと、香と粂が目を丸くした。

「え、まさか、お律さんも……？」

「やめてよ、お粂、縁起でもない。つるかめつるかめ――」

香が慌てて縁起直しを唱えると、由里が小さく噴き出した。

「ええ。とんでもないことです。つるかめつるかめ」

ふっ、と束の間、女四人の口元が一斉に緩んだ。

「――本当なら明日駆け込む筈だったのが、やんごとなき事情により今日の運びになりました。既に夫が追って来ており、先ほどすぐそこで一度捕まったのですが、清次郎さんとお律さんの機転でこちらへ逃げて参ったのです。今は清次郎さんが足止めしてくださっていますが、嘘がばれないうちに先を急ぎたいのです。ご迷惑をおかけして申し訳ありません」

香と粂を交互に見やって、由里は丁寧に頭を下げた。

「そういうことだから、香ちゃん、どうか一肌脱いでちょうだい」

「ええ、そういうことなら、もちろんよ」

「そういうことでしたら——急ぎ行って参ります」と、条。

「頼んだわよ。うちが呼んだって判らないように、こっそり来るよう念を押してね」

「お任せあれ」

条が座敷を出て行くと、香は律たちを見やって言った。

「すぐそこまで旦那さんが迫っているのなら、念には念を入れて、着物を着替えた方がいいんじゃないかしら？　私の着物を差し上げますから……」

「それには及びません。着替えならこちらに」

由里に言われて、律は抱えていた風呂敷包みを開いた。

青鈍色の着物を見て、由里がはっと目を見張る。

「りっちゃんが描いたのね」

「ええ。お由里さんの巾着に合うように……」

香が律のための着替えを取りに姿を消すと、由里は手ぬぐいを取り出して目尻を拭った。

「あの白無垢がこんな風に生まれ変わるとは……お佐和さんの言う通りにしてよかった」

「義母の？」

「ええ。お佐和さんが勧めてくださったのです。夫と不仲ゆえに着物の注文に乗り気ではないと話したところ、それなら白無垢を仕立て直してはどうか、と」

——お義母さまのことだから、すぐに気付いたに違いないわ。

お由里さんが意に染まぬ祝言を挙げたことに。

この十五年、ずっと真介さんを想い続けてきたことに。

「勘働きのよいお律さんですもの……お気付きになったでしょう?」

着物の百合の上絵を指でなぞりながら、由里は密《ひそ》やかな声で言った。

「流れたのは、真介さんとの赤子ではないのです。あの人とは花見やら芝居やら、よく二人で出かけましたが、睦みごとは祝言の日まで待とうと決めていて——ですから、あの人とはずっと清いままだったのです」

——あの子が生まれていれば違ったか?——

——あれは悲しみゆえだと——

丹秀とのやり取りを思い出して、律は言葉を失った。

「……真介さんが亡くなってすぐのことでした。ふいをつかれて抗《あらが》いきれず……自害も考えましたが、同じ悲しみを負っているのだと思ったからこそ耐えたのです。それに真介さんは丹羽野を大切にしていました。ご両親も丹秀も奉公人も、店も料理も、あの人は丹羽野の全てを愛していて誇りに思っていました。さすれば丹羽野を——跡継ぎを産み、丹秀を支えることがあの人の供養になるのではないかと……そう己に言い聞かせて、私は十五年前、白無垢に袖を通しました」

顔を上げ、律を見つめて由里は続けた。

「お律さん、丹秀のことはどうか捨て置いてくださいませんか？　深川でのことも、赤子のことも……どうか忘れてくださいませ」

「ですが、お由里さん」

「丹羽野を守りたいのです。私の駆け込みは噂になりましょうが、いずれ新しい妻と子を迎えれば、全ては私の——石女《うまずめ》の我儘だと世間は丹秀を責めぬでしょう。ですが丹秀の所業が明るみに出れば、丹羽野は潰れてしまうやもしれません。丹秀にも女将の座にも未練はありませんが、丹羽野は真介さんのために守りたい……ただそれだけです」

それだけ——ではなかろう。

お由里さんは真介さんの生前から——もしかしたら幼い頃からずっと、丹秀さんのお気持ちに気付いていたのやも……

長年の情か、慈悲か、哀れみか……由里の言葉裏に、ほんの微かだが丹秀への心遣いを律は嗅ぎ取った。

「……承知いたしました」

律が頷くと、由里はほっとした様子で着物を広げ——はたと気付いて手を止めた。

右身頃の裾の裏に、黒百合が一輪咲いている。

——人目に触れないからこそいいんだわ。ほら、恋文やお守りのようなものよ——

佐和と話すうちにいつかの伶の言葉を思い出した律は、池見屋に袷の裏となる部分を取りに行き、祈りを込めて描き足したのだ。

お由里さんの想いが成就しますように。

長年の望みが叶いますように。

真介さんがお由里さんをお守りくださいますように……

そっと伸ばした指先で黒百合の花びらに触れた途端、由里の頬に涙が伝った。

「おまじない——いえ、お守り代わりです。さ、早くお着替えを」

着物を替えて、帯を締め直しているところへ香が戻って来て目を輝かせた。

「まああ、とってもお似合いです」

「ありがとう、お香さん」

「新しい門出ですもの。お化粧も少し直しましょう」

涙の理由は問わずに、香は今度は化粧道具を取りに行く。

「似面絵と根付も今のうちにお渡ししておきます」

「わざわざ描き直してくださったのね」

脱いだ着物と似面絵を包み直し、黒百合の根付を白百合の根付と共に巾着に付ける。

ようやく対になった根付を見やって、今一度涙を拭ってから、由里は律へ微笑んだ。

「ありがとう、お律さん。お律さんが描いてくださったこの着物と似面絵、それからやっと二つ揃ったこの根付——駆け込みなのに、なんだかお嫁にゆくみたい……」

十三

ほどなくして伏野屋にやって来た二丁の駕籠に乗り込むと、律たちは半刻余りで品川宿の山査子屋に着いた。

京橋から品川宿の北側まで約一里半、天王社《てんのうしゃ》に近い山査子屋までは更に四半里はあるから道にも品川宿にも明るくない律たちの足なら一刻はゆうにかかったと思われる。

相変わらず駕籠は苦手だが、「固くならない」「一点を見つめる」「揺られるがままに」など、文月に駕籠舁《か》きから教わったこつを思い出して、此度はなんとか酔わずに済んだ。

でも、帰りはごめんだわ……

律が戻り駕籠を断る間に、由里が慣れた様子で駕籠代と酒手《さかて》を駕籠舁きに渡す。

「お律」

ふいに名前を呼ばれて振り向くと、山査子屋の隅の縁台から涼太が立ち上がった。

「涼太さん——どうしてここへ？」

「どうしてって、そりゃお前……」

微苦笑を浮かべて、涼太はいきさつを手短に語った。

「だから、お義父さまが来てくだすったのね」

合点して律も、清次郎が現れたことや、伏野屋から駕籠に乗ったことを話した。

「じゃあ、丹秀さんは親父が足止めしてんのか。そんなら、夕刻まではなんとか誤魔化せそうだな。だが、こっからどうするか……」

涼太も山査子屋にはほんの四半刻ほど前に着いたらしい。店主に訊ねたところ、一蓮は一昨日も駆け込み女を案内するために品川宿を出ていて、戻りは明日の朝になるという。

じきに七ツといった刻限だった。

「ご存知の通り、ここから東慶寺までおよそ十里で、今くらいの出立だと川崎宿に一晩泊まって、明日一日かけて東慶寺に行くというのが定石《じょうせき》だそうです。ただ、案内人が……探せば他にもいるそうですが、一蓮さんほど信頼厚いお人はそういないようで」

足元を見て法外な金を取る輩《やから》はまだいい方で、中には道中に無体を働く輩もいるらしい。類が手配りした者なれば、明日まで待って由里を一蓮の手に託したいのはやまやまだ。だが丹秀は、佐和が丹羽野の近くで品川宿までの駕籠を頼んでいたのを知っている。ゆえにもう半刻もすれば、戻らぬ由里に疑念を深めて品川宿まで追って来ることも充分ありうる。

「いざとなれば私一人でも……」

「いけません」

由里がつぶやいたのへ律と涼太は声を重ね、互いに頷き合ってから涼太が言った。

「いざとなれば私がご一緒しますが、私も品川から南には行ったことがないので……とにかく、お由里さんはお律とここで待っててください。店の旦那から二、三、案内人になりそうな者の名をもらったので、ちとあたって来ます」

そう言って涼太が踵《きびす》を返した矢先、一人の男が涼太を呼んだ。

「涼太さんじゃねぇですか？　どうしたんです？　そんな格好で？」

そんな格好と男が言ったのは、涼太は今日はよそ行きではなく、店のお仕着せに青陽堂の前掛けをしたままだからだ。

「耕介《こうすけ》さんか」

涼太が言うのを聞いて律も思い出した。

菱屋《ひしや》という私娼宿《ししょうやど》に出入りしている幇間《ほうかん》で、以前、栄一郎《えいいちろう》という男と涼太と一緒に、雪音《ゆきね》という女郎の似面絵を頼みに来たことがあった。

耕介も律を思い出したようで、如才ない笑みをこぼす。

「あの折はどうも。お律さんでしたね。今は青陽堂の——涼太さんのおかみさんだそうで」

「どうしてそれを？」と、律より先に涼太が問うた。

祝言以来——否、律が知る限り混ぜ物騒ぎ以来、涼太は花街を訪れていない筈である。

「ははは、涼太さんはお見限りですが、勇さんは相変わらずなんですや。お律さんのことは勇さんからお聞きしたんでさ」

耕介の言う「勇」こと勇一郎は日本橋の扇屋《おうぎや》・美坂屋《みさかや》の跡取りだ。付き合いでたまに花街に出向く涼太とは違って女遊びが盛んで、神田明神の近くにも深い仲の女がいるらしい。

「あん時も薄々そうじゃねぇかと思ったんですが、やっぱりお二人はそういう仲だったんですな。――しかし、こちらの奥さまはどちらさまで？」

由里を見やって言った耕介へ、渡りに船とばかりに涼太が応える。

「うちが大変お世話になったお人なんだ。此度、東慶寺まで行くことになったんだが、日取りが一日早まったんで、案内人が留守にしていて困ってるところさ。耕介さん、もしも暇なら代わりの案内人を探すのを手伝ってくれないか？」

「東慶寺というと、駆け込みですね？」

「そうだ」

「山査子屋にいるってこた、案内人てのは一蓮さんですか？」

「一連さんを知ってるのか？」

「帮間ってのは顔が広くなきゃやってけませんや。――ねぇ、桔平《きっぺい》さん？」

山査子屋の奥で店主と思しき男が頷いた。

「案内人になりそうなのに、一人二人、心当たりがなくもねぇですが……なんなら俺が案内しやしょうか？」

「耕介さんが？」

「東慶寺なら何度か遣いで行ったことがありやすから、道に迷うこたありやせん。川崎に知り合いがおりやして、宿や駕籠屋にもつてがありやす。一蓮さんほどじゃねぇですが、こう見えて腕にも少々覚えがありやすし、その、けして邪《よこしま》な――仁義に外れるような真似はいたしませんので、どうかご安心を。涼太さんは勇さんのご友人で、勇さんは俺の大事なお得意さまだ。何より一蓮さんや山査子屋に睨まれるのはごめんでさ」

そう言って耕介が笑うと、桔平がのっそりと表へ出て来た。

「耕介なら案内を任せても危なげありませんよ。――しかし、お前、今宵のお座敷はどうすんだ？」

「まだ早いんでなんとかしまさ。駕籠代はお持ちなんですよね？」

「もちろんだ。宿代と案内料も……」

「それならこちらに」と、由里は涼太へ、佐和から渡された財布を差し出した。「お佐和さんが、一蓮さんにお渡しするよう用意してくださったものです」

「そんじゃ、宿代はいただきてぇですが、案内料はいりやせん」

「どうしてだ？」

涼太に問われて、耕介はしばし躊躇った。

律たちに加え、桔平も興を覚えた様子で耕介を見つめると、耕介は困った笑みを浮かべて口を開いた。

「……大分前になりやすが、勇さんから雪音のことを聞きやした。郷里で想い合っていた男と二人で江戸から逃げて、霞《かすみ》ヶ浦《うら》に身を投げたと……」

涼太の「馴染み」だった女郎の雪音は昨年の暮れ、幼馴染みの文吾《ぶんご》と郷里の陸奥国《むつのくに》を目指して菱屋から——江戸から逃げ出した。だが、雪音を身請けしようとしていた栄一郎が雇った浪人に追い詰められて、結句、道中の霞ヶ浦で心中したのである。

「商売柄、いつもはいちいち足抜けに同情なんざしねぇんですが、あれはちと寝覚めが悪かったですや」

雪音は見張りの耕介と訪れた小間物屋から行方をくらましたため、耕介は雪音を追う栄一郎を青陽堂まで案内せざるを得なかった。律が雪音の似面絵を描く羽目になったのも、以前描いた似面絵を、耕介が小間物屋で話の種にしたからである。

借金を抱えた身で逃げ出したのは雪音だし、執拗に追手をかけたのは栄一郎で、栄一郎がそうしなくとも、見せしめがてら菱屋が同じことをした筈だ。

だが、律や涼太と同じく、耕介も胸の内では二人が逃げ切ることを願っていたのだろう。

「罪滅ぼしたぁ思っちゃいやせん。ただこんな商売しておりやすと、足りねぇのは百も承知で、時折無性に徳を積みたくなるんでさ。それに、へへ、あれから俺ぁしばし、宿の女たちに恨まれやしてねぇ。幇間が女郎に嫌われちゃあ商売になりやせん。この一年でなんとか持ち直してきやしたが、駆け込みを助けたとなりゃ、女たちのご機嫌取りの、いい話のねたになりやすや」

——もしかして耕介さんは、わざと雪音さんを逃したのでは……

おどけて言う耕介を見て、ふと律はそう思った。

長屋で涼太に雪音の行方を問うたのは、追手がかかることを雪音に知らせるためだったのではなかろうか。

耕介が仲間にお座敷の代役を頼みに行く間に、桔平が駕籠を手配してくれた。

駕籠を前にして律と由里は手を取り合った。

「涼太さんと、末永くお仕合せにね」

「今生《こんじょう》の別れみたいなこと、言わないでください。——義母との約束、お忘れじゃありませんよね？　必ずまたうちにいらしてください。真介さんのお話も聞きたいですが、よかったら後でこっそり、義母と義父の昔話も聞かせていただけませんか？」

「ふふ、お安い御用よ。晴れて自由の身になったら必ず寄せてもらいます」

たおやかに——百合の花のごとく微笑むと、由里は涼太と桔平に礼を言い、耕介と駕籠舁きの二人に頭を下げた。

「どうぞよろしくお頼み申し上げます」

「合点でさ」

男たちがそれぞれ頷くと、由里は駕籠に乗り込んだ。

駕籠に合わせて行くのに尻《しり》っ端《ぱ》折《しょ》りの耕介が簾《すだれ》を下ろすと、簾の小窓から由里が再び笑みをこぼした。

「行って参ります」

「行ってらっしゃいませ」

これはお由里さんのお嫁入り――

だから涙は見せまいと、律は由里に負けぬ笑顔で駕籠を送り出した。

十四

由里の乗った駕籠が見えなくなってすぐ、早駕籠が一丁、山査子屋の前につけた。

すわ丹秀かと思いきや、簾を上げて出てきたのは清次郎だ。

「お義父さま」

「や、お律、涼太――お由里さんはご無事かね？」

別の案内人と共に品川宿を発ったと涼太が告げると、清次郎は安堵の溜息を漏らした。

「上出来だ。よくやってくれた。お律も、涼太も……ああ、すみませんが、茶を一杯いただきたい。この者たちにも頼みます」

律たちや駕籠舁《か》きの分も合わせて清次郎が茶を頼む。

丹秀は清次郎にいざなわれて三國屋へ行ったものの、半刻と待たずに腰を上げたという。

「下手に引き止めて怪しまれてはならんと思って、一緒に伏野屋へ行ったんだ。そしたら香が、お律たちはもう帰ったと……」

行き違いになったのではないかと、清次郎は誤魔化そうとしたのだが、丹秀は清次郎が止めるのも聞かずに伏野屋を飛び出して行った。

「すぐに後を追ったのだが見失ってしまってね。仕方がないから早駕籠を頼んで、こうしてお前たちに知らせに来たんだよ」

「丹秀さんは、品川行き——いえ、その先の駆け込みまで怪しんでいるやもしれませんが、山査子屋や一蓮さんのことまでは知らない筈です。お由里さんが帰ったと信じて、今頃丹羽野へ戻っているとよいのですが……」

律が言うのへ清次郎は頷いたが、涼太は黙り込んで通りの向こうを見つめている。

山査子屋はまっとうな茶屋で、由里のことであたふたしていたがゆえに気に留めていなかったのだが、宿場だけに周りには旅籠が多い。向かいの店も旅籠らしく、暖簾の前で女が一人、番頭らしき男に何やら話しかけている。

女が歩き出すと、涼太はすっくと立ち上がった。

「うん？」と、清次郎が小首をかしげる間に、涼太はのんびりと——だが大股に女に近付いて行く。

律より幾分若く、小柄で、愛らしい顔立ちの女である。

まさか、あの人も「馴染み」なのかしら？

清次郎の傍らで律が嫉妬にかられたのも一瞬だ。

「お芹さん、こんなとこで会うたぁ、奇遇ですね」

涼太がにこやかに声をかけると女は明らかに動揺した。

「ひ、人違いです。あなたなんか知りません」

「つれねぇこと言わねぇでくださいよ。しかと覚えていやすぜ、その千両の櫛」

髷を指して涼太が言うと、女はさっと頭に手をやったが、女の髷にはそもそも櫛が見当たらない。

息を呑んで駆け出そうとした女の手を、涼太がつかんでねじり上げた。

「お芹――いや、芹乃だな」

「違います！　違います！」

女の名を聞いた途端、律も立ち上がって駆けつけた。

暴れる女の耳と唇はやや薄く、右の目尻にはほくろがある。

「番人を呼んでください」と律は、おろおろしている番頭に頼んだ。「この人には人殺しの疑いがかかってるんです。神田で二人の人を刺した疑いが――」

あれよあれよという間に人だかりができ、ひとときと経たずに番人が番頭に連れられてやって来た。

番人に請われて律たちも番屋に向かったが、番屋に律が写した似面絵が置いてあったのと、芹乃の巾着から千両の櫛が出てきたため、長く引き止められずに済んだ。

芹乃は男と恋敵の二人を刺してからのこの一月、浅草から深川、品川宿へと安宿を——時にはその身を売りながら——渡り歩いてきたらしい。市中にとどまっていたのは、手形を手に入れるためもあったが、まずは己が手にかけた二人の死を確かめたかったからだという。

由里のことばかりに気を取られていて律は知らなかったが、涼太は保次郎から事件の成り行きを耳にしていたようだ。男女とも命は取りとめたと涼太が告げると、芹乃は顔を真赤にして「嘘つき！」と律をなじった。律が「人殺し」と言ったために、とうとう二人が死したかとぬか喜びしたと言うのである。

芹乃の言い分に律は一度は呆れたものの、のちに千両の櫛が芹乃が刺した男からの贈り物だったと知って、なんともいえない気持ちになった。こんなにも男を憎み、その死を願っていながら、金に困ってその身を売る羽目になっても芹乃は櫛を手放せずにいたらしい。

「しかし、よく判りましたなぁ？　こう言っちゃなんですが、この似面絵はあんまり似てねぇような……」

保次郎の名を出したからか、やや腰を低くして番人が問うた。

似面絵は鬼の形相《ぎょうそう》ともいうべき険のある顔つきをしているが、実物の芹乃は男好きのしそうな、そこはかとない艶気が漂う妙齢の女であった。

「けれども、薄い耳と唇、目尻のほくろ——それに何より、こういう女が櫛の一つも挿していないなんておかしいでしょう」

長屋の中ならともかく、女なら外出の際、簪の一本、櫛の一つでも挿しているものだ。ましてや着飾った女郎の多い宿場ゆえに、手絡だけの芹乃に涼太は目を留めたらしい。まずは親しげに名を呼んで、手応えを得てからつけてもいない櫛を指差し鎌《かま》をかけたのである。

番屋を出ると、清次郎が微笑んだ。

「やれやれ、駆け込みのみならず、このような捕物を目《ま》の当たりにできるとは。こりゃ広瀬さまがなんやかやと言ってくる筈だ。まったく私は鼻が高いよ。息子にも嫁にも――妻にも恵まれて、私はほんに果報者だ。早く帰って此度の首尾を佐和に教えてやらねばな」

浮き浮きとして清次郎は律たちを促し、駕籠を待たせている山査子屋へ戻った。

所在なく待っていた駕籠舁きの二人に手を振ってから、清次郎が涼太を振り返る。

「そういえば涼太、お律は駕籠が苦手だったな？」

「はあ」

「今からだと早駕籠に乗っても、うちに着くのは六ツを過ぎてしまうだろう。それなら今宵はお律とこっちに泊まって、明日、のんびり戻って来るがいい」

「えっ？」

「案ずるな。佐和には私から話しておくよ。――ああ、宿に入る前に前掛けは外しておくんだな。それじゃあまるで、店者《たなもの》と若女将の駆け落ちだ」

くすりとした清次郎が駕籠に乗り込むと、充分に休んだ駕籠舁きたちは軽快な足取りで走り出した。

駕籠が人混みに紛れて見えなくなると、涼太は前掛けを外して桔平に声をかけた。

桔平から勧められた旅籠は「中田屋《なかたや》」といい、ありふれた——女郎屋ではない——宿屋なのだが、旅籠に泊まるなぞ律は初めてのことである。清次郎から「駆け落ち」とからかわれたこともあって、暖簾を前にしただけで頰が熱くなるのを感じてうつむいた。

涼太は店のお仕着せで手には丸めた前掛けを、律は香に借りた普段着に巾着のみと、二人とも旅行李《たびこうり》はおろか風呂敷包みさえ持っていない。

玄関先で足を洗ってもらうのも恥ずかしく、律はうつむいたまま、案内の仲居と涼太の後について部屋へ向かった。

続いて訪れた女将から差し出された宿帳へ、涼太はすらすらと書き込んだ。

《神田相生町　青陽堂　涼太　律》

「青陽堂さんというと……」

「葉茶屋です。この辺りにはまだお得意さんはいないのですが、芝の花前屋《はなさき》さんにはうちの茶葉を使ってもらってます」

「まあ、花前屋に」

「あすこの女将さんは品川の出だと聞きました」

「ええ、そうなんですよ。——では、山査子屋にも茶葉の売り込みに？」

「いえ、此度は別用だったんですが……」

涼太が言葉を濁すと、女将は涼太と律を交互に見やって微笑んだ。

「ふふ、桔平さんのご紹介ですものね。野暮はこれきりにしますから、どうぞごゆっくり」

女将が出て行くと、律たちは顔を見合わせた。

「やっぱり『駆け落ち』と思われてるんじゃないかしら……？」

誤解されては困ると律がつぶやくと、涼太はくすりとして言った。

「それならそれでいいじゃあねぇか」

「もう」

「それよりも、どうしてお由里さんが駆け込むと教えてくれなかったんだ？　お律から何も聞いていないのかと、おふくろも驚いてたぞ？」

「だって、『他言無用』と言われていたから……」

「けど、俺たちは夫婦で他人じゃねぇだろう」

少しばかり不満げな顔になって涼太は続けた。

「おふくろと二階で話してたのも、お由里さんのことだったんだな。俺はもしや嫁いびりかと案じていたんだぞ」

「とんでもないわ。お義母さまがそんなつまらないことなさる筈がないじゃない」

「うん……そうだよな。あれでおふくろもお律を気遣ってはいるんだ。おせいさんを飯の席に誘ったり……」

それまでは朝餉も夕餉も家族水入らずとしていたのを、律が固くならないよう、せいに同席を頼むことにしたのだという。

「まあ、おせいさんにはうちは散々世話になってきたからな。俺にとっちゃ伯母《おば》さんみてぇなもんで、おふくろは前々から一緒にどうかと誘いたかったようだから、お律と合わせて一石二鳥さ。けどほら着物のことだって、うちに遠慮してるんだろうと言ってたぞ」

「お義母さまが？」

「ああ。うちもすっかり元通りとはいえねぇが、着物の一枚くらいなんとかなるさ。そんな古着じゃなくて、新しいのを仕立てろよ」

「これ、香ちゃんから借りたのよ」

「なんだ、そうだったのか。そんなら尚更新しいのを――ああ、なんだったら香に仕立てさせりゃあいい。どうせ赤子が生まれるまでは暇だろう。ふふ、香のやつ、今頃お由里さんがどうなったかやきもきしてやがるに違ぇねぇ」

条とあれこれ案じている香が目に見えるようで、律も思わず笑みをこぼした。

「明日にでも知らせに行かないと」

「……なぁ、お律。せめて俺たちの間では、隠しごとはなしにしようや」

まっすぐ己を見つめて言う涼太に頷きかけて――律は小さく首を振った。

丹秀は真介が「勝手に転んだ」と言い張ったが、たとえそうでも深川行きに殺意がなかったとは律には到底思えない。少なくとも丹秀は真介から黒百合の根付を奪い、亡骸を置いて逃げ出した挙げ句、のちに手込め同然に由里を襲って孕《はら》ませたのだ。

全て恋心ゆえだったとしても、これらの所業はけして許されることではない。

――どうか忘れてくださいませ――

此度は「他言無用」と念押しされはしなかったものの、十五年間も真介への想いを胸に己を押し殺してきた由里を思うと、涼太にも全ては打ち明けられぬ。

あれは紛れもない「約束」だもの――

「ど……どうしてだ？」

何やら傷ついた様子の涼太を見つめ返して律は応えた。

「やましいことは何もありません。でも、女には女同士の秘密があるんです。男の人だって同じでしょう？」

「そりゃまあ……」

「女同士じゃなくたって、一度交わした約束を違《たが》えることはできないわ。だからなんでもかんでも涼太さんにお話しすることはできません。でも、涼太さんを裏切るような真似はしていませんし、これからもけしていたしません」

「お、俺もお前を裏切るような真似は何一つ——ああ、雪音のことは、その」

「判っています」

雪音に、というよりも、これまで涼太が相手にしてきた女たち皆への嫉妬を押し隠して律は微笑んだ。

「文吾さんが教えてくれました。雪音さんは涼太さんの馴染みだったけど、最後の夜は袖にされたと……私のこと、気にかけてくださったんでしょう？　今はそれで充分です」

「そ、そうか」

「これからは判りませんけど」

なんせまだ、夫婦になって半年足らず——

わざとつんとして律が言うと、涼太は苦笑を浮かべて話を変えた。

「そういや、おふくろがこい屋とあすこのまじないを知ってたんだが、ありゃお律が教えたのか？」

「私じゃありませんけど、お義母さまは葉茶屋の女将なんですから、茶屋の噂くらい耳にしていてもおかしくないわ」

……それに女はきっと、いくつになっても「おまじない」が気になるんじゃないかしら。

千恵をからかった類を思い出しながら、律は言った。

「ねぇ、涼太さん、せっかくお店から離れて二人きりなのだから、お義母さまとお義父さまの馴《な》れ初《そ》めでも聞かせてちょうだい」

「……馴れ初めなんざ知らねぇし、俺からは訊けたもんじゃねぇ。それこそ、お由里さんなら知ってるかもな」

「そうね。お由里さんならきっと……今から次にお目にかかる日が楽しみよ」

由里に思いを馳せた律へ、涼太は更に苦笑した。

「あのなぁ、お律。せっかくこうして、店から離れて二人きりだってのに……」

ちょうど仲居が夕餉を知らせに来たが、律は再び火照り始めた頬に手をやり顔を隠した。

十五

品川宿で由里を見送ってから五日後、律は新助に呼ばれて八ツ前に青陽堂へ戻った。

言われた通り家の方の座敷へ顔を出すと、佐和と清次郎、涼太の他に耕介がいた。

「いやもうそれが、驚き桃の木山椒《さんしょ》の木、お由里さんが駕籠から降りた途端、どこからともなく旦那が現れて――」

後で聞いたところ、伏野屋を飛び出した丹秀は、一度は両国へ戻りかけたが思い返し、伏野屋の近隣をあたって、駕籠が二丁、楓川沿いを連なって南へ向かったことを突き止めた。

丹秀が品川宿に着いたのは暮れの六ツが鳴ろうかという刻限で、宿で一泊を余儀なくされたものの、翌朝一番に早駕籠を乗り継いで、由里より早く東慶寺に着いたという。

「駕籠に乗せて帰るつもりだったそうです。駕籠舁きたちには酒手《さかて》を大分弾んだようで、三人一丸となって、まるで人攫《ひとさら》いのごとくお由里さんを捕まえようとするもんだから、こっちも負けてられねぇと、三人三様、やつらを止めようとしたんでさ。駕籠舁きには駕籠舁きたちが、俺ぁあの野郎とがっぷり四つに組んだんですが、一人、駕籠舁きを投げ飛ばした後に俺を羽交い締めにしてきやがって、あの野郎はお由里さんを追って石段へ——」

山門へ続く石段を、由里は既に半分ほど上りかけていたのだが、残り数間というところで丹秀に追いつかれた。

「万事休すと思いきや、お由里さんが巾着を放るのが見えやして——」

御門番がいれば、その身よりも先に、身につけている物を投げ入れることでも駆け込みが成立する。御門番が見守る中、白黒二つの根付に引っ張られるように巾着は山門の内側に落ちて、由里の駆け込みは認められた。

「そりゃよかった！」

清次郎が喜びの声を上げたのへ、律たちも皆、笑顔になって頷き合った。

耕介は昨夜早速——丹羽野の名は伏せて——やや脚色したこの駆け込みの始末をお座敷で披露したそうだ。佐和が改めて案内料を申し出るも「ねたが褒美《ほうび》」とやんわり断り、耕介は早々に暇を切り出して、浅草に住むという友人を訪ねに去って行った。

佐和と清次郎から改めて労いの言葉を受け取ってから、律と涼太は八ツの茶を楽しむべく今井宅へ向かった。

今井宅には保次郎が来ていて、律たちを見てにっこりとする。

「やあ、噂をすれば影じゃないか」

「広瀬さん、お茶なら俺が」

「いやいや、今日は私に淹れさせてくれ。これでも少しは上手くなったと思うのだ」

保次郎は既に出していた茶碗の傍に新たに二つ棚から取って並べると、火鉢にかけてあった鉄瓶から湯を注いだ。

茶碗から茶瓶に湯を移して待つ間に、涼太を真似て水瓶から空になった鉄瓶に水を入れて火鉢にかける。三十ほど数えてから茶瓶を取り上げ、茶碗にゆっくり注ぎ始めると、微かな湯気と共に茶の香りが九尺二間に漂い始めた。

「今年ももうあと二日で終わりとは……なんだか信じられませんな」

「はは、広瀬さん、それは私の台詞だよ。四十路からこっち、一年一年があっという間だ」

今井と笑い合ってから、保次郎は律たちにも茶を勧めた。

「今日は暮れの挨拶を兼ねて、涼太に礼を言いに来たんだよ」

品川宿の番屋で涼太がそれとなく保次郎の名を出したからか、芹乃を捕縛した手柄はなんとなく保次郎のものとなったらしい。

「けど、あの似面絵を品川の番屋に置いてったのは広瀬さんでしょう？」

「そりゃ、江戸を出られちゃ面倒だから、宿場を真っ先にあたったさ。だが、かれこれ一月ほど前の話だよ。やっぱりお前には、並外れた人探しの才と運があるんだよ」

「俺も此度はちと驚きました」

「驚いたのはこっちさ」と、保次郎はにやりとした。「芹乃を引き取りに行った北町のやつらから伝え聞いたのだが、お前たちは駆け落ちの道中だったとか」

「違います。駆け落ちじゃなくて駆け込みです」と、律は横から口を挟んだ。

「駆け込み？　ということは、お律さんはもう涼太に愛想を尽かしたのかい？」

「もう、広瀬さん！」

保次郎曰く、由里の駆け込みは「石女の女将が、外に女を作って子を産ませた旦那に愛想を尽かして出て行った」と、両国では既に噂になっているらしい。駆け込みに律たちが一役買ったことは、つい先ほど今井から聞いたばかりだという。

涼太が由里がかつて丹秀の弟と恋仲だったことや、先ほど耕介から聞いた駆け込みの首尾を明かすと、保次郎と今井は二人して聞き入った。

「丹羽野の丹秀さんといえば、茶の湯に詩歌、骨董や小道具、朝顔や菊にも造詣《ぞうけい》が深い粋人だと聞いているが、早駕籠を飛ばして東慶寺まで追って行くとはすごい執念だな。外の女に子を産ませるよりも、そこまで未練がましくする方が悪い噂になりそうだが」

「……けど、俺は判らないでもねぇんです」

「えっ？」

驚いて見やった律へ、涼太は困ったような顔をした。

「丹秀さんが雅号を名乗り始めたのは店を継いだ頃——お由里さんを娶る少し前のことだったそうだ。とすると、それも亡き真介さんの『丹真』に張り合ってのことだろう。他の趣味は知らねぇが、茶の湯や小道具に手を出したのは、きっとお由里さんの気を引くためさ」

律も丹秀の由里への愛情は疑っていない。また自由が利いた真介と違い、跡取りとして相応の振る舞いを求められて育っただろう丹秀には、律とて同情がなくもなかった。

——しっかり者でいて、情が厚く、老舗の主にふさわしい——

真介の評がまったくの偽りとは思えぬし、むしろその真面目さゆえに丹秀は苦しんできたのやもしれない。だが——涼太は知らぬが——殺しの疑いは消えておらぬし、長きにわたって由里の気持ちをないがしろにしてきた丹秀を、律はやはり許せそうにない。

「そうかもしれないけど……」

「真介さんのみならず、丹秀さんだってお由里さんの幼馴染みだったんだ。真介さんとお由里さんが恋仲になったのは年頃になってからだろう？　丹秀さんがなかなか身を固めなかったのは、その頃から——いや、もしかしたらそのずっと前から、お由里さんを好いていたんじゃねぇかと思うのさ」

涼太の慧眼《けいがん》に内心舌を巻きながら、律は曖昧《あいまい》に頷いた。

「心に決めてた女を横から攫われたんじゃ、悔やんでも悔やみきれねぇや。攫ったのが弟なら――己に似た男なら尚更だ。俺には弟はいないけどよ、俺もその……お律の見合い話には大分やきもきさせられたからな」

「おや、これはつまりはのろけ話か」と、保次郎。

「茶化さないでくださいよ、広瀬さん。俺はただ、俺もきっと最後の最後まで諦めきれねぇだろうと――ああ、だからといってあんな風に、無理矢理連れ戻そうとは思いやせんが」

律の方へ向き直って涼太は言った。

「もしもの話だが、お律に他に好いた男がいるってんなら、俺は黙って身を引いたさ。きっとほら……雪永さんみてぇによ」

――つらい思いはして欲しくない。お千恵が仕合わせであればそれでいい――

かつて律に千恵への想いを打ち明けた雪永に、上絵を諦めたくないと思い詰めていた律へ涼太がかけた言葉が重なる。

――俺はお前さえよけりゃあいい――

恋情も愛し方も十人十色《といろ》に違いないが、己の幸せよりも想い人の幸せを先に願う気持ちは律も同じだ。

「私もきっと……だって、涼太さんには仕合わせでいて欲しいもの」

「む、お律さんまで――まったくあてられますなぁ、先生」

「ははは、私はなんだか嬉しいよ。なんだか涼太もお律も、やっと夫婦らしくなってきたようで……ああ、もちろん広瀬さんも」

「そんな、取ってつけたように言われても」

苦笑を漏らした保次郎につられて律たちが口元を緩めたところへ、「お律さん！」と条の声がした。

律が急ぎ表へ顔を出すと、綿入れを着込んだ条が早足にやって来る。

「お条さん、どうしたの？　まさか香ちゃんに何か――？」

「どうしたもこうしたも……お律さんがいらっしゃらないから、お香さんはすっかりやさぐれておられます。それで歳暮の挨拶を兼ねて、私に遣いを命じられまして」

「で、でも、六太さんから文を受け取ったでしょう？」

――夜を迎えた品川宿の中田屋で、律と涼太は密やかに抱き合った。

旅籠での房事には家とはまた違う気恥ずかしさがあったものの、涼太はまるでいつもと変わらず、その唇に、指先に、吐息に誘われるうちに、夫婦の営み――否、睦みごとは殊の外うまくいった……ように思う。

ゆえに翌日はどこか香を避けたく――涼太も同じ気持ちだったようで――暗黙の了解のも

と伏野屋には寄らずに神田へ帰り、代わりに後で六太に文を託したのだった。

「もちろん文は受け取りました。でもたった一文、《お由里さんはぶじ品川をたちました》って……それだけじゃあんまりです。先ほど清次郎さんからお聞きしましたよ。なんでも読売になりそうな成り行きがあったとか。どうして知らせてくださらなかったんです？」

小鼻を膨らませながら、粂は上がりかまちに腰を下ろした。

「そりゃ私どももついさっき聞いたばかりで……」

「それこそ明日にでも香ちゃんに知らせに行こうと……」

涼太と律がとりなす向かいで、保次郎が腰を上げた。

「では、私はこれにて」

「広瀬さま」と、粂が慌てて立ち上がる。「これはとんだご無礼を」

「構わんよ。ちょうど何やら妻が恋しくなってきたところだったんだ」

「ま、広瀬さまったら——あてられてしまいますわ」

頬に手をやって粂が言うのへ、律たちは噴き出すのをこらえ、保次郎は微苦笑を浮かべた。

粂の分を含めて涼太が茶を入れ直す間に、品川宿や東慶寺での成り行きを伝えるべく律は口を開いたが、粂は慌てて押し留めた。

「明日来ていただけるのなら、私も明日までお待ちします。お律さんから直にお聞きする方がお香さんも喜ぶでしょう。お香さんには黙っておきますから……」

「それなら、お律。これを飲んだら、お粂さんと一緒に伏野屋へ行っちゃどうだ？　なんなら一晩泊まってくりゃあいい。女同士、積もる話もあるだろう？」

涼太が言うのへ、粂がぱっと顔を輝かせる。

「おふくろには俺から話をしておくから……」

「ううん。お義母さまには私からお願いしてみます」

駆け込みを通じて、佐和への親愛の情をますます深めた律である。

「そうか？」

「ええ」

もう三夜明けたらお正月――

混ぜ物騒ぎに始まり、二度目の求婚、保次郎の祝言、秋彦の誘拐、香の懐妊、律たちの祝言、そして此度の由里の駆け込み――と、慌ただしかった一年が終わろうとしていた。

涼太が差し出した茶碗から、新たにうららかな香りが立ち上る。

「――ありがとう、涼太さん」

「なんの」

涼太が微かに寄越した笑みが、茶よりも先に律の胸を温めた。

光文社文庫

文庫書下ろし

駆《か》ける百合《ゆり》　上絵師《うわえし》 律《りつ》の似面絵帖《にづらえちょう》

著　者　知野《ちの》みさき

2020年6月20日　初版1刷発行

発行者　鈴木広和
印　刷　萩原印刷
製　本　ナショナル製本

発行所　株式会社 光文社
〒112-8011　東京都文京区音羽1-16-6
電話（03）5395-8149　編集部
8116　書籍販売部
8125　業務部

ISBN978-4-334-77966-5　Printed in Japan

組版　萩原印刷